目眩まし

W・G・ゼーバルト
鈴木仁子 訳

白水社

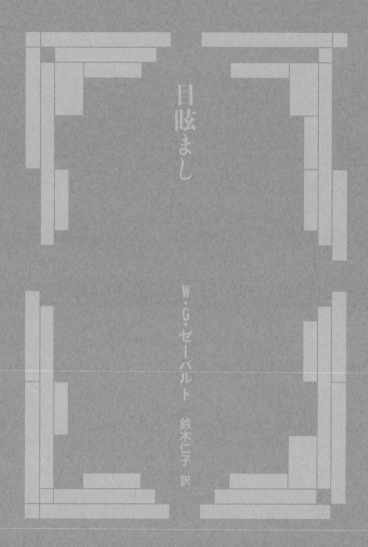

目眩まし

目眩まし　目次

ベール　あるいは愛の面妖なことども　5
異郷《アレステロ》へ　29
ドクター・Kのリーヴァ湯治旅　113
帰郷《イル・リトルノ・イン・パトリア》　135
解説　言葉の織物　池内紀　207
訳者あとがき　217

装幀　緒方修一

ベール　あるいは愛の面妖なことども

一八〇〇年五月中旬、ナポレオンは三万六千の軍を率いてグラン・サン・ベルナールの峠を越えた。それまでおよそ不可能と考えられていた事業だった。人間と動物と物資の陸続たる行列はおよそ十四日間にわたり、マルティニからオルシエールを経てアントルモン谷を抜けうねうねと果てしなく続くかにみえる路を登って、海抜二千五百メートルの峠の高みへと動いていった。重い大砲の砲身は丸太の芯をくり抜いた中におさめ、ときには氷雪の上を、ときには露出した岩盤の上を、兵士たちが自力で牽いていかなければならなかった。

この伝説のアルプスの峠越えに列なった者のうち、無名のうちに消え去った人々に属さなかった一握りのうちに、アンリ・ベールがいた。当時十七歳、みずか

らはげしく忌み嫌った幼年期

と少年期

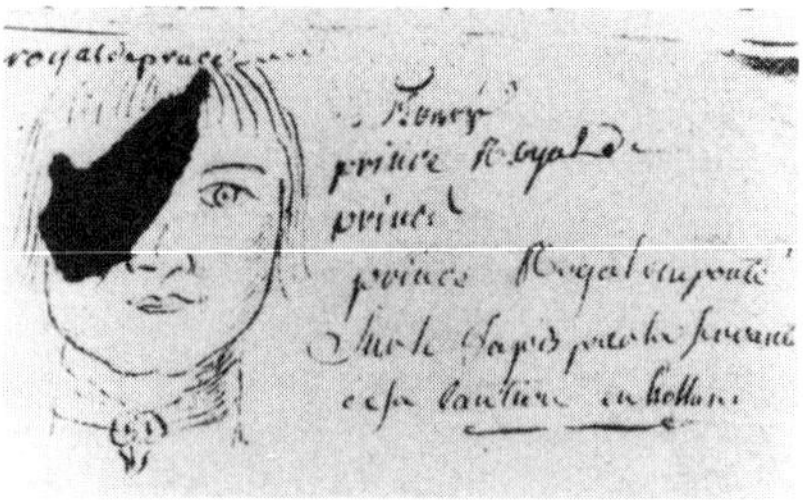

も終わりにさしかかり、少なからず胸を高鳴らせて軍人の道を踏み出したばかりだった。この軍務がのちにヨーロッパのあちこちにベールを赴かせることになるのは、知られるとおりである。ベールが在りし日の辛苦を記憶に甦らせようとして五十三の歳に書いたメモには――執筆当時の逗留地はチヴィタ・ヴェッキアだった――回想という行為につきまとうあれやこれやの厄介さがさかんに取り上げられている。過去を思い浮かべるときに浮かぶ像は、灰一色の画面のみのこともあるが、ときにはみずから信用ならないと感じられるほど、異様にあざやかなこともある。その一例がマルモン元帥であって、マルティニに来たとき、隊列の進行方向にむかって左側にいた元帥が紺青と空色の政府顧問官の正装をしているのを、ベールは間違いなく目撃

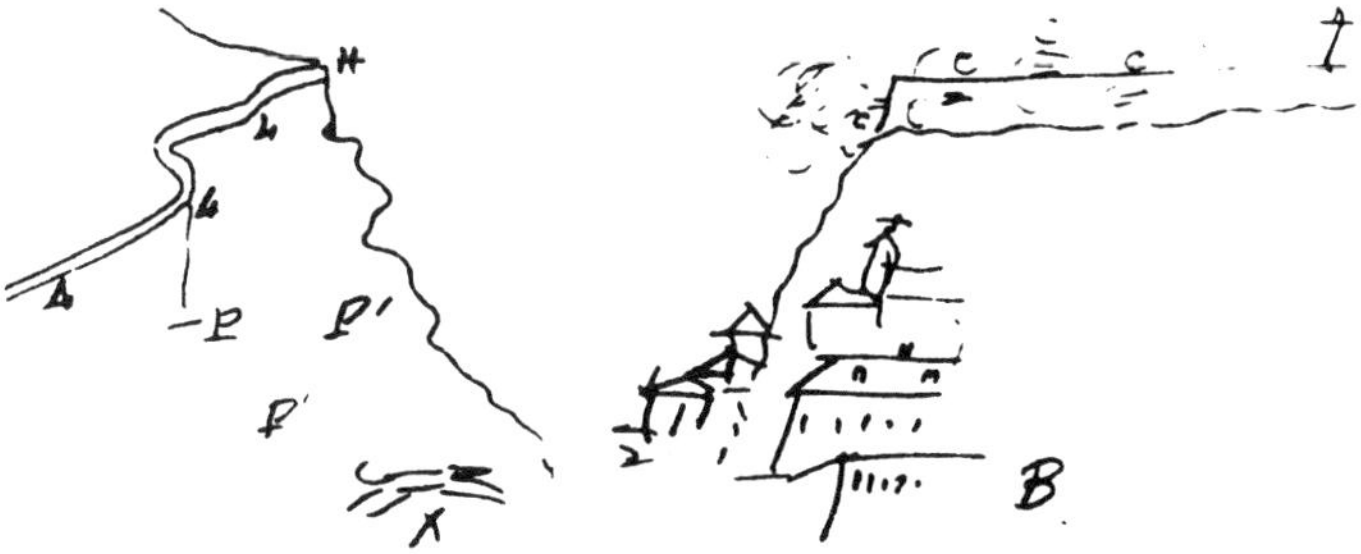

したと思った。眼を閉じればいまもその姿が彷彿とする、と断言するのだが、じつはみずからも知るとおり、当時マルモン元帥が着ていたのは将官の軍服であって、青い宮廷着姿であろうはずはなかったのである。

当時の自分は、ブルジョワ的教養をつけるためだけの見当外れもはなはだしい教育のおかげで十四歳の女の子なみの体つきだった、とベールは述べて、さらにこう書いている。道端に捨てられたおびただしい馬の死骸、うねうねと往く行軍が跡に残していった戦争の残痕にひどい衝撃を受け、そのあまり、恐怖におののいた場面のはっきりした記憶がなくなってしまった、おそらく印象の凄まじさが印象そのものまで破壊してしまったのだろう、と。したがって上のスケッチは、バール村とバール要塞の近辺で従軍していた隊列が砲火を浴びた場面をベールがいま一度脳裡に甦らせようとして用いた、一種の補助手段にすぎないと考えたほうがよいだろう。

Bはバール村である。右手丘陵の上の三つのCは要塞の大砲を示し、断崖P上にのびている路の地点LLLをこの大砲が砲撃している。Xとあるところは奈落の底で、恐怖のあまり逆上して転がり落ちた複数の馬の屍が横たわっている。HはHenri、アンリを指し、語り手自身の位置を示している。むろん実際にその地点に立ったとき、ベールは状況をこのように見ていたわけではなかったろう。なんとなれば私たちも知ってのとおり、現実の様相はがらりと異なっているものだからである。

　ちなみにベールは、記憶の光景がたとえ生き生きとして真実味にあふれていようとほとんど信用はおけない、と書いている。登坂地点マルティニにおけるマルモン元帥の華麗ないでたちの心象とおなじように、最険路を越えた直後、今度は峠からの下り道でサン・ベルナールの谷が朝陽を浴びて眼前に開けてきたとき、その美しさはベールの胸に二度と消えやらぬ印象を残した。見続けずにはいられなかった、そしてそのあいだ中、脳裡には前日に泊めてもらった家で司祭に教えられたはじめてのイタリア語、〈ここから《クアンテ・》イヴレアまで何マイルですか《ミリャ・チ・ソーノ・ダ・クイ・ア・イヴレーア》?〉と〈悪い女《ドンナ・カッティーヴァ》〉という言葉が駆けめぐっていた、と書いている。ベールはこのときの騎馬行をすみずみまで、とりわけ衰えはじめた日差しのなかで、四分の三マイルばかりむこうにはじめてイヴレアの町が姿をあらわしたときの光景をくまなく記憶していると長年信じていた、と書く。谷が開けてしだいに平野に移りゆくところ、いくらか右手寄りに町はあった。左手はるか彼方にはベールにとって後年大きな意味を持つことになる山塊、レゼゴーネ・ディ・レッコがそびえ、そのさらに奥にモンテ・ローザとおぼしい山があった。

　はなはだ気を落としたのは、とベールは書いている、数年前古い書きつけをめくっていたときに《イヴレア景観》と題した版画にぶつかり、記憶のなかの落日に照らされた町の心象が、なにあろう、その版画そっくりそのままだったことを認めないわけにはいかなかったときだった。だから旅先で眼にとまった美しい風景画などをけっして買うものではない、とベールは忠告する。なぜならその版画がじきにわれわれの持っていたいくばくかの記憶を乗っ取ってしまう、いやそれどころか破壊してしまうからだ、と。たとえばドレスデンで見たすばらしい《システィーナのマドンナ》の絵画を、自分はどんなにがんばってももはや思い出すことができない、なぜならミュラー作の模作版画がもとの絵を覆い隠してしまったからだ。一方で、おなじ廊内に展示されていたメングスの出来損ないのパステル画のほうは、どこでも模作を眼にしなかっただけに、瞼にくっきりと残っている、と。

イヴレアでは宿営する軍隊が家屋と広場をことごとく押さえ、ベールはビュレルヴィレル大尉とともに馬で町に入って、自分と大尉のために首尾よく染物屋の倉庫に寝場所を見つけた。ところがさまざまな樽や銅鍋にかこまれた独特の酸っぱい臭いのただようその倉庫で馬を下りたとたん、防戦の剣をかまえることになる。兵士の群れが略奪をはじめ、裏庭におこした焚き火の薪にしようと倉庫の窓枠や扉を剝ぎにかかったのだ。こうした行動のみならず、戦役このかたの経験をつうじて、ベールは自分が成人したかのような気持ちになった。そして空腹も疲労も上官の諫めもものかは、冒険心にさそわれるままに当地の劇場に繰り出した。その晩チマローザの《秘密の結婚》が上演されるのを、各所に貼り出されていたポスターを見て知ったのである。

すべてにおいて尋常ならざる事態にただでさえ活発になっていたベールの想像力は、チマローザの音楽を耳にしていっそうの刺激を受けた。はやくも第一幕、秘密裡に結婚したパオリーノとカロリーナが声をひとつにして不安の二重唱、〈愛する人よ、疑ってはならない、神が残酷でないかぎり、私たちは《カーラ ノン・ドゥビタール ピエターデ・トロヴェレーモ セ・イル・チエル・》慈悲を賜るだろう《バルバーロ・ノン・エ》〉を歌うくだりで、ベールは自分自身が粗末な板張りの舞台に立っているかのような、それどころか現実に耳の遠いボローニャの商人の屋敷にいて、妹娘をわれとわが腕に抱いているかのような気になった。心ははげしく乱れ、上演中しきりと涙があふれ、劇場を後にしたときには、カロリーナを演じた歌手――あの女の視線はたしかに幾度か自分に注がれていたとベールは思った――が音楽に謳われていたような幸せをくれるにちがいないと確信したほどだった。難しいコロラトゥーラを歌おうとしてそのソプラノ歌手の左眼がいくらか外側に泳ぐことも、右上の糸切り歯が欠けていることも、ベールにはまったく気にならなかった。むしろ逆に、そうした欠陥によってこそ感情は舞い立った。どこで幸福を見つけるべきなのかがいまこそわかった。それは故郷グルノーブルにあって幸福のありかとして思い描いていたパリでもなければ、パリに来て以来たびたび思いを馳せた郷里のドフィネの山々でもない、このイタリアなのだ、この音楽、このような歌手を前にしたときなのだ。翌朝、イヴレアを後にミラノに向かうときに劇場の女優たちの品行の悪さについて大尉が卑猥な冗談をとばしたが、ベールの確信はゆるがず、昂揚した心は初夏のひろびろとした風景へとあふれていって、視界をはばむほどの無数の樹々が、いたるところから新緑を輝かせて自分に会釈しているように感じられた。

一八〇〇年九月二十三日、ミラノ到着から三ヶ月後、その日までボヴァラ邸内共和国大使館の事務室で文書係をしていたアンリ・ベールは、騎兵少尉に任官され、龍騎兵第六連隊に配属された。制服に合わせた装束一式をとり揃えるのにたちまち大金がふっ飛んだ。鹿革のズボン、うなじから頭頂まで馬毛をあしらった兜、軍靴、拍車、ベルトのバックル、胸紐、肩章、ボタン、階級章にかかった費用が、いつもの出費をはるかに上回ったのである。とはいえ、鏡に映るわが身をつらつら眺めたり、おのれの雄姿に対する

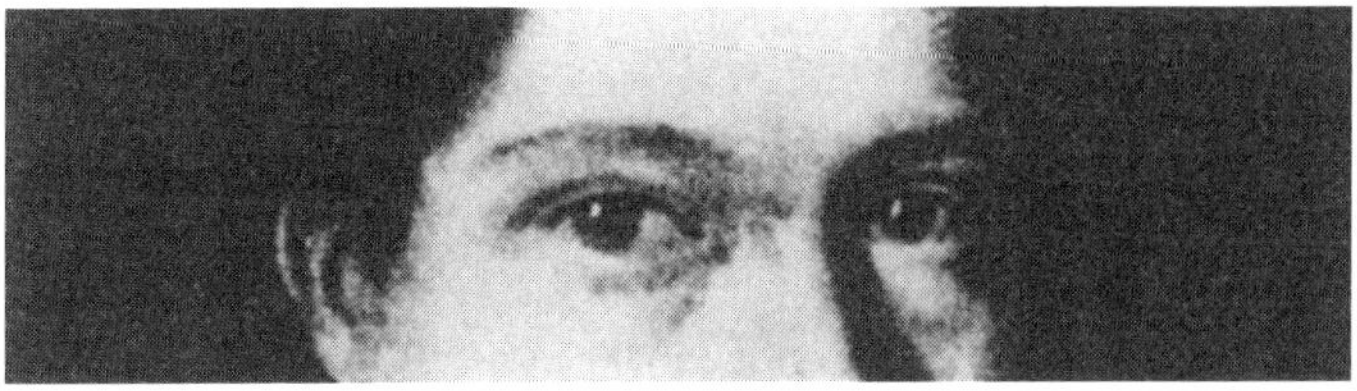

反応をミラノの婦人たちの眼に読み取った気がしたりしたベールは、生まれ変わったような心地だった。ずんぐりむっくりの体についにおさらばできたような、刺繍入りの立ち襟が短い首を長くしてくれたかのような気になったのである。〈中国人《ル・シノワ》〉というあだ名のもとになってベールをくさらせていた離れ気味の両の眼すら、にわかに苦み走り、眼に見えぬ中心にきりりと向けられているかのように思われた。龍騎兵の衣装に身を包んだ十七歳半は、日がな一日勃起したまま街をうろつき、ついに意を決して、パリから抱いてきた童貞を捨てるにいたる。この務めに手を貸してくれた〈悪い女《ドンナ・カッティーヴァ》〉は、名前も顔ものちにまったく思い出せない。感覚の強烈さが記憶をすっかり殺してしまったのだ、と書いている。つづく日々、ベールはとことん修業にはげみ、のちの回想によれば世間に踏み出すのと街の娼館に入り浸るのとが渾然一体をなして、その年の暮れにはもらった病気の痛みとともに、水銀とヨードカリによる治療の痛みにあえぐ始末だった。ところがこのような状態にありながら、ベールは同時にきわめて抽象的な性質の熱情に身を焦がしていた。崇拝の欲求がおもむいたのは、アンジェラ・ピエトラグリュアである。アンジェラはベールの同僚ルイ・ジュアンヴィルの愛人で、不器量な若い龍騎兵ベールにはごくたまに皮肉まじりの憐れむようなまなざしを投げるのがせいぜいだった。

　それから十一年後、ミラノを再訪して忘れ得ぬ女《ひと》アンジェラを久しぶりに訪ねた

おりに、ベールは自分をまともに憶えてもいなかったアンジェラにむかって、勇を鼓して高ぶる胸のうちを告白する。アンジェラはけったいな求愛者の情熱にいささか不気味をおぼえ、張りつめた状況をほぐすべく、一発のピストルが五十回反響するという谺《こだま》の名所、シモネッタ荘まで遠出をしようと誘う。しかし引き延ばし作戦は功を奏しなかった。レディ・シモネッタ——とベールはそれ以降彼女のことを呼ぶようになる——はああだこうだと言い募るベールの狂ったような能弁についにやむなく白旗をあげる。そしてともかくもベールに、思いを遂げたあとは即刻ミラノを去るという約束だけは取り付ける。ベールはおとなしく条件をのみ、あれほど長いあいだ思い暮らした町ミラノをその日のうちに去る。そのさいズボン吊りに、九月二十一日、午前

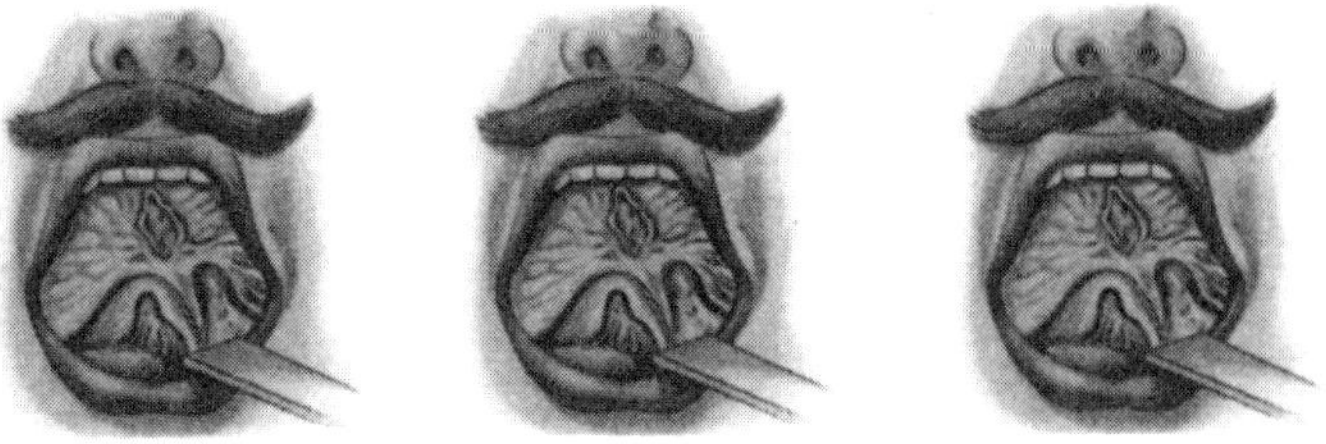

十一時半、と征服の日時を記すことを忘れなかった。永遠の漂泊者、ベールはふたたび乗合馬車の人となり、窓外を飛び去る美しい景色を眺めながら、たったいま勝ち取った勝利ほどの勝利が二度とふたたび得られようか、と自問する。宵闇が降りると、すっかりお馴染みになった憂鬱がしのびよる。一八〇〇年の末にはじめてベールをしつこく苦しめたのとほぼおなじ、罪悪感と劣等感だった。一八〇〇年の夏いっぱいは、マレンゴの勝利によって歓喜にわいた周囲の空気が、ベールの心を浮き立たせていた。官報に載って矢継ぎ早に入ってくる上部イタリア戦役の知らせをわれを忘れて読んだ。野外劇があり、舞踏会があり、イルミネーションがあり、そして晴れて制服をあつらえる日がくると、ベールは美と恐怖がぎりぎりの均衡を保っているまったき世界、少なくともまったきことを目指す世界の一員についに仲間入りしたかのような気になった。だが晩秋になって憂鬱がはじまった。駐屯軍の勤めにしだいに嫌気がさし、アンジェラにはいっこうに構ってもらえず、おまけにくだんの病気が出た。ベールはしきりと鏡をのぞいては、口腔と喉の奥にできた炎症と潰瘍、鼠径《そけい》部のでき物を確かめた。

　新世紀のはじまりに、ベールはスカラ座でふたたび《秘密の結婚》を観た。だが舞台装置は完璧でカロリーナ役の歌手もすこぶるつきの美女だったにもかかわらず、かつてイヴレアで観たときのような、みずからが役者に立ち交じっているごとき錯覚は起こらなかった。それどころかいっさいが遠いものに感じられ、音楽に心が張り裂けそうになるのをはっきりと感じた。上演が終わってオペラハウスを揺るがした喝采は、破壊の最終章さながら、烈しい火災によってパリパリと燃えはじける音のように響き、ベールは呆然と椅子に腰を掛けたまま、その業火にいっそわが身も焼き尽くされよと願った。最後の客のひとりとしてクロークを出、通り過ぎざま鏡に映った自分の姿をちらりと横目でとらえたとき、以後数十年にわたって心を占めることになる問いがはじめて胸中をよぎった――作家はなんによって破滅するのか、と。このいきさつからベールにとってとりわけ意味深長に思われたのは、その重大な晩から数日後、一月十一日にチマローザが新作オペラ《アルテミシア》作曲中にヴェネツィアで急死したとの報を新聞で読んだことだった。《アルテミシア》は一月十七日にフェニーチェ劇場で初演され、大成功をおさめた。日を経ずして奇妙な噂が流れはじめた。ナポリで革命運動に係わっていたチマローザは、カロリーネ女王の命で毒殺されたのではないか、というのである。ナポリの牢獄に投じられたときに受けた拷問がもとではないかという憶測もあった。これらの噂はベールにくり返し悪夢を見させた。夢のなかで過去数ヶ月の体験がおぞましく入り乱れ、悪夢は執拗にベールを襲って、教皇の侍医がチマローザの遺体を特別に検視して、死因は壊疽によるものと発表したあともおさまらなかった。

こうしたさまざまな出来事のあと、ベールが多少とも心の平静を取り戻すまでには、かなりの時を要した。春いっぱい発熱と胃痙攣に苦しみ、シナ皮やトコン、苛性カリとアンチモンの練り薬を使って治療したものの、病状はかえって悪化し、死を覚悟したことも一再ではなかった。夏になってようやく恐怖感がやわらぎ、それとともに熱と胃の激痛もしだいにおさまっていった。からくも健康を回復すると、バール村で砲火の洗礼は受けたとはいえ実際に戦場に立ったことのなかったベールは、近年の大きな戦役の舞台となった場所に出かけては、それをわが眼で確かめることをはじめた。そうして幾たびかロンバルディアの平原を通り、ベールはその風景に無性に惹かれるようになっていく。眼を馳せると灰色と青色の色の帯が少しずつ精妙にほぐれていって、やがて靄のように淡く地平線のかなたに溶け消えていくのだった。

　こうしてベールはトルトーネから入って、一八〇一年九月二十七日早朝、広漠として静まり返った平原にたたずんだ。揚げ雲雀の声だけがしていた。前年の草月二十五日（フランス革命暦。六月十四日）、ベールの記すところではきっかり十五ヶ月と十五日前に、マレンゴの戦いがあった場所だった。戦闘の風向きを一変させたのはケラーマン率いる騎馬隊による猛攻で、もはや敗色濃厚と見えたなか、落陽を浴びながらオーストリアの主力部隊に側面から風穴を開けたのだった。それはすでに無数の語りによって伝えられた、ベールにはつとに馴染みの話であり、ベール自身もあれこれと想像をめぐらせ、さまざまに潤色して脳裡に描いていた場面だった。だがいま、ベールは平原を見はるかし、そこに点々と突き出している枯れ木を眺め、そこで命を落としたおよそ一万六千の人間と四千の馬の、四方に散らばり、白く晒されて夜露に光っている遺骸を見た。この落差——脳裡に描いていた戦闘の場面と、じじつ戦闘のおこなわれた証拠として眼前に広がっているものとの落差が、ベールに、いまだ感じたことのない目眩めくにも似た惑乱を引き起こした。戦場に建てられていた記念碑がおそろしく貧弱に見えたのはそのためだったのだろう、と記している。その見窄らしさは、ベールが想像するマレンゴの戦闘の凄まじさにも、いまみずからがたたずむ広大な屍の野に

もそぐわなかった。ベールはたたずんでいた、たったひとり、

さながらいま滅びゆく者のように。

マレンゴの戦場に立ったこの九月の一日を思い起こして、ベールは後年たびたび書いている、このの ちの出来事、あらゆる戦役と惨禍、いやナポレオンの失墜と流刑すら、自分はあのとき予見したかのような気がする、そしてその時点で、おのれの幸福は軍務によっては得られぬものと悟ったような気がする、と。いずれにしても、時代を超えたもっとも偉大な作家になるという決意をベールが固めたのは、この秋の日々のことだった。だがその願望のために決定的な一歩を踏み出すのはようやく帝国の瓦解がはじまったころであり、本格的に文学に踏み出し得たのは、一八二〇年春、『恋愛論』の執筆によってである。希望と不幸のないまぜになった先立つ時代の、一種の総括として著された書物だった。

人生を通じてそうであったように当時フランスとイタリアを行き来していたベールは、一八一八年三月、

メティルド・デンボウスキー＝ヴィスコンティニと彼女のサロンで知り合う。メティルドは三十歳近く年長のポーランドの士官と結婚しており、歳は二十八、憂いをおびたきわめて美しい人だった。およそ一年後、ガッリーネ広場とベルジョイオーソ広場の邸宅の常連となっていたベールは、口数少なくつつましやかに伝えていた情熱によって、メティルドの好意をあと一歩で勝ち取るところまで来ていた。ところがのちにみずから認めるとおり、そのチャンスを取り返しのつかないへま《ガフ》によって台無しにしてしまったのである。

　メティルドはサン・ミケーレ修道院付属学校に預けていたふたりの息子に会いに行くため、ヴォルテラに出かけていた。たとえ数日といえどメティルドを見ることなしにはいられないベールは、こっそりあとを追いかけた。彼女がミラノを発つ前夜に一瞬自分の眼がとらえたその最後の姿が、脳裡に取り憑いて離れなかったのだ。別れぎわにメティルドは靴を直そうとするかして邸宅の玄関ホールで体を屈めたが、そのとき出し抜けに、ベールの周りのものがことごとく沈み、深い闇の中から靄をついて出たかのごとく、赤い荒野が彼女の背後に開けるのが見えた。この幻覚によってトランス状態におちいったベールは、しばしのち変装にとりかかった。まっさらの黄色の上衣、濃紺のズボン、黒いエナメルの靴、異様に山の高いベロアの帽子、緑色のサングラスを買いこみ、その装束でヴォルテラに出かけて街をうろつき、せめて遠くからなりとひと目、いやできるなら幾たびかメティルドをわが眼におさめようとしたのである。ベールははじめ、正体を見破られていないと本当に信じていたが、それからメティルドが思わせぶりなまなざしを投げてくれたと思いこんで、おおいに意を強くした。上首尾に気をよくしたベールは、「わたしは《ジコ・スユイ・ル・》

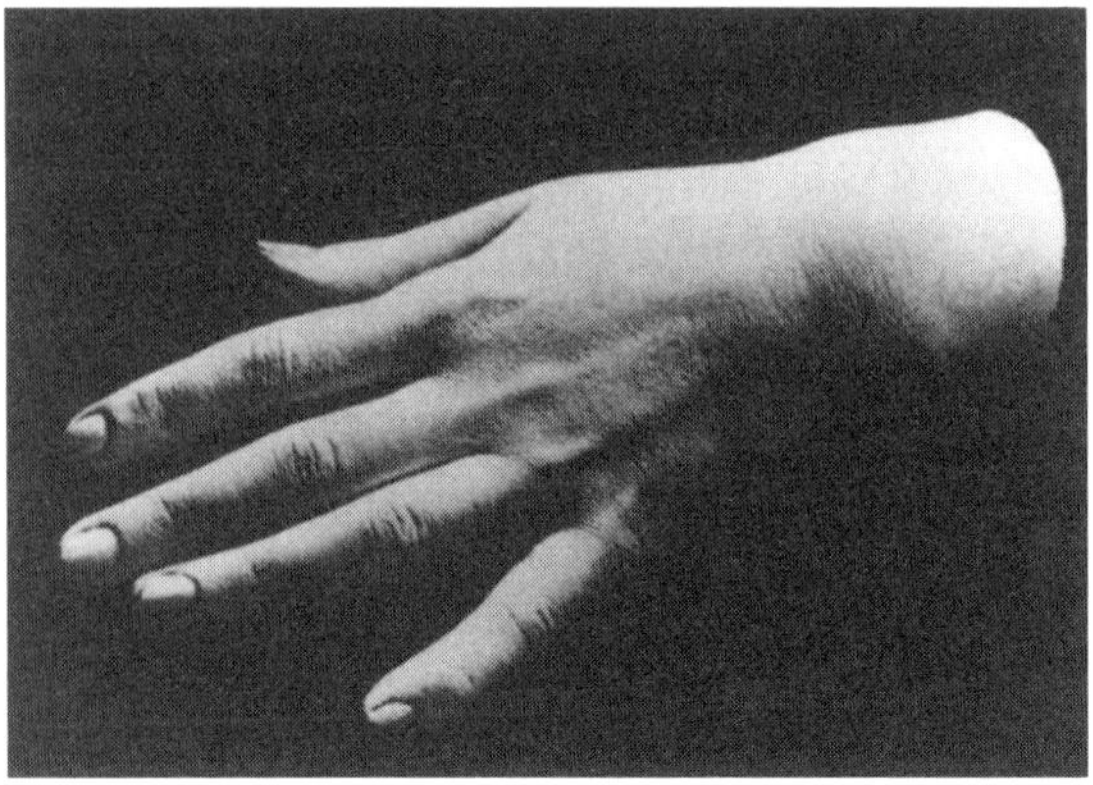

秘かな親しい連れ《コンパニヨン・スクレ・エ・ファミリエ》」という言葉になにやら特別の意味を見い出して、みずからメロディーをこしらえてつけ、のべつ口ずさんでいた。ところがたやすく想像のつくことながら、かたやメティルドは、ベールの挙動に名誉を傷つけられた思いだったのである。不可解なふるまいについに辛抱の切れたメティルドは、冷淡このうえない手紙をベールにつきつけた。恋人になれるのではという望みは、この手紙によって一気に砕かれた。

　ベールは悲嘆にくれた。何ヶ月も自分を責めつづけた。そしておのれの烈しい情熱を恋愛についての考察の書に置き換えようと決意したときに、ようやく心の均衡を見い出したのだった。書き物机の上には、メティルドを想うよすがに彼女の左手の石膏像が置いてある。幸いにも——とベールは書きながらしばし思った——あのしくじりの直前に首尾よく手に入れたものだった。その手はいまや、メティルド本人にも匹敵する意味を持つようになっている。わけても薬指のそこはかとない曲がりぐあいに、ベールはかつて経験したことのない強烈な昂奮をおぼえるのだった。

『恋愛論』には、著者がゲラルディ夫人、ときにはラ・ギータとのみ呼ばれる夫人のお供をしてボローニャからしたとされる旅のことが語られている。このギータはベールの後年の作品にも何度か脇役として登場するのだが、幽霊じみたとは言わぬまでも、謎めいた人物である。しかるべき根拠があっての推測だが、ベールはこの名前をさまざまな恋人たち——アデール・ルビュッフェル、アンジェリーヌ・ベレーテル、そしてもちろんメティルド・デンボウスキーといった恋人たち——の符丁として使っていた。また、その人生を書けばゆうに一冊の長篇小説になるとベールがどこかで記しているゲラルディ夫人その人にしても、文献が示す記述とは裏腹にじつは実在しておらず、いわばベールが長年にわたって想いを寄せた幻影にすぎなかったのであるらしい。ゲラルディ夫人との旅がかりに本当だったとしても、それがベールの人生のいつのことだったかはやはり明らかではない。ただ話の冒頭にガルダ湖についてかなり筆が費やされているところをみると、ベールが一八一三年九月に病後の療養のために上部イタリアのあちこちの湖畔に滞在した経験が、ゲラルディ夫人との旅行記に盛りこまれたのではないかと考えて、あながち間違いではないだろう。

一八一三年秋、ベールは長びく憂鬱のなかにいた。先年の冬には、軍の一員としてロシアからのあのおぞましい退却を経験した。その後しばらくは行政の仕事に就いてシュレージエン地方のザーガンに滞在したが、夏のさなかに重い病に臥した。その間、脳裡には炎上するモスクワの光景とともに、熱が出る直前まで計画していたシュネーコプフ山の登攀《とはん》の光景がしじゅう意識を乱していた。世界のいっさいから切り離されて山頂に立ち、真横から吹きつける猛烈な吹雪と、四方の家々の屋根から吹き上がる火焔の両方に囲まれている自分の姿が、くりかえし瞼に映じていた。

病が癒えたあとに取った上部イタリアにおける病後休暇は、衰弱した感覚にともなう心穏やかな日々で、するとまわりの自然も、のべつ自分を揺さぶってきた愛への憬《あこが》れも、すっかり別の光のもとで見えてきた。ベールは不思議な、ついぞ感じたことのないかろやかさを覚えた。おそらく想像の旅をおそらく想像の人でしかない夫人とした七年後に書かれた記録に流れているのは、そのかろやかさの記憶である。

語りはボローニャにはじまる。先述のとおり正確には述べられていない年の七月上旬、耐えがたい暑気に覆われたボローニャにいたベールとゲラルディ夫人は、数週間を山地のさわやかな大気のなかで過ごすことにする。昼は休んで夜に進むその旅で、ふたりはエミリア・ロマーニャの丘陵から亜硫酸ガスのたちこめるマントヴァの沼地を抜け、三日目の朝にガルダ湖畔のデセンツァーノに着いた。一生のうちであのときほどこの湖水の美しさと物寂しさが心に深く沁みたことはない、とベールは綴っている。息づまる暑さのためにベールとゲラルディ夫人は湖に浮かべた帆船《バーク》の上で夕暮れを過ごし、夕闇が降りるにつれて変幻する色彩の妙に眼を凝らして、忘れがたい静かなひとときを過ごした。そうしたある晩、ふたりは幸福について語り合った、とベールは書く。そのときゲラルディ夫人は、文明の賜物のあらかたがそうだけれども、恋愛もまた人が自然から遠ざかれば遠ざかるほど求めずにはいられないキマイラのごときものだ、と自説を披露する。自然を他者の肉体の中に求めようとすればするほど、わたしたちは自然から切り離されてしまう。なぜなら、恋愛とは自分でこしらえた通貨で自分の借金を返すにも似た情熱だからだ。つまりは観念の世界の出来事であって、幸福のためには少しも必要ではない、それは彼が――ベールがモデーナで買った羽茎切り器が幸福に必要がないのとおなじことだ、と。それともあなたはまさかこんなことを思っていらっしゃるのではないでしょうね、と夫人は付け加えた、とベールは書いている、ペトラルカは、一度もコーヒーを飲んだことがなかったから不幸だったなどと？

この会話から数日して、ベールとゲラルディ夫人はふたたび旅を続ける。ガルダ湖を真夜中に渡る風は北から南に吹くが、夜明け前の数時間だけ南から北へと風向きを変えるため、ふたりはまず湖岸沿いに湖の中ほどにあたるガルニャーノまで馬車で行き、そこから帆船《バーク》に乗りこんで、ちょうど夜明け方にリーヴァの小港に着く。桟橋の上ではすでにふたりの少年がさいころ遊びをしていた。ベールはゲラルディ夫人の注意を促して、重たげな古びた小舟に目を向けた。メーンマストが上三分の一のところでへし折れていて、黄褐色の帆布がしわになって垂れている。どうやらこちらも少し前に入港したものらしく、銀色のボタンのついた黒い上衣の男がふたり、棺台をかついで降り立つところだった。棺台には房のついた大きな花模様の絹の布がかぶせてあり、その下にはあきらかに人間が横たわっていた。この眺めにゲラルディ夫人はひどい悪心《おしん》をおぼえ、いますぐにリーヴァを発つと言ってきかなかった。

山の奥に入れば入るほどあたりは涼しさを増し、緑は濃くなって、故郷の埃っぽい夏にすっかり辟易していたゲラルディ夫人はたいへんな喜びようだった。リーヴァでの気味の悪い出来事は翳のごとくに何度か夫人の記憶をかすめたが、やがてすっかり忘れ去られ、夫人はむしろはしゃぎ気味になって、インスブルックでは調子に乗って鍔広のチロル帽を買ったりした。アンドレアス・ホーファーの反乱軍がかぶっている絵でおなじみの帽子である。さらに夫人は、インスブルックで引き返すつもりだったベールを説きつけ、イン川の渓谷沿いにシュヴァーツ、クーフシュタインをたどってザルツブルクまで足を伸ばした。ザ

ルツブルクでの数日の滞在のあいだ、ふたりは名だたるハライン岩塩鉱の地下坑内を見学した。そこでゲラルディ夫人がある坑夫から贈られたのは、一本の枯れ枝に過ぎぬのに、そこに何千という塩の結晶をびっしりとつけた枝だった。地上に出て明るい光のもとで眺めると、小枝は陽光を反射してきらきらと輝き、ベールの記述によれば、そのきらめきには、明るい舞踏会の光に照らされて燦然と輝く、紳士に手を引かれた淑女のダイヤのみが匹敵するばかりだった。

　一本の枯れ枝をこのうえなく神秘的な作品に変ぜしめた結晶作用のこの緩慢なプロセスは、ベールには人の心の塩鉱で起こる愛の成長のアレゴリーであると思われた。ベールはこの喩えをゲラルディ

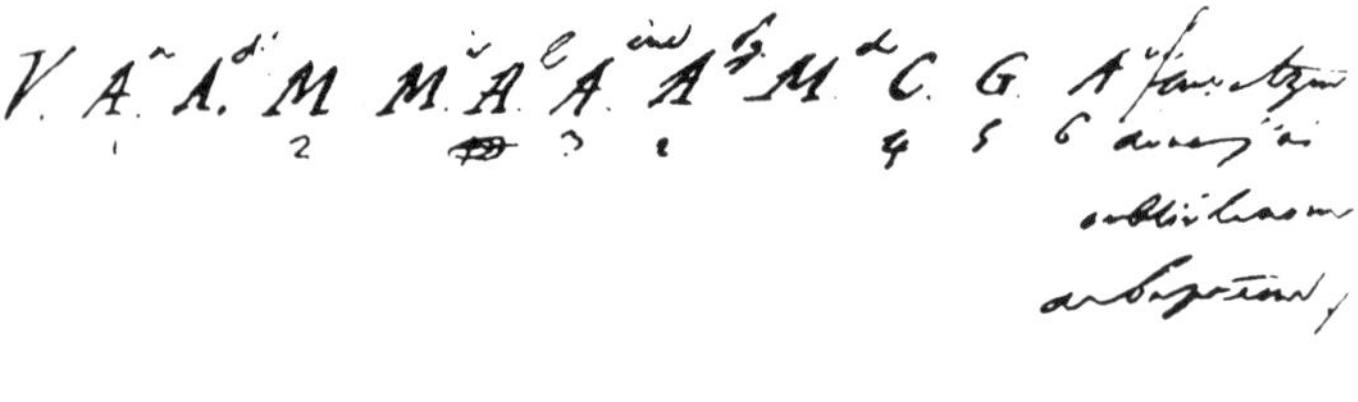

夫人に綿々と語って聞かせる。だが一日の楽しさに子どもっぽく浮かれていたゲラルディ夫人のほうは、なるほどすばらしい比喩ですねと皮肉まじりに応えるばかりで、その深い意味に踏みこんで語り合おうとはしなかった。ベールはそのとき、自分の思考の世界に釣り合った女性を求めるさいに決まってつきまとう困難のひとつが示されたと感じ、いかなる努力を払おうとこの障害は乗り越えられないのだとそのとき腹をくくった、と書いている。まさにこのとき、ベールは作家としてその後長きにわたって取り組む主題に逢着したのだ。こうして一八二六年ごろ、四十歳になろうとしていたベールは、アルバノ湖の上方、ミノリ・オッセルヴァンチ派修道院の庭で美しい二本の樹の下、三方を小さな壁で囲んだベンチにひとり腰を下ろし、当時持ち歩くようになっていたステッキを使って、砂の上にゆっくりと、生涯を謎めいたルーン文書に書き留めるがごとくに、かつて恋した女性たちの頭文字を書いた。

頭文字は、ヴィルジニー・キュブリー、アンジェラ・ピエトラグリュア、アデール・ルビュッフェル、メラニー・ギルベール、ミーナ・デ・グリースハイム、アレクサンドリーヌ・プチ、アンジェリーヌ・ベレーテル（「私は彼女を一度も愛さなかった」）、メティルド・デンボウスキー、そしてクレマンティーヌ、ジウリア、アジュール夫人（「この人の洗礼名は忘れた」）を指している。いまはよそよそしくなってしまったこれら星々の名はもはや自分にはわからない、とベールは書く。そして同様に、自分が口を酸っぱくして愛への信念を説いたときに、なぜゲラルディ夫人はきまって物憂げな返事か、辛辣な返事しか返さなかったのか、『恋愛論』の執筆当時すでにわからなくなっていた、と思う。ベールがとりわけ傷ついたのは、夫人のものの考え方の依ってきたるところをあきらめ半分で自分がようやく納得したまさにそのとき

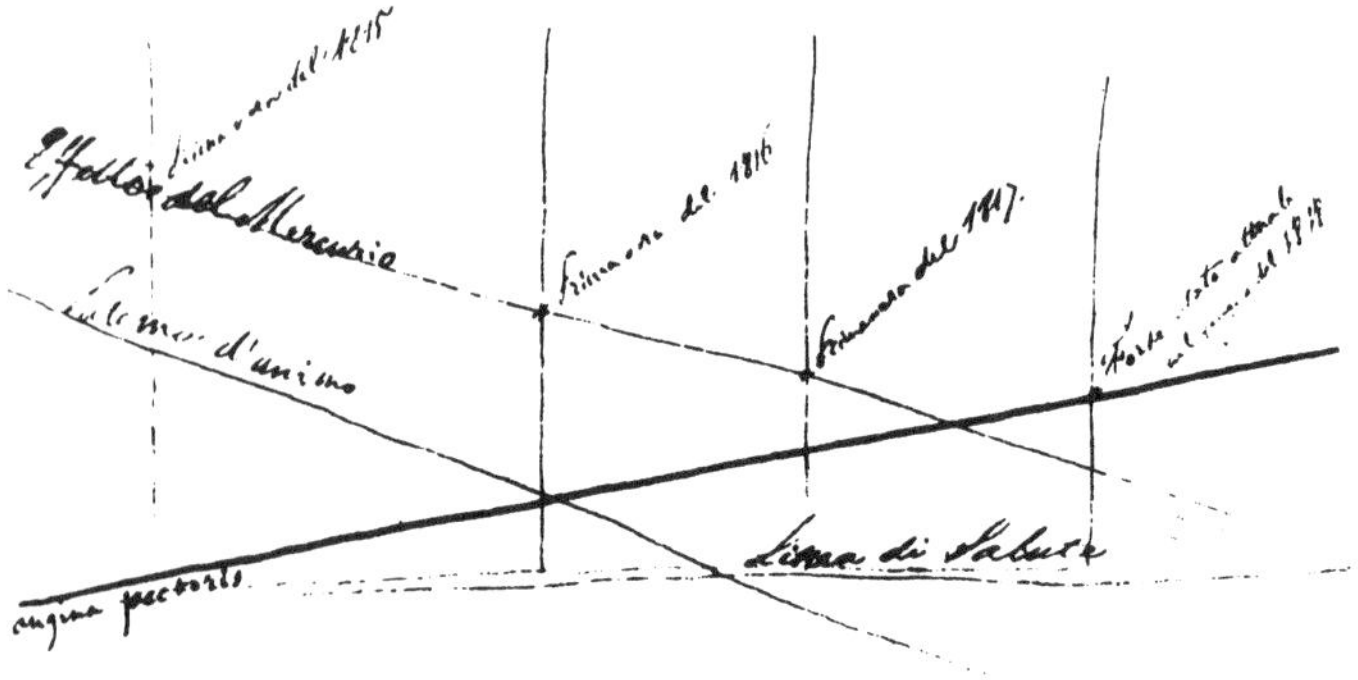

に、ベールの言う塩の結晶作用から呼び覚まされた恋愛の幻想にも一理ある、と夫人が価値を認めた――そうしたことは一再ならずあった――ときだった。ベールはにわかに自分へのはがゆさとともにずれの強い感覚をおぼえ、愕然とする。はっきりと憶えているが、とベールは書く、ふたりがアルプスへ旅行した年の秋にはこんなことがあった。カスカータ・デル・レノへ行く道を馬で往きながら、ふたりはオルドフレディという画家の恋の病についてあれこれと話していた。町は当時この話でもちきりだったのだ。自分の機知に富んだ会話をいたく気に入ってくれている夫人の寵愛を得たいという望みを棄て切っていなかったベールは、この世でなにものにも較べられない素晴しい幸福がある、とゲラルディ夫人がひとりごとのように話しはじめたとき、はげしい衝撃を感じた。そしてオルドフレディというよりは自分を指したのだろう、オルドフレディは哀れな他所《よそ》者ですからね、と夫人に言ったのである。それからベールは、自分の馬がゲラルディ夫人――すでに述べたようにおそらくは想像のなかにしか存在しない女性の馬から少しずつ離れるにまかせ、ボローニャまでの残り三マイルを、ひと言も言葉を交わさないまま帰ったのだった。

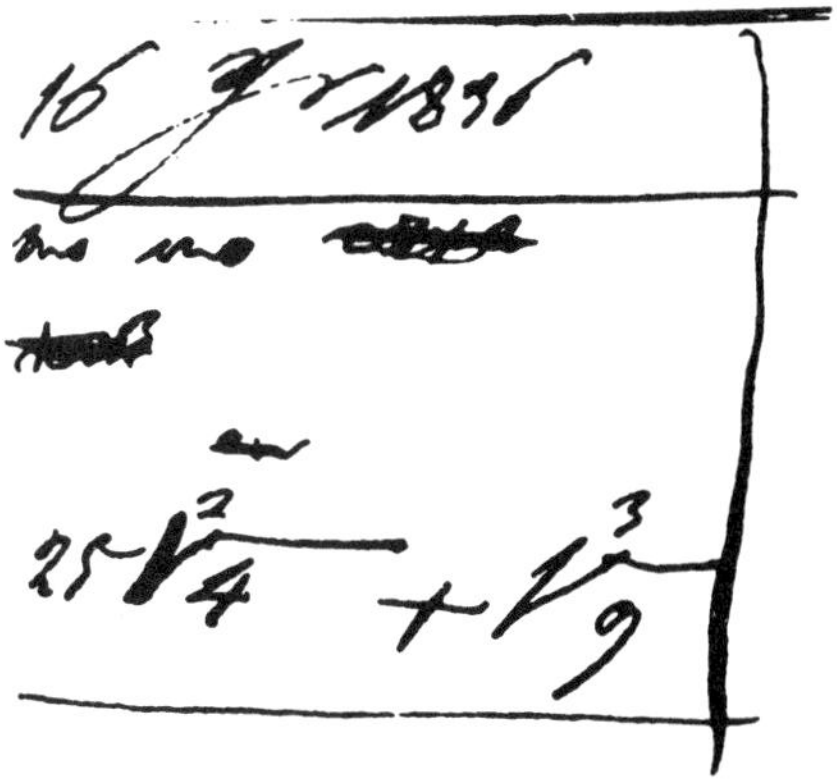

一八二九年から一八四二年までにベールは大作をいくつも生んでいるが、そのあいだ終始梅毒の症状に苦しめられた。わけても嚥下困難、腋下《えきか》の腫れ、縮んでいく睾丸の痛みは悩みの種だった。いまやとことん観察する人となったベールは、おのれの健康状態の揺れを克明に記録する。そして不眠、目眩、耳鳴り、動悸、ナイフやフォークさえ使えなくなるほどの手の震えは、病気そのものでなく、むしろ長年服用してきた強い毒物のせいだと言い添える。水銀とヨードカリの服用を減じるにつれて症状は好転したが、ところがこんどは心臓がしだいに役目を果たさなくなってきたことに気づく。暗号じみたやり方でわれとわが寿命を計算するのは長年の習いだったが、ベールはますますひんぱんにこの計算に取り組むようになった。なぐり書きめいた、不気味に抽象的なそれは、あたかも死の予告であるかのように思える。得体の知れない数字が書き残されてからベールの死までには、なお六年の辛苦に満ちた執筆の歳月があった。大気に春のきざしが感じられた一八四二年三月二十二日夕刻、卒中の発作に見舞われたベールは、ヌーヴ・デ・カピュシーヌ通りの歩道に倒れる。現在のダニエル・カサノヴァ通りの自宅住居に担ぎこまれたが、翌日早朝、意識を回復しないまま、命の灯を絶やしたのだった。

異郷《アレステロ》へ

灰色の雲がしじゅう垂れこめているイギリスのある州に住んで二十五年近く経つが、一九八〇年十月当時イギリスを発ってウィーンに向かったのは、いつにもまして厭な時を、場所を変えることによってなんとかやり過ごせないかと願ってのことだった。ところがいざウィーンに着いてみると、常日頃のように書き物と庭仕事で埋めることのできない日々はおそろしく長く感じられ、私は文字どおり途方に暮れてしまった。毎朝早くホテルを出ては、レオポルトシュタットや旧市街やヨーゼフシュタットを、いつまでとなくあてもなく彷徨《さまよ》い歩いた。ところがあとで地図を見て驚いたことに、私が歩いたのは、きっかり区切ることのできる三日月から半月形の区画を一歩も出ていなかった。その先端はプラーターシュテルンのそばのヴェネーディガーアウであり、あるいはアルザーグルントの大病院界隈だった。かりに歩いた道を線で描き表してみれば、あらかじめ決まった平面内をあっちの道こっちの角とたえず道を変えながら歩き回る人が、理性か想像力かあるいは意志力の限界に突き当っては、のっぴきならず引き返しているかのように見えたことだろう。何時間も街をやみくもにうろつきながら、歩いた範囲はそれほどはっきりと限られており、そして当時の行動でまことに解せないのは、私自身がそれを少しも意識していないことだった。私は気づかぬままひたすらに歩き回り、気づかぬまま眼に見えない、いま思えばどうでもいい境界線を越えられずにいたのである。わかっていたのはただ、公営の交通機関を使ってたとえば41番の市電でペッツラインスドルフへ行くとか、58番でシェーンブルンへ行くとかしてペッツラインスドルフ公園やドロテーア森やファザーン庭園を一日散策するといった、昔よくしたことがまったくできないということだけだった。反面、喫茶店や居酒屋に入るのは少しも苦痛ではなかった。それどころか、いくらか体を休めて元気を取り戻すとつかのま正常な感覚が戻ってきて、そこはかと希望のようなものが湧き、こんなに何日も人と言葉を交わしていない状態を打開するには、ちょっと誰かに電話すればよいではないかという気がしてきた。ところがそんなときに限って、話をしたいはずの三、四の相手は他所に出かけていて、どれだけ呼び出し音を鳴らしても電話に出なかった。異郷の街でむなしくダイヤルを回しつづけるのはとりわけて侘しい。誰も受話器を取ってくれないと、落胆は恐ろしい意味をおびてきて、たかが数字の遊びに生死が懸っているかのような心地になってくる。そうやってカチリと音を立てて出てきた硬貨を何度となく押しこんだあげく、結局私に残されるのは、夜中まであてもなく外をほっつき回ることだけだった。そんなとき、極度の疲労のせいだろう、誰か知った人が前を歩いているのを見たような気がしたことがたびたびあった。むろん幻覚にちがいなかったが、眼に映じるのはきまってひさしく脳裡に浮かんだことすらない人だった。ありていに言えば、すでに幽冥境を異にした人びとである。マティルト・ゼーロースとか、村の書記だった隻腕のフュアグートとか、すでに物故しているにちがいない人の姿もあった。あるとき、ゴンツァーク小路だったが、火刑を免れるかわりに故郷《くに》を追われた詩人ダンテをすら見たと思った。道行く人々より図抜けて背が高く、なのに誰に気づかれるでもなく、有名なあの頭巾姿で、私の少し先をひとしきり歩いていた。だが追いつこうとして足を速めるとハインリヒ小路に曲がっていき、角まで行ってみたときにはもう姿はなかった。このような変調がいくどか起こったあとは身内に漠とした不安がきざし、むくむくと大きくなって、外にむかって悪心と目眩の感覚となってあらわれた。眼に映るものの輪郭は見定めようとすると溶け消え、考えはまとまらないうちに四散した。やむなく壁にもたれ、あるいはそこいらの玄関口に逃げ場を求めながら、これは麻痺のはじまりか、あるいは脳の病気かと身を案じながら、それでもできるのはただ夜更けまで歩きに歩いて、身も世もなく疲れ果てることしかないのだった。当時ウィーンに過ごしていた十日ほどのあいだ、私はなにを見物するでもなく、喫茶店と居酒屋のほかどこへ入るでもなく、ウェイターとウェイトレスを除いては誰ともひと言も交わさなかった。話したのはただ市庁舎前の庭にいた黒丸鴉《こくまるがらす》と、勘違いでなければ二言三言、そして私が投げてやった葡萄の前に黒丸鴉といっしょにやって来て、私がかってにゼーナ鳥と名をつけた頭の白い一羽の鶫《つぐみ》とだけだった。いつまでも公園のベンチに座り、あてどなく街をさすらい、だんだん居酒屋すら避けるようになって、しまいには立ち食いの屋台で食べるか、紙にくるんだ食べ物をそのままぱくつくようになった状態は、知らず知らずに私を変えていた。よれよれの埃っぽいなりが目を惹くようになると、あいかわらずのホテル住まいがいかにもちぐはぐになった。私はイギリスから携えてきていたビニール袋に役にも立たないがらくたをあれこれ詰めて持ち歩くようになった。はっきり意識できてはいないが、それらの品と日々離れがたくなっていたのである。徘徊から戻った夜更け、袋を両腕で胸に抱きしめながらホテルのロビーでエレベーターを待っていると、夜勤のボーイのいぶかるような視線がいつまでも背中を刺した。部屋のテレビをつける勇気は起きなかった。ある晩、ベッドのはじに腰をかけてのろのろと服を脱ぎながら、内側がすでにボロ雑巾のようになった靴の眺めにあらためて愕然としなかったなら、私はいったいあの凋落から這い出せていたことだろうか。喉は詰まり、眼はかすんでいた。その日レオポルトシュタットをさんざんほっついたすえに、フェルディナント通りからシュヴェーデン橋を渡って一区に戻り、ルプレヒツ広場にたどりついたときもそんな状態だった。シナゴーグとコーシェルのレストランが入っている建物の二階の、ユダヤ・コミュニティセンターの窓がひとつ残らず大きく開け放たれていて――めずらしくよく晴れた、真夏とまがうような秋日だった――姿の見えない中の子どもたちが、不思議にも英語で〈ジングルベル〉と〈きよしこの夜〉を歌っている声が流れてきた。歌っていた子どもたち、かたやこの襤褸《ぼろ》の、主《あるじ》のない（という気がした）一足の靴。ユキモ　クツモ　ウズタカク――そんな言葉を脳裡に浮かべながら、床に体を横たえた。翌朝、下のリング通りから昇ってくる波音に似た往来のざわめきにも気づかないまま、深い、夢のない眠りから覚めると、自分から抜け出していた夜のひとときのうちに、大海を渡ったかのような心地になっていた。眼を開ける前に、巨大な船のタラップを降りていくおのれの姿が見えた。そして地面に降り立ったとたん、晩の列車でヴェネツィアに発とう、だがその前にクロースターノイブルクにいるエルンスト・ヘルベックと一日を過ごそう、と心に決めていた。

エルンスト・ヘルベックは、二十歳《はたち》のときから心を病んでいる。はじめて精神病院に入れられたのは一九四〇年だった。それまでは軍需工場で見習いを勤めていた。そしてある日ふいにものが食べられなくなり、眠れなくなった。夜、横になっても寝つけぬまま、ぶつぶつと数を数えつづけた。四肢に痙攣が走った。家族との暮らし、とりわけ父の厳格さが神経をぼろぼろにしたのだ、とヘルベックは表現している。

そのために自制を失った彼は、食事のときに皿をはたき落とし、ベッドの下にスープをぶちまけた。いっとき回復をみたこともあった。一九四四年十月には召集すら受けたが、一九四五年三月に除隊させられた。終戦から一年後、四度目にして最後の入院を余儀なくされた。ウィーンの通りを夜な夜な徘徊し、奇矯なふるまいで人目を惹き、警察署で支離滅裂な供述をしたのだった。自分の考えのつまらなさに苦しみ、目の詰んだヴェールが掛かったようにしかものが見えないことに苦しんだ三十四年の入院生活のあと、一九八〇年秋、エルンスト・ヘルベックはこころみに病院を出て、年金生活者になった。いまは市の老人ホームに暮らすが、他の入居者とくらべてとくに目立った点はない。九時半ごろ私がホームに着いてみると、ヘルベックはすでに入り口前の階段のいちばん上に立っていた。私は道の反対側から合図を送った。彼はたちどころに腕を高く挙げて挨拶をよこし、そのままの格好で階段を下りてきた。グレンチェックのスーツ姿で、襟の折り返しにハイキング徽章が着いていた。頭にはトリルビーに似た小ぶりの帽子をかぶり、しばらくして暑くなってくると、その帽子を脱いで抱えて歩いた。私の祖父が、夏の散歩にちょ

うどおなじことをしたものだった。

私の提案で、私たちは電車でドナウ河の数キロ上流のアルテンベルクに向かった。乗客は私たちだけだった。郊外の洪水危険区域には、柳やポプラや榛《はん》の木や梣《とねりこ》が生え、家庭菜園や集合住宅があった。ところどころで河面が眼に入った。エルンストは口をつぐんだまま、すべてを飛び過ぎるにまかせた。開いていた窓から吹きつける風が彼の額《ひたい》をなぶった。大きな眼はまぶたを半ば閉じていた。おかしなことに私の脳裡に〈休暇《ウアラウプ》〉という言葉が浮かんだ。休暇の日、休暇日和。休暇の旅に出る。休暇中。休暇。一生涯いつまでも。アルテンベルクに着くと、道をすこし戻ってから右に曲がり、木蔭の坂道をのぼってグライフェンシュタイン城にあがった。中世の砦で、私の幻想の中ばかりではなく、巌の麓に住むグライフェンシュタイン村の人々にとっても今日まで重要な役割を果たしてきた砦である。私がはじめてこの城にのぼったのは六〇年代の終わりで、展望レストランのバルコニーからきらめくドナウ河と、夕闇に沈んでいくその河畔を見下ろしたものだった。

まばゆい十月のその日、エルンストと私は並んで座り、すばらしい眺めに見とれていた。城壁まで這い

上がっている葉むらの海に、蒼い霞がたゆたっていた。大気の波が樹々のこずえを渡り、はらはらと散った葉が風に乗って高く舞い上がると、少しずつ遠くなって、視界から消えていった。エルンストの心は、そのあいだはるか遠いところへ行っていた。パンケーキに何分間もフォークを直角に突き刺したままだった。とちゅうでぽつりと、切手を集めたものです、と漏らした。オーストリアやスイスやアルゼンチンの。それからまた黙りこくって煙草を一本吸い、消ししなに、はるかな外《と》つ国だという気がしたのだろうか、あたかも過ぎ去った人生のすべてをいぶかしむふうに、〈アルゼンチン〉という語をもう一度くり返した。この日の朝、もしもなにかささいなきっかけさえ

あれば、私たちはふたりとも空を飛ぶことを学んでいたろうと思う。少なくとも私には、思いきり谷底に落下する条件はととのっていた。けれど、絶好の瞬間を人はいつも逃してしまうものである。付け加えるなら、グライフェンシュタインからの眺めもむかしとは様変わりしていた。砦の下には堰が造られていた。河の流れは直線になり、思い起こそうにも面影はすでになくなっていた。

帰り道は徒歩にした。私たちのいずれにとっても遠すぎる道のりだった。秋の陽を浴びながら、ふたり悄然として肩を並べた。クリッツェンドルフの家並みはいっこうに果てなかった。クリッツェンドルフの住民の姿はひとりもない。みんな打ちそろって昼食の食卓に着き、ナイフやフォークや皿をカチャカチャいわせているのだ。一匹の犬が逆上《のぼ》せて、緑色に塗った鉄の門扉に狂ったように体をぶち当てていた。黒い大きなニューファンドランド犬だったが、虐待のせいなのか、長い孤独のせいなのか、ガラスのように透きとおった日和のせいなのか、生まれ持ったおとなしい気質を損なわれてしまっていた。フェンスの背後の屋敷に動くものの気配はなかった。窓辺に寄る影ひとつなく、カーテンひとつ揺れない。犬はくり返し助走をつけては、門扉にぶち当たった。ほんのときたまそれをやめて、金縛りにあっている私たちのほうに眼を向けた。私は門扉に付けてあるブリキの郵便受けに、たましいへの手向けとして一シリング貨を投げこんだ。歩き去りながら、四肢を悪寒が走り抜けた。エルンストがまた足を止めて黒犬をふり返った。犬はすでに吠えるのをやめ、真昼の陽を浴びてじっとしている。さっさと逃がしてやればよかったのではないか。そうすればきっとおとなしく私たちと並んで歩いて、憑いていた悪霊は、クリッツェンドルフの誰かにあらたな棲処《すみか》を見つけにいっただろうに。クリッツェンドルフの住民にひとしなみに取り憑いたなら、誰ひとりスプーンもフォークも持てなくなってしまっただろうに。

アルプレヒト通りを抜けて、とうとうまたクロースターノイブルクに戻ってきた。通りのどん突きに、空洞のブロックとプレハブのパネルでできた荒れ果てた建物があった。一階の窓は板を打ち付けて塞いである。屋根はそっくり崩れていて、かわりに錆びた鉄の棒がてんでに空に突き刺さっていた。なにかの深甚な犯罪を目の当たりにしたようだった。エルンストは足を速めて、おぞましい記念碑に眼をやるのを避けていた。数軒先に行くと、小学校から子どもたちの歌声が流れてきた。いちばん美しいのは、調子っぱずれになってしまう子どもたちの歌だった。エルンストは立ち止まると、まるでふたりして観劇に来ているといったふうに私をふり返り、芝居じみた口調で、むかしどこかで暗唱して憶えたような文章でこう

言った、風に乗ってくるこの響きはなんと美しいのでしょう、心が高鳴ります、と。――二年ほど前、私はこの小学校の前にたたずんだことがあった。当時はオルガがいっしょで、クロースターノイブルクにやって来たのは、マルティン通りにある老人ホームに入居しているオルガの祖母を訪ねるためだった。帰り道にアルプレヒト通りに迷いこみ、オルガは誘惑にさからえずに、子どものころ通った学校の中に入りこんだ。五〇年代初頭にオルガが席に着いていたまさにその教室で、三十年を経ながらおなじ先生が変わらぬ声で授業をしていて、ちゃんとお勉強なさいよ、おしゃべりをしてはいけませんと当時そのままに子どもを叱っていた。だだっ広い玄関ホールにたったひとり、かつては巨大な城門のように感じられたという閉じた扉の数々にぐるりを取り囲まれて、オルガは思わず鳴咽をもらしたという。いずれにせよ、私の待っていたアルプレヒト通りにふたたび出てきた彼女は、ついぞ見たことがないほど取り乱していた。私たちは市内のオッタクリングにある祖母の住居に戻ったが、その道すがらもその晩も、オルガは不意を打って還ってきた過去にいつまでも動揺を鎮めやらずにいた。

マルティン・ホームは十七世紀か十八世紀に造られたどっしりした横長の建物である。祖母のアンナ・ゴルトシュタイナーはもの忘れが著しくなっていて、しだいにごく単純な起居ふるまいもできなくなり、五階にある共同寝室のひとつに入れられていた。その大部屋の厚い壁に穿たれた鉄格子の窓からは、ホームの裏の急斜面をいちめんに覆っている樹々の樹冠を見下ろすことができた。まるで、大波のうねる海原を眺めているようだった。陸地はとうに水平線のむこうに沈んでしまった、そんな気がした。霧笛がぼうと鳴った。かなたへ、かなたへ、船は海原を進んでいった。下の機関室からはタービンの規則正しい鳴動が聞こえてくる。外の通路をぽつりぽつり乗客が歩んでいる。介護者に腕をとられている者もいた。途方もない緩慢な歩みに、通路のはしの扉から反対のはしにたどり着くのに、永遠の時が経った。……ひとりの旅人が、時の流れの岸辺にたたずみ……。寄せ木張りの床が私の足もとで揺れた。ひそやかな話し声、かさかさいう音、足を引きずる音、祈りの声、嘆きの声が部屋をひたしていた。オルガは祖母のかたわらに腰をかけ、手を撫でてやっていた。粗挽き小麦の粥が配られた。霧笛がまた響いた。いくらか遠く、緑なす海原を、もう一隻の汽船が通り過ぎていった。浮き橋にはひとりの水兵が足を踏んばり、帽子のリボンを風になびかせながら、二本の色旗でこみいった手旗信号を宙に描いていた。オルガは祖母を抱きしめて別れを言い、またじきに来るわと約束した。けれどもそれから三週間も経たないうちに、アンナ・ゴルトシュタイナーは、つとに見送った三人の夫の名前すら思い出せなくなったことを自分でもいぶかりながら、かるい風邪がもとで逝ってしまったのだった。こんなにあっけないこともあるのだ。死の知らせを受け取ったとき、私の頭にはオッタクリング、ローレンツ＝マンドル小路の公営住宅の彼女の住まいの流し台の下に置かれていた、もはや彼女には使うすべのない、はんぶん空《から》になったバート・イシュル産の青い岩塩のパッケージが纏わりついて、数週間のうち離れなかった。

長い歩きで足を棒にして、エルンストと私は、アルプレヒト通りから片側にむけてゆるく下っている町の広場に出た。目のくらむような真昼の陽を浴びて、私たちは歩道の縁《ふち》にぐずぐずと立ちつくし、それからあたかも他所者ふたりのていで、地獄もかくやというはげしく車の行き交う道路を横切ろうとして、砂利を積んだトラックにあやうく轢かれそうになった。日陰の側に渡ってから、一軒の居酒屋に逃げ場を見つけた。一歩入ったとたんに包まれた闇は、ぎらぎらした昼光に慣れていた眼には濃すぎて、私たちはしかたなく手近の席に腰を掛けた。いっときの盲目のあと視力はゆっくりと、だが完全まではいかず戻ってきて、暗がりのなかにほかの客の姿が徐々に浮かび出てきた。ある者は皿の上に深く屈み、ある者は異様にしゃんと背筋を伸ばし、ある者は椅子に体を沈めていたが、眼を惹いたのは、だれもが例外なくひとりきりであることだった。黙《もだ》した集まりのなかをウェイトレスの翳だけが縫っていって、客と客、あるいは肥った店主と客のあいだに交わされる秘密のメッセージやささやきを伝え回っているようだった。エルンストは食事をとるのを断って、かわりに私が差し出した煙草を一本受け取った。英語で記されたパッケージを手に取り、品定めするように何度かひっくり返した。ふかぶかと、堂に入った手つきで煙草をふかした。煙草は、とエルンストはかつて詩に書いたことがある。

煙草は専売品《モノポール》
吸われぬわけにはいかない
燃えあがり消えるため

そしてビールに口をつけてひとのみすると、グラスを下ろして、ゆうべイギリスのボーイスカウトの夢を見ました、と言った。それを受けて私がイギリスの話をし、私が暮らしているイーストアングリアの州のことや、秋には広大な麦畑が目路のかぎり茶色い荒れ野原に変わってしまうことや、上げ潮になると海

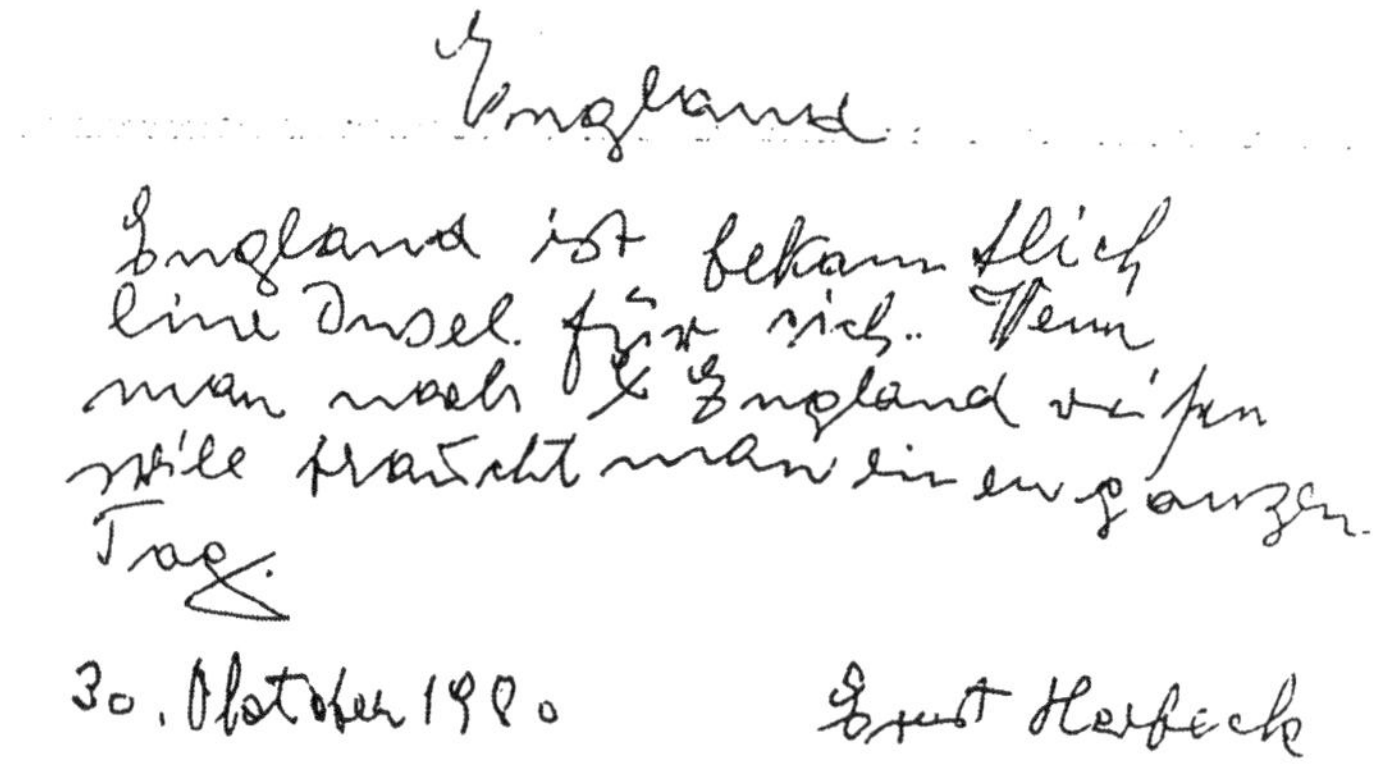
England

England ist bekanntlich eine Insel für sich. Wenn man nach England reisen will braucht man einen ganzen Tag.

30. Oktober 1980　Ernst Herbeck

水がさかのぼってくる川のことや、洪水が始終あっていにしえのエジプトよろしく小舟で野原を渡っていけるのだといったことを話すと、そんな話はなにからなにまでとうに承知だという人のような気乗り薄で、辛抱づよく聞いていた。メモ帳になにか書いてくれないかと頼むと、開いた紙の上に左手を置き、上着のポケットからノック式のボールペンを取り出して、いささかのためらいもなく書きだした。頭を片側にかしげ、ひたいに真剣なしわを寄せ、まぶたを半ば閉ざしていた。

イギリス

イギリスは周知のように
島国だ　もし
イギリスに行きたければ
まる一日かかる

一九八〇年十月三十日　エルンスト・ヘルベック

それから私たちは店を出た。アグネス・ホームまではもういくらもなかった。別れしなエルンストは帽子をつまむと、つま先立ちでかるく前屈みになってくるりと回れ右し、最後にぽんと帽子を頭に落として去っていった。児戯とむずかしい曲芸とがひとつになったようなしぐさだった。朝私を迎えてくれたときもそうだったが、そのしぐさは、長年サーカスにいた人のそれを思わせた。

ウィーンからヴェネツィアまでの鉄道の旅は、ほとんど記憶に跡をとどめていない。宅地造成でかなり景観を損なわれた首都南西の郊外地の灯を、車窓から一時間かそこらは眺めていたのだろう、やがて列車の疾走がウィーンの街をはてしなく彷徨った苦痛をしずめる鎮痛剤のように効いてきて、胸苦しさはおさまり、眠りに落ちた。外はとうに闇に包まれていて、二度と忘れ得ぬ光景を見たのは、その眠りのなかだった。画面の下半分は、しのびよる宵闇にあらかた没していた。ひとりの女が野道に乳母車を押していて、目指す先に数軒の家屋があり、そのひとつがうらぶれた居酒屋で、切妻の下に大きな文字で〈ヨーゼフ・イェリネク〉と書かれていた。屋根のむこうには暗い木深い円頂の山がそびえ、その黒いぎざぎざの稜線が夕映えを切り取っていた。だがその背後になお高く、シュネーベルクの頂《いただき》が灼熱して透きとおり、炎を吹き火花を散らしながら残照の空に屹立していて、そこを灰がかった薔薇色のひどく風変わりな形の雲が流れ、あいだに冬の惑星と三日月が浮いていた。夢のなかで私はその火山がシュネーベルクであることに疑いを抱かず、また燦然ときらめく霧雨をくぐっていまや中空に浮かんでいる私にとって、眼下にひろがる大地は疑いなくアルゼンチンであって、その途方もなく広大な緑深い草原には、小島のごときこんもりした森と無数の馬が散らばっていた。ようやく目覚めたのは、うねうねと谷間を縫って長らくおなじ速度で走っていた列車が、山あいを抜けて、いよいよ平地にむけて疾走しはじめたのに気づいたときだった。私は窓を引き下ろした。ごうとばかりに霧のかたまりが吹きつけた。列車はすさまじい速度で驀進していた。青黒い巌のするどい尖りが列車の間近に迫った。窓から身を乗り出して岩山の頂を見ようとしたが果たさなかった。暗く狭く切れ切れの谷間が開け、渓流や滝が夜目にも白く飛沫をあげて目と鼻の先に迫り、冷気が顔をなでてぞくりとさせられた。フリウリ地方だ、と脳裡に浮かぶと、むろんたちまち、数ヶ月前にフリウリ地方を襲ったばかりの破壊が思い出された。夜が白んでくるにつれて、ようやく地滑りのあとや岩塊や崩れた建物や瓦礫の山やあちこちにかたまって張られたテントがぼんやりとかたちをなしてきた。灯りの点っているところは皆無に近かった。アルプスの山峡から湧き起こり荒れた一帯にひくく垂れこめている雲が、私の脳裡で、たびたび飽きずに眺めやったティエポロの一枚の絵と重なった。その絵ではペストに襲われた町エステが、見かけはなんの変哲もなく平原に横たわっている。背景には山が連なり、その頂のひとつが煙を上げている。画面全体をひたしている光は灰の幕がかかっているようで、人々を市街から野辺へと駆りたてたのは、この光のせいではなかったかと思われるほどだ。人々はしばしふらつき歩き、おのれの身から湧き出した疫病についに打ち倒される。画面の前方なかほどにはペスト死した母親が横たわり、その腕にはまだ生きている幼子が抱かれている。画面左手に聖女テクラがひざまずいて、町の民のために取りなしをしようと、空を往く天軍にむかって天をふり仰いでいる。見る気さえあれば、頭上を往くその姿は私たちにもわかるというように。聖女テクラよ、私たちのためにお祈りください、私たちが疫病と不慮の死から守られてありますように、慈悲深き御心によりいかなる堕落からも救われてありますように。アーメン。

列車がヴェネツィアに着き、駅前の床屋で髭をあたってもらってからサンタ・ルチア駅の駅前広場に踏み入ると、秋の朝の湿気《しけ》りが家々や大運河《カナル・グランデ》の上にまだ厚く立ちこめていた。重い荷を積んで縁まで水に浸った小舟がいくつも通り過ぎた。霧のむこうから波音とともに姿をあらわし、緑のゼラチンのような水を掻き分けてやってきて、ふたたび白い靄のなかに消えていく。艫《とも》の船頭は直立したまま、ぴくりとも動かない。櫂《かい》を手に、行く手をひたと見すえていた。この船頭のひとりひとりが真実に向きあう構えの象徴だ、と私は思い、それからもしばらく自分が附したその意味に胸を揺さぶられながら、岸辺《フォンダメンタ》の通りから大きい広場に戻り、リスタ・ディ・スパーニャ通りを通って、カンナレージョ運河を渡った。ヴェネツィアの内部《なか》に入りこむ者は、次に自分がなにを見るのか、次の瞬間に誰に見られるかおぼつかない。人はあらわれたと思った刹那、たちまち別の出口から舞台を去る。つかのまのショウは劇場的な猥褻さをおび、同時に陰謀めいた気配を漂わせて、頼みも望みもしないのにその中に引き入れられてしまう。ひと気のない路地でだれかの後ろを歩いていけば、足をわずかに速めるだけで、先を行く人をやすやすと恐怖に陥れることができるのだ。あべこべに自分が尾《つ》けられる者になるのもたやすい。惑乱と身も凍りつく恐怖とが入れかわり立ちかわる。そんなぐあいだったから、小一時間ゲットーの高い建物のはざまを歩き回ったあと、サン・マルクォーラ教会まで来てまた大運河に見《まみ》えたときには、なにやら解き放たれた気がしたのだった。

仕事に向かう土地っ子よろしく、私はそそくさと水上バス《ヴァポレット》に乗りこんだ。いつのまにか霧は晴れていた。私からほど近く、後ろの座席に擦り切れた緑のローデン・コートを着た人物が腰を下ろしていて、というよりは寝そべっていて、ひとめ見るや、バイエルンのルートヴィヒ二世だと知れた。いくらか歳をくって痩せ、奇っ怪なことに小人のような婦人と上流階級特有のひどく鼻にかかった英語でしゃべっているが、そのほかは顔色の病的な青白さといい、カッと瞠った子どもっぽい眼といい、波打つ髪や虫の食った歯といい、どこをどう見てもその人だった。ルートヴィヒ王《イル・レ・ロドヴィーコ》だ、間違いない。きっとそうだ、海を渡って、この汚染された街、禍々しいヴェネツィア《チッタ・インクイナータ・ヴェネツィア・メルダ》にやってきたのだ、と思った。私たちは船を降りた。ルートヴィヒは防寒着をはためかせてスキアヴォーニの岸辺を歩いていき、それにつれてどんどん縮んでいった。遠ざかっていくからばかりではなく、人並はずれて矮《ちい》さい連れの婦人のほうにしきりと話しかけながら、しだいに深く腰を屈めていくからだった。ふたりを追うのはやめて、私は河岸のバーに入って朝のコーヒーを飲み、ガゼッティーノ紙を読んでヴェネツィアにおけるルートヴィヒ二世についての論文のためにいくつかメモを取り、それから作家フランツ・グリルパルツァーが一八一九年に綴った『イタリア旅日記』をひもといた。旅先でよくグリルパルツァーとおなじような感慨を抱くので、ウィーンで買い求めておいたのである。グリルパルツァーにおなじく私もなにひとつ気に入るものがなく、名所という名所に落胆し、いっそ家で地図と時刻表を眺めていたほうがよかったという思いがいつもながらにきざした。グリルパルツァーは総督宮殿《ドウカーレ》にすら、はなはだ限られた敬意しか表していない。アーケードや小尖塔がいかなる技巧で飾られていようとも総督宮殿はやはり不格好であり、ワニの体を思わせる、と記している。どうしてそんな比喩を思いついたのか自分でもさだかではないが、と。この総督府でなされる決議はさぞや秘密めき、揺るぎなく、過酷なことだろう、とグリルパルツァーは書いて、この宮殿を石でできた謎と呼んでいる。その謎の本質は、察するに戦慄というものなのだろう。というのもヴェネツィア滞在のあいだ、グリルパルツァーは薄気味の悪い感覚をどうしてもぬぐい去ることができなかったのだ。自身が法律に精通していた彼は、司法機関のましますこの宮殿についてのべつ思いをめぐらし、この最奥の空洞――と彼は言う――において不可視の原理が胚胎する、と書いている。死んでいった者、迫害した者と迫害された者、殺した者と殺された者が、貌を布で覆った姿でグリルパルツァーの脳裡にあらわれる。貧しい、神経過敏な一官吏の体を、熱病のような悪寒が駆け抜ける。

ヴェネツィアの司法を体で味わった犠牲者のひとりが、ジャコモ・カザノヴァだった。一七八八年にプラハで刊行された『ヴェネツィア共和国の監獄、通称〈鉛《レ・プロン》〉よりのわが脱獄の記、一七八七年、ボヘミア・ドゥホフにて』は、当時の刑事法廷がいかに発想ゆたかだったかをあますことなく披瀝している。一例として、カザノヴァは扼殺機なるものについて記している。壁に背をつけて犠牲者を座らせる。壁には馬蹄形の金具が取り付けてあり、頭をそこに通して、首半分だけ金具が取り巻くようにする。そして絹の紐を首に巻き付け、紐の先にある巻き上げ機を刑吏がゆっくりと、罪人の断末魔の痙攣がやむまで巻き上げる。この器具は、総督宮殿のいわゆる鉛屋根の牢獄に置かれていた。カザノヴァがここに収監されたのは三十歳のときだった。一七五五年七月二十六日朝、警察署長が部屋に乗りこんでくる。ただちに起立して、書き物はすべて、自分のものも他人のものも一切を渡し、服を着けて同行せよと命じられる。審問所というひと言に全身が痺れ、言いなりになるほかは体の自由がきかなくなった、とカザノヴァは記している。機械的に顔を洗い、婚礼のいでたちと紛うばかりにいちばん上等のシャツと仕立てあがったばかりの上着を着る。ほどなくカザノヴァは、縦十二メートル、横四メートルの宮殿屋根裏にいる。入れられた独房は四メートル四方。立つこともままならぬほど天井は低く、家具はひとつもない。壁に机と寝床を兼ねて幅三十センチの板が取り付けてあり、カザノヴァはその上に瀟洒な絹の外套、なんとも幸先の悪いおろしかたをすることになった新調の上着、青鷺の白い羽根を飾ったスペイン刺繍のある帽子を脱いで置く。異様なまでの暑さ。見れば鉄格子のむこう、屋根裏を兎ほどもあるどぶ鼠が走り回っている。カザノヴァは窓辺に寄る。見えるのは切り取られた空だけ。そのままの姿勢でゆうに八時間、身じろぎもせず立ちつくす。生涯でこれほど口に苦い味を覚えたことはない、と彼は言う。憂鬱がとらえて離さない。シリウスの日々、真夏がやってくる。汗が滝になって落ちる。二週間便通がない。石のような便が出たとき、激痛に悶え死ぬのではないかと思う。カザノヴァは人間の理性の限界について思いをめぐらす。たしかに人間はめったに気が狂うものではないが、気が狂うためのきっかけはいつどこにでもある。ほんのわずかなずれが起きさえすれば、もう元の通りでなくなるのだ。カザノヴァは考察のなかで、曇りのない理性のことを、壊さないかぎり決してみずからは壊れないコップに喩えている。だがそれはなんとやすやすと壊れることだろう。まちがった動きひとつあればすむのだ。それゆえにカザノヴァは、冷静さを失わず、状況をあたうるかぎりしっかり把握しようと決意する。やがて以下の次第がのみこめてくる。この牢獄に囚われているのは身分の高い者たちだけだ、だがその人々は、高官のみが承知していて被拘禁者には知らされないなんらかの理由によって、社会から隔離されなければならない人たちだ。審問所が罪人として起訴したときは、とうに有罪が定まっている。そしてその審問所が裁きのために用いる規定は、もっとも有能でもっとも徳の高い人物から選ばれたという元老院のお歴々が護持している。いまなにが正しいかを決めるのは共和国の法体系であって、自分の法感覚ではないと認めるしかないらしい、とカザノヴァは観念する。拘留の当初に浮かんでいた復讐の幻想——民衆を動かし、先頭に立って政府と貴族支配とを打ち倒すのだ——はもはや論外となる。自由にしてくれるなら身に受けた不当は水に流してもよい、とすらやがて思う。ある程度までなら権力と馴れ合えるともわかった。身銭を切って日用品や書物、食料を首尾よく囚人房に差し入れさせる。十一月初頭、リスボン大地震が発生、津波はオランダまで達する。カザノヴァは牢獄の窓の前の重い桁《けた》がぐるりと回って、もとの位置に戻るのを見る。それからというもの、もはや釈放には望みをかけない。知らされていないだけで、終身刑でないともかぎらないのだ。いまやカザノヴァの念頭には脱獄の準備しかなくなる。大きな挫折をふくめ、そのためにゆうに一年を要することになるが。がらくたが転がっている屋根裏の散歩が毎日一定の時間だけ許されるようになると、もくろみに必要ないくつかの物もたくみに調達する。そのときたまたま見つけたのが、十七世紀の犯罪の訴訟を綴った古い文書の山だった。贖罪規定を濫用した聴罪司祭への告発が記され、少年への男色をおかした学校教師の行状がこまかに描かれ、言うなれば法学者を舌なめずりさせるために書かれたようなとびきり奇天烈な破戒がごまんと連ねてあった。カザノヴァが古文書から見るところ、わけても頻出するのは、市立孤児院の少女たちに対する性的誘惑の事例だった。そういった孤児院のひとつから少女たちが毎日出かけて歌っていたのが、鉛屋根の牢獄からほど近いスキアヴォーニの岸辺のサンタ・マリア・デラ・ヴィジタツィオーネ教会であって、少女たちが声も届けと歌声を響かせたその天井画こそ、三つの徳の描かれた、カザノヴァの逮捕からまもなくティエポロが完成させたフレスコ画なのだった。後世も事情はおなじだろうが、当時の判決は性衝動の統御に主眼をおいていた。鉛屋根の下でゆっくりと衰弱していった被拘禁者のなかには、衝動を抑えきれない、どうしてもおなじ一点にしか欲望の向かわない人々が少なからずいたことだろう。

拘禁から二年目の秋、手はずはすっかり整って、あとは脱獄を待つばかりとなる。チャンスがおとずれる。審問官たちはしばらく本土《テッラ・フェルマ》に渡っているし、牢番のロレンツォは上役の留守中たいてい酒びたりになっているからだ。正確な日取りと正確な時間を決めるため、カザノヴァは〈ヴェルギリウス占い〉に似た要領で、ロドヴィコ・アリオストの『狂えるオルランド』に伺いをたてる。まず訊ねたい質問を書き、その単語から導き出した数字によってさかさまのピラミッドを作り、さらにそれぞれの数列から九という数字を引き算する操作を三回くり返したところ、『狂えるオルランド』の第九歌第七節第一行にたどりついた。そこにはこうあった。〈十月の終わりと十一月の初めの間に《トラ・イル・フイン・ドットブレ・エ・イル・カーポ・ディ・ノヴエンブレ》〉。刻限まではっきりしたこの指示は、カザノヴァにとってまさしく啓示となる。なぜならこうしたそら恐ろしい偶然にこそ、どんな明晰な思考もおよびがたい法則が働いており、それゆえ自分もその支配下にあるからだ。一見いいかげんな文字と数字の遊びによって未知の深みに測鉛を垂らすカザノヴァのこころみに触発された私は、いま当時の自分の日誌をあらためてみるのだが、不思議なことに、いや仰天したことに、一九八〇年のその日、スキアヴォーニの岸辺のホテル・ダニエリとサンタ・マリア・デラ・ヴィジタツィオーネ教会のあいだ、つまり総督

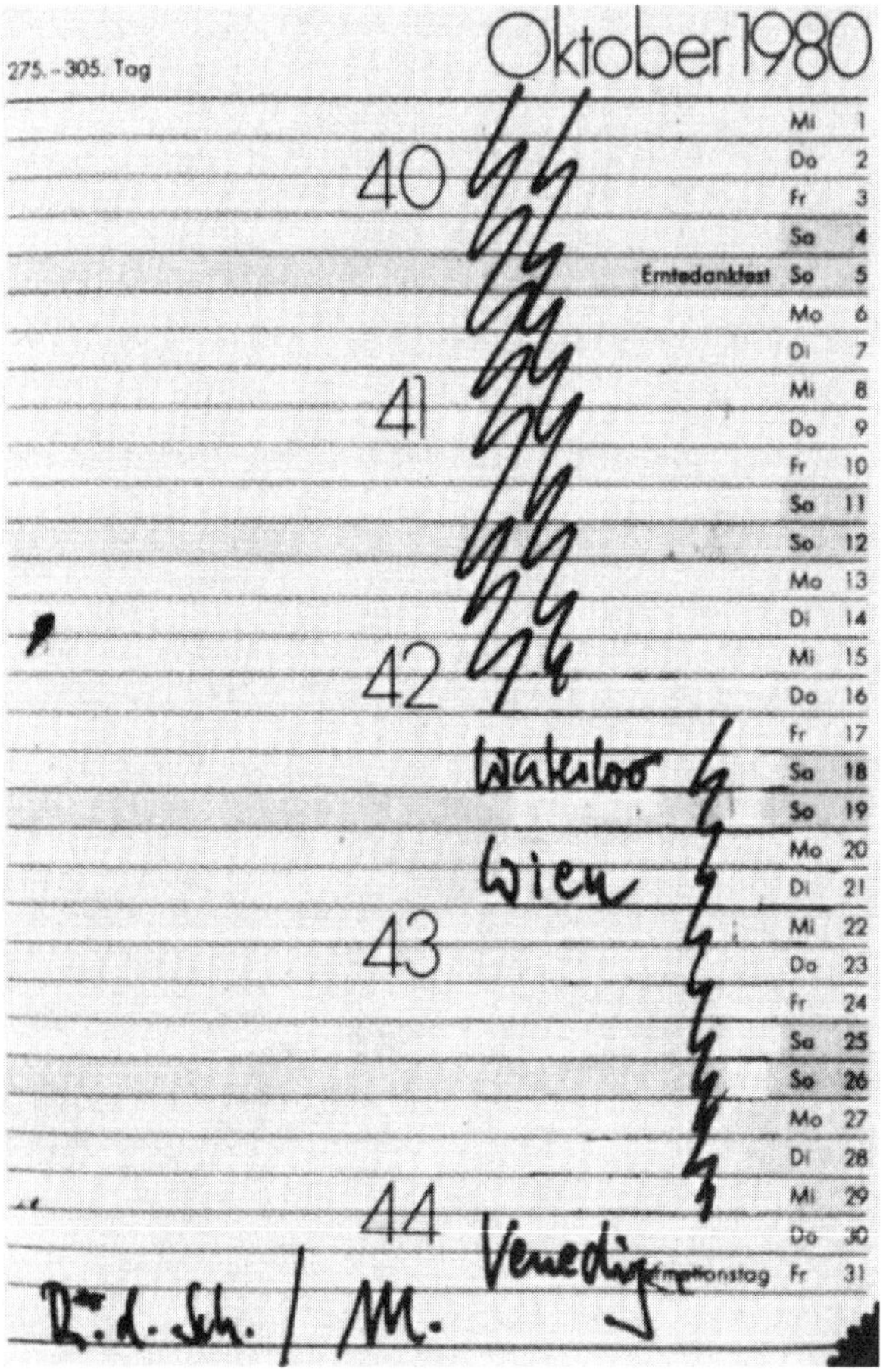

宮殿からほど近いバーで私がグリルパルツァーの旅日記を読んでいたほかならぬその日こそ、十月の末日だったのである。その日というかその夜、カザノヴァは〈そしてわれら《エ・クィンディ・》は、空の星を仰ご《ウシンモ・ア・リミラール・》うと、外へ出た《レ・ステッレ》〉とダンテの一節をつぶやきつつ、ワニの体を覆う鉛の鎧を破ったのだった。私自身は十月三十一日の晩、夕食を終えてからふたたび舞い戻った岸辺のそのバーで、マラキオというヴェネツィアの男と話をしていた。マラキオはケンブリッジで天体物理学を修め、ほ

どなくわかったのだが、星のみならず、いっさいをとびきり遠大な距離から眺める人だった。真夜中近く、私たちは突堤に繋いであった彼のボートに乗って龍尾のようにくねる大運河《カナル・グランデ》をさかのぼり、フェッロヴィーア《駅前》もトロンケットも通り過ぎて外海に出た。本土メストレの海べりに数マイルにわたってつづく精油所の光の帯が眼を射た。マラキオはエンジンを切った。ボートが上へ下へと波に揺られ、そのまま長い時間が流れたようだった。眼前にはこの世界のしだいに消え細っていく煌《きら》めきがあり、私たちはそれを天空の都市ででもあるかのように飽かず眺めている。炭素からなる生命の不思議が、燃え上がり消えていく、とマラキオのつぶやく声がする。エンジンがふたたび掛かり、ボートは舳先《へさき》を上げて大きく輪を描くと、ジュデッカ運河に入っていった。黙ったまま私の案内役が指さしたのは、ジュデッカ島の西に浮かぶ名のない島に立つ市立焼却場だった。死んだように静まり返ったコンクリートの建物、そして立ち昇る白煙。こんな夜中にも燃やすのですかと訊ねると、マラキオは、ええ、絶え間がありません《シ・ディ・コンティーヌオ》、ずっと燃えています《ブルキア・コンティヌアメンテ》、と答えた。ストゥキー製粉所が視界に入ってきた。何百万個の煉瓦からなる十九世紀の建物が、暗く盲いた窓をし、ジュデッカ運河ごしにマリッティマ船着き場を見つめている。総督の宮殿が何個分も入りそうに桁はずれに大きく、ここで挽かれていたのは本当に穀物だけだったのだろうかといぶかられるほどだった。暗闇にそそり立つファサードをかすめていくと、おりしも月が雲間から顔を出し、左側の破風の下の黄金のモザイク画を照らし出した。穂束を手にした麦を刈る女で、石と水の風景のなかではひどく異様な姿だった。マラキオが言った、このところずっと、わたしは復活について考えています、われらが骨と肉はいつか天使に運ばれエゼキエルの領土《くに》にいく、というエゼキエル書のくだりは、どういう意味なのだろうかと。答えは見つかりませんが、けれども問うだけでも満足です。製粉所が闇に溶けていき、私たちの眼前には、サン・ジョルジョ教会の尖塔と、サンタ・マリア・デラ・サルーテ教会の円蓋があらわれた。私たちは握手をかわした。マラキオは私のホテルまでボートで送ってくれた。もう話すことはなかった。ボートが停まった。私はすでに岸辺に立っていた。苔むした岸壁に、波がぴちゃぴちゃと音を立てていた。マラキオはもういちど手をふって、来年はエルサレムで！《シ・ヴェディアーモ・ア・ジェルサレンメ》と叫んだ。そして船が遠くなってからまたもう一度、さらに声を張り上げてくり返した。来年はエルサレムで！ 私はホテルの前の広場を横切った。人っ子ひとりいなかった。だれもが自分の寝床に着いていた。ホテルの夜番すら持ち場を離れ、受付カウンターの奥の開け放しの小部屋のようなところで、棺台に安置されてでもいるかのように、へんに高い狭苦しいベッドで休んでいた。テレビはテスト映像がちかついていた。眠ってはならないことを機械だけがわかっている、と部屋への階段をのぼりながら思ったが、疲労はほどなく私にも襲いかかった。

この街での目覚めはほかのどこともちがう。一日がしずかに明けていく。呼び声や、シャッターを開ける音や、鳩の羽音がときおり静けさをやぶるにすぎない。ウィーンで、フランクフルトで、ブリュッセルで、これまで何度おなじようなホテルの一室で、頭の下で腕を組んで横たわり、ここのように静けさに耳を澄ますのではなく、すでに何時間となく体の上を轟いていた波音のような往来の喧噪を目覚めとともに聞いて慄然としたことだったろう。これが新たな大洋なのだ、とそのたびに思ったものだった。街全体をたえまない大波がうねっている。音の波濤はしだいに膨れ、しだいに高まり、頂点に達すると錯乱したごとくアスファルトや石畳に砕け散って、そのときにはもう、信号の前にできた渋滞から新しいうねりが起っている。近年こう思うようになった、このどよめきの中から、私たちのあとに続く生命が、私たちをじわじわと破滅に導く生命が生じるのだろう、ちょうど私たちが太古の生命をじわじわと破滅させたように、と。それだけに、ヴェネツィアの街をおおう静けさは現実ばなれのした、いつ破られてもおかしくないものに思われたのだった。十一月一日、万聖節の早朝で、半開きにしてあった窓からしのびこんだ白い霧が部屋いっぱいにたちこめ、私は霧の海に横たわっているかのようだった。私が人生の最初の九年間を過ごしたWという村も、万聖節と万霊節の二連日にはきまって濃い霧がたちこめていた。住民はひとりのこらず黒衣をまとって、前日に夏の花を抜き、雑草を取り、道をならし、煤を土に混ぜこんで、整えておいた墓に詣でに行った。棲処を追われた人のように、霧のなかを奇妙に前こごみになった村人の暗い影が行きかう、殉教した聖人と哀れな魂《ゼーレン》を思い起こすためのこの二日間ほど、私の子ども時代にとって深い意味を持っていたものはないと思う。わけても毎年胸に迫ったのが、ゼーレンヴェッケンを食べる行事だった。それはパン屋のマイヤーベックがこの両日のために特別にこしらえるパンで、男も女も子どもも、ひとりひとつきりしかもらえない。白パンの生地で焼き、掌に隠れてしまうほど小さかった。一列に四個ずつがのっていた。粉がまぶしてあって、いまも憶えているのだがある年ゼーレンヴェッケンを食べたあと指に粉が残ったことに気づき、それを神の啓示のように感じた私は、その晩祖父母の寝室にある粉櫃《こなびつ》を木の杓子でかき回し、中に隠されているはずの神秘をいつまでも探り求めたものだった。

思い出したように書き物をし、だが大半は、円を描いてしだいに拡がっていくか、あべこべにしだいに縮こまっていく想念にふけり、ときおりはてしない空漠感に襲われながら、一九八〇年十一月一日のその日、私は部屋をついに一歩も出なかった。逼塞して想いにふけっているだけでも人は死に至りうるのではないか、という気がした。というのも窓を閉め部屋にはかるい暖房がかかっていたのに、身動きしなかったために四肢がしだいに冷たく硬直していって、呼んだボーイが赤ワインとバター付きのパンを持ってあらわれたときには、自分はもう埋葬されたか、少なくとも棺台に横たわっていて、手向けの酒をもはや飲めはしないけれども無言で感謝しているといった心地だったのだ。灰色の潟《ラグーナ》を渡って、墓地島や、ムラーノ島や、サンテラズモ島や、その先のサン・フランチェスコ・デル・デゼルト島の聖カタリーナの沼地に行ってみる自分を思い描いた。そうしているまに浅いまどろみがおとずれ、眺めていると霧がすうっと晴れていって、五月の光に緑色のラグーナがひろがり、おだやかなひろい水面から、緑の島々が薬草の芽生えのように浮き上がってきた。私は病院のある島ラ・グラーツィアと、そこに建つ監視《パノプティッシュ》式の円形の建物を見た。船出する巨大船に乗ってでもいるかのように、狂った人々が何千とその窓から手をひらひらさせていた。聖フランシスコが揺らめく葦の舟に横たわり、顔を水に浸けていた。その沼地を聖カタリーナが、おのが身を裂いた刑車の小さな模型を掌にのせて渡っていった。小さな棒にくくりつけられたその刑車が、風に鳴ってカラカラと回っていた。ラグーナの空を暁が紫色に染めていき、そして目覚めたとき、私は真闇のなかにいた。〈来年はエルサレムで〉という言葉でマラキオはなにを言おうとしたのだろう、と脳裡をかすめ、彼の貌か眼を思い浮かべようとしたが果たさず、岸辺のあのバーにもう一度来いということではなかったか、と思い当ったが、そう思えば思うほどに、私の身体はぴくりとも動かなくなっていった。ヴェネツィアの二度目の夜が過ぎ、万霊節の日と三度目の夜が過ぎ、そして月曜日の朝、私は重みのなくなったような不思議な感覚にひたされて目を覚ました。熱い風呂を浴び、前日のバター付きパンを食べて赤ワインを飲み、新聞を運んでもらうと、ようやく人心地がついて、鞄に荷物を詰めて出発できるまでになった。

サンタ・ルチア駅の立ち食いスタンドは、地獄もかくやの騒々しさだった。扉を出る者、入る者、ショーケースのまわりをうろつく者、少し離れた高所にでんと座ってレジを叩いている女たちを目指していく者、そんな揺れる麦穂のような人波の上に不動の島のごとくにスタンドが突き出ていた。まだ食券を買っていない私のような者は、全力をふりしぼってまず玉座の女のひとりに自分の希望を叫び立てなければならない。エプロンのようなものを一枚はおっただけの、巻き髪で眼を半眼にしたその女たちは、下で言い立てる者の頭上で悠然と構えながら、飛び交い重なり合う注文のどれかをいいかげんに（と思えた）採り上げると、どんな疑念も粉砕するような断固たる声で大波にむかって復唱する。そして二度とふたたび覆せない判決ででもあるように値段を呼ばわると、いくらか前屈みになって、慇懃と侮蔑をないまぜにして食券と釣り銭とを渡してよこす。いまやこの一枚に生死がかかっていると思えてきたその食券を握りしめると、こんどは人混みをかき分けかき分け、カフェテリアの中央に割りこんでいかねばならない。そこにはこの凄まじい料亭のウェイターたちが、円形カウンターの内側で能面のような顔をし、もみあう人群れを前に泰然と仕事をこなしていて、その動きが喧噪を背後に、まるでスローモーションのように見えるのだった。糊をしたての白いリネンの上衣をはおった沈着なウェイターたちは、レジの姉妹や母親や娘たちとおなじく摩訶不思議な集まりに出ている高貴な族《うから》のようで、病的欲望に憑かれた人間たちを、なにか得体の知れない仕組みによって裁いているがごとくだった。その印象は、白装束の品格あるウェイターが一段高くなっているらしい円形カウンターから半身をのぞかせていたのに対し、外側の客はカウンターが肩までか、どうかすると顎の高さまで来ているために、なおのこと強まった。それほど控えめなウェイターが、グラスやカップソーサーや灰皿を大理石のカウンターに置くときは、砕け散るぎりぎりを狙っているのかしらと思うほどのすさまじい勢いになった。私のカプチーノが出てきたときは、つかのま、この褒美で人生最大の勝利を得たような気になったほどである。ほっと息をついて周囲を見まわした拍子に、そのあやまちに気づいた。ふいに、刎ねられた首がカウンターにずらりと並んでいるように見えたのだ。糊のきいたリネンをまとったウェイターが大理石の平板を腕でさっと払うと、私の首はむろんのこと刎ねられた生首がごろごろと屠殺穴に落ちていった、としても私は驚かなかっただろう。それどころか薄明かりのなかで、首たちが言うなれば今生《こんじょう》の食いおさめか飲みおさめに執心するのもむべなるかなと思われた。そんな不吉な観察と、自分でもわかる馬鹿げた想念にふけっていたとき、ひたすらおのれにかまけて朝食をとっている亡霊たちのただなかで、忽然として、誰かに見られている、という感じが湧き起こった。見ると、たしかにふた組の眼が私のほうを向いている。眼の主たちはむかいのカウンターに寄りかかっていた。ひとりは右手に顎を、もうひとりは左手に顎を載せて。草原に雲の翳がかかるように、私の胸に不安がきざした。このふたり組、勘違いではなく私に視線を注いでいる若い男たちとは、ヴェネツィアに着いて以来何度か擦れちがわなかったか、私がマラキオと出会った岸辺のバーでも、客にまじってはいなかったか。

GIARDINO GIUSTI
VERONA

BIGLIETTO D'INGRESSO

№ 52314

時計の針は十時半を指そうとしていた。私はカプチーノを飲み干し、肩越しに左右をうかがいながらプラットホームに出、予定どおりミラノ行きの列車に乗りこんで、ヴェローナへと向かった。

ヴェローナで〈金の鳩〉という名の宿をとると、その足で長年の習慣どおりジュスティ庭園に出かけた。昼下がりの数時間、一本のヒマラヤ杉の下の石のベンチに横になった。枝間を風がさわさわと抜け、園丁が黄楊《つげ》の低い生け垣のあいだをレーキで掃いているかすかな音がしていた。十一月のさなかにも、黄楊から立ち昇るほのかな香りがまだ漂っている。こんな心地よさを味わったことは久しくなかった。だが私は最後には身を起こした。庭園を出しなに、ひとしきり白いトルコ鳩のつがいを眺めた。前後になっていくどか羽ばたくとまっすぐ梢の上まで飛んでいき、高い青空にいっときの永遠をとどまってから、ついと身を翻して、かすかなグルグルという声をもらし、羽根をぴくりとも動かさずに、植えてから二百年は経ちそうな壮麗な糸杉のまわりを大きくすらりと弧を描きながら降りてきた。糸杉のとこしえの緑――私の脳裡に、いま住んでいるイギリスの地方のあちこちの教会に植わっている櫟《いちい》の樹が浮かんだ。櫟は糸杉よりなお成長がゆるやかである。太さ一インチの櫟に百を超える年輪が刻まれていることも珍しくなく、千年生きて、死

ぬことなど忘れてしまったような樹もあるという。私は前庭に出、びっしりと蔦の覆う壁に造りつけられた泉水で来たときとおなじように顔と手を洗い、最後にもういちど庭園を一瞥した。そして出口に向きなおり、薄暗い建物からこちらにうなずきかけてきた守衛の女性に会釈を返した。ヌオーヴォ橋を渡り、ニッツァ通り、ステッレ通りを抜けて、ブラ広場にたどり着いた。古代ローマの円形劇場《アレーナ》に足を踏み入れたとたん、歴史の闇に巻きこまれたような感覚が起こった。アレーナにはひと気がなく、季節はずれの観光客の団体がひとついたきりで、その人々にむかって齢《よわい》八十に届きそうなガイド《チチエローネ》が、細くしわがれた声でこの建造物の類い

稀なることを説いていた。私は階段席をいちばん上まで登り、そこからひどく小さくなった一団を見下ろした。四フィートにやっと届く身の丈しかなさそうなガイドは、だぶだぶの上衣をはおり、おまけにせむしでひどく前屈みになっていて、前の裾が地面を擦っていた。驚くほどはっきりと、おそらくは下で取り巻いている客の耳にとってよりはっきりと、ガイドのせりふが聞こえてきた。このアレーナでは、「完璧《グラー》な音響のおかげで《ツイエ・ア・ウナクスティカ・ペルフエッタ》、バイオリンのソロはより繊細に《ラツソーロ・ピユー・インパルパービレ・ディ・ウン・ヴィオリーノ》、ソプラノのメッツァ・ヴォーチェはより優美に《ラ・メッツア・ヴォーチエ・ピユー・エテレア・ディ・ウン・》、舞台で息《ソプラーノ》をひきとるミミのうめき声はより痛切に聞こえるのです《イル・ジエミト・ピユー・インティーモ・ディ・ウーナ・ミミ・モレンテ・スツラ・シエーナ》」、と。奇形のガイドの建築やオペラへの熱情に観光客はたいして感じ入ったふうはなかったが、男は出口に向かいながらかまわず流暢な弁をふるい、しかもその際にはかならず足を止めて後ろをふり返っては、同様に立ち止まった一団に右手の人差し指をふり上げて、その様子はなにやら、自分より頭ひとつ大きい児童を前にしたちびの学校教師といった感があった。傾いた陽が円形劇場の端からほぼ水平に差し入り、老人と観光客が劇場を去ったあとも、私はぽつねんと、大理石を赤く染めている残照に包まれていつまでも腰を下ろしていた。いや、ひとりというのは思い込みだったのだ、なぜならかなりの時が過ぎてから、アレーナのむこう半分、濃い影に覆われた側に、石段に腰を掛けたふたつの姿を認めたからである。間違いない、あのふたり組の若い男、けさ早くヴェネツィアの駅で私に視線を注いでいたあの男たちだった。ふたりの監視人のように席に着いて、陽光が褪せるまで身じろぎもしなかった。やがて立ち上がり、そして私の眼にはたがいを向いてお辞儀をしたように見え、階段席を下りて、出口の闇に消えていった。私はしばらく動けずにいた。ただの偶然の出遇いが、それほど身にこたえていたのだろうか。恐怖と寒さに体が痺れて、アレーナに座りこんだきり一晩じゅう身じろぎできずにいる自分の姿が脳裡に浮かんだ。理性をかきあつめ、ありったけの力を奮い起こしてからくも立ち上がり、出口に向かった。道を半ばほどまで来たとき、灰色の大気を突っ切ってヒューッと飛んできた一本の矢が私の左の肩胛骨を射抜き、奇妙な音を立てて心臓を貫いた、そんな心象が、やみくもにおし寄せてきた。

それからの数日はピサネロの調査だけにもっぱらかかずらっていた。ヴェローナに行くことを決めたのはただピサネロのためで、彼の絵は何年も前から、なにはなくてもいい、見ることとさえ残されれば、と思わせていたものだった。当時にしては類をみない高度な写実的な技巧にも心を惹かれたが、それ以上に、写実とは本質的にそぐわない奥行きを欠いた二次元の画面において、巧みに写実を展開し得ているその手法に魅了されていた。ピサネロの画面では、主人公に、脇役に、空の鳥に、緑に揺れる森に、葉の一枚一枚に、それぞれの存在の権利がいささかも減じられずに等しく与えられている。そうした画家ピサネロへの昔年の愛情にひかれて、私は聖アナスタシア教会へとふたたび足をはこび、ペッレグリーニ礼拝堂の入り口上部にピサネロが一四三五年に完成したフレスコ画を見に行ったのである。ペッレグリーニ礼拝堂は教会の左翼にあるが、いまはもはやいにしえの姿をとどめていない。アーチ形の入り口は、茶色のペンキをぞんざいに塗られてドアをひとつ付けた板壁で閉ざされており、その奥は堂守の棲処とはいわぬまでも、控え室になってしまっていた。憂い顔の、長年の沈黙と孤独によっていまにも消え入りそうなたたずまいの女性の堂守は、四時を少しまわると鉄鋲を打った重い表扉を開け、ただひとりの訪問者である私の先に立って、おぼつかない足取りで影のように身廊を渡っていくと、無言のまま扉のむこうに消えた。私がフレスコ画を眺めているあいだ、とこしえの巡回に出ているごとくに一定の間をおいてくり返し姿を見せ、ふたたび暗闇に去っていき、またしばらくして軌道を戻って来たように棲処を訪ねにきた。聖アナスタシア教会の側廊には、一条の光も差しこまなかった。まぶしい昼下がりに、そこだけは濃い翳がたちこめていた。往時の礼拝堂のアーチ上部に描かれたピサネロの絵も、やはり翳のなかにあった。千リラ硬貨をブリキの箱に投げ入れると、ときにはひどく長く、ときにはひどく短く感じられる時間の照明が点り、そうすると、龍退治に発とうとして王女《プリンチペッサ》に別れを告げている聖ゲオルギウスが鮮明に姿をあらわした。画面の左半分は、色褪せた怪物とまだ羽根の生えていないその二匹の仔しか残存していない。ところどころ、龍をなだめるために犠牲になった動物や人間の骨片や骸骨が散らばっている。にもかかわらず、断片を取り囲む空漠は、パレスチナの町リュダを襲ったと伝えられる恐怖をいまなお彷彿とさせる。フレスコ画の右半分、いまひとつの主要な画面は、ほぼまったきかたちで残されている。描きかたからして北方を思わせる地方が蒼天に浮き上がっている。遠方を示す構成要素は、細長い入り江に浮いている帆をふくらませた船ひとつのみ。ほかのいっさいは現在であり、此岸の存在であって、波打つ土地、耕された野、生け垣や丘、屋根や塔や鋸壁を描きこんだ町、そして絞首台とそこにぶら下がっている人間——当時好まれたモチーフだった——が、この情景になんともいえない生彩をもたらしている。繁みや藪や樹々の枝葉は入念をきわめた手つきで描きこまれ、またピサネロがつねに細心の注意を傾けていた動物たち、陸地をさして飛んでいく鸛《こうのとり》、犬、雄羊、七人の騎手の馬が愛情こまやかに描かれている。騎手のひとり、カルムック人の射手の面持ちにはひきしまった悲愴感がただよう。中央には羽毛の外套をはおった王女と聖ゲオルギ

ウス、ゲオルギウスの鎧《よろい》の銀は剝落してしまっているが、まばゆい黄金の髪はいまなおその身を燦かせている。驚くべきは、かっと剝かれた、はやくも血塗られた困難な仕事に向かっている騎士の男性のまなざしに対置させて、毅然とした女性の眼を、下瞼の縁《ふち》をかすかに下げて描くというただそれだけによってなしとげているピサネロの表現のみごとさだ。

　ヴェローナ滞在の三

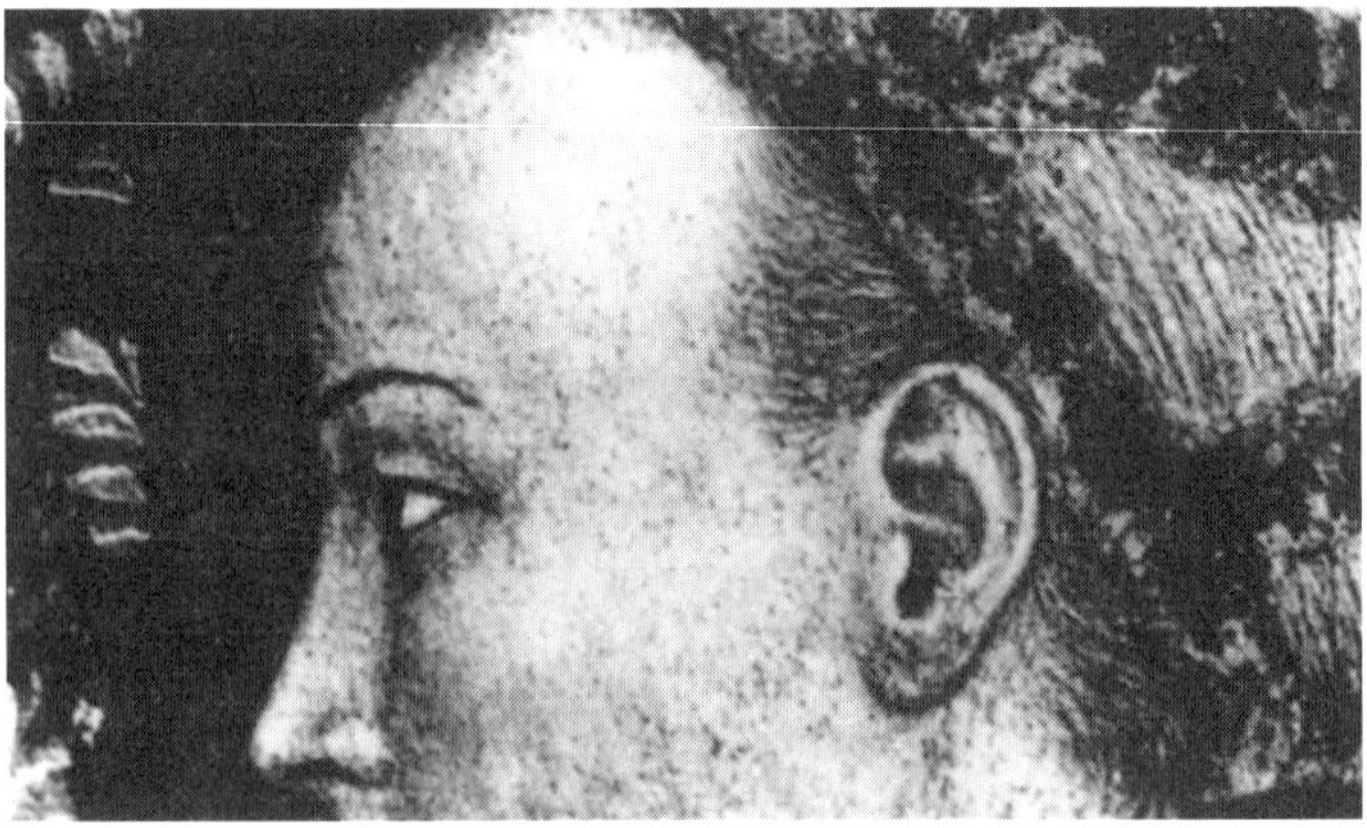

日目に、なんの因果だろうか、私は夕食をとるためにローマ通りにあった一軒のピザリアに入った。見知らぬ町におもむいたとき、入る店をどうやって探すかは私自身も判然としない。ある面では選り好みが著しく、何時間も大小の道や路地をうろついてからようやく店を決めるのだが、その一方では、けっきょく最後にいいかげんに飛びこんでしまい、侘しい店内で居心地の悪い思いをしながらまったく口に合わない料理を食べるはめになる。十一月の五日もそんな晩だった。あのときもう少し考えがありさえすれば、外から見ただけで厭な印象のあったその店の敷居はけっしてまたがなかっただろう。しかし私はすでに漁網を垂らした洞窟の中で、ぐらつくテーブルを前に、赤いビニール張りの大理石模様の椅子に腰を下ろしてしまっていた。床と壁はふたたび陸地にまみえる希望をことごとく潰し去るような、おぞましいマリンブルーに統一されていた。四方を海に囲まれているという設定は、私のむかいの壁に一枚の海の絵が、ブロンズがかった金色の額縁に入って天井のすぐ下に掛かっていることで完璧になっていた。海景画のつねとして一艘の船が描かれていたが、その船はまっ白な波頭をした青緑色の波の頂点で船体をかしげ、舳先の下に口を開けている深淵にいましも落ちようとしていた。まぎれもなく、破局の寸前を描いたものだった。私をとらえた悪心《おしん》はしだいに高まっていった。まだ半分も食べていないピザの皿をわきに押しやって、船酔いした人が手すりにつかまるぐあいに、両手でテーブルの縁をつかんで体を支えずにはいられなかった。恐怖が嵩じて額が冷たくなるのを感じたが、かといってウェイターを呼んで勘定をしてもらうこともできなかった。かわりにもう一度現実を見ようとして、私は昼すぎに買っておいた新聞——ヴェネツィアで出ているガゼッティーノ紙——を上着のポケットから引っぱり出し、やっとの思いでテーブルの上にひろげ

ORGANIZZAZIONE LUDWIG

た。いきなりひとつの記事に眼が釘付けになった。いわく、きのう十一月四日、編集部に奇っ怪なルーネ文字で書かれた犯行声明書が届いた。一九七七年以降ヴェローナおよび北イタリア諸都市で起こった一連の殺人事件は、これまでまったく無名だった〈ルートヴィヒ団《オルガニザッツィオーネ・ルートヴィヒ》〉なる名の組織によるものであるという。記事は未解決の事件を読者の記憶に呼び起こしていた。一九七七年八月末、ジプシーのグエッリーノ・スピネッリが、いつものように町はずれに捨て置いてある古いアルファの中で寝ていたところ、何者かに放火されて重度の火傷を負い、ヴェローナの病院で死亡した。一年後、パドヴァでウェイターのルチアーノ・ステファナートが刃渡り二十五センチの料理ナイフ二本を首に突き立てられて絶命しているのが見つかった。そのさらに一年後、ヴェネツィアで二十二歳のヘロイン常習者クラウディオ・コスタが三十九カ所を刃物でめった突きにされて殺害された。そしていまは一九八〇年の晩秋。ウェイターが勘定書を持ってくる。二つ折りにしてあるその紙を私はひろげる。眼の前の文字と数字がぼやける。一九八〇年十一月五日。ローマ通り、ピザリア・ヴェローナ。店主、カダーヴェロ・カルロとパティエルノ・ヴィットーリオ《勝利》。パティエルノ《父》とカダーヴェロ《屍体》——

電話が鳴っている。ウェイターはグラスを拭いて明かりにかざしている。もうこれ以上はあの呼び出し音に耐えられない、と思ったそのとき、ウェイターがようやく受話器を取り上げる。そして傾げた首と肩のあいだに受話器をはさみ、その姿勢のままカウンターの後ろをコードの伸びる範囲でカツカツと行き来する。話すときだけ足を止め、天井に眼を走らせる。いいや、ヴィッ

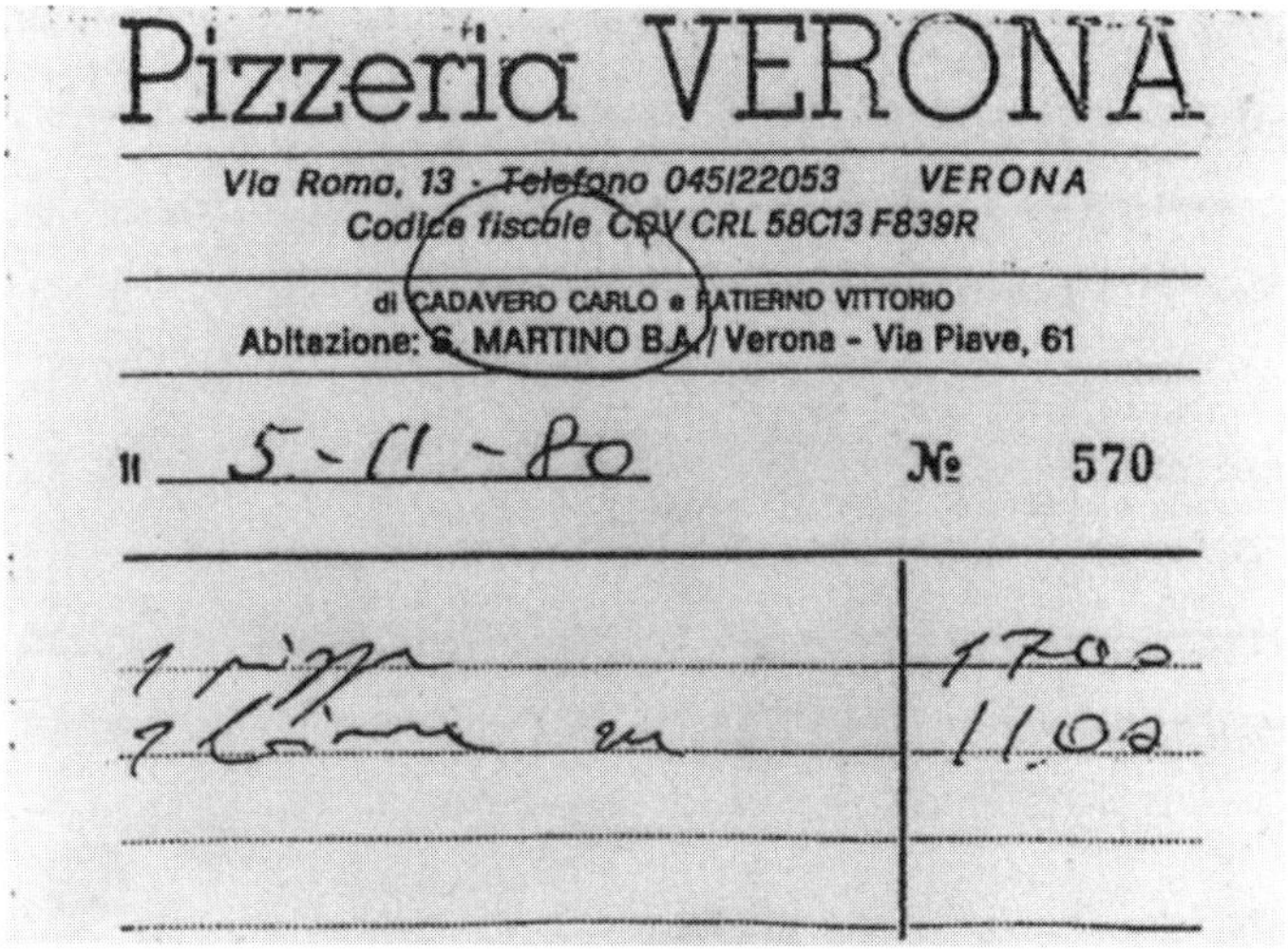

Pizzeria VERONA

Via Roma, 13 - Telefono 045/22053 VERONA
Codice fiscale CRV CRL 58C13 F839R

di CADAVERO CARLO e PATIERNO VITTORIO
Abitazione: S. MARTINO B.A. / Verona - Via Piave, 61

Il 5-11-80 № 570

1 ... 1700
1 ... 1100

トリオはいないよ。狩りに出てる。ああ、間違いない、やつだよ、カルロだよ。ほかに誰だってんだ？　この店でほかに誰がいるってんだ。ああ、誰もいないぜ。一日ずっとだ。いまも客がひとりきりさ。イギリス人《ウン・イングレーゼ》だ、そう言ってこちらをちろりと見る眼に、かすかな侮りがこもっているような気がする。しょうがないだろ。日が短くなってんだよ。いよいよ景気も下火だぜ。いずこも冬《リンヴェルノ》ってわけよ《エ・アッレ・ポルテ・シー・シー》。ああ、まったくさ、冬《リンヴェルノ》だぜ、また大声でくり返して、ふたたびこちらを見る。私は心臓が止まる。一万リラを皿の上に置き、新聞をばさばさと畳むと表に飛び出し、広場めがけていっさんに走り、煌々と明るいどこかのバーに飛びこんで、タクシーを呼んでもらい、ホテルに戻ってあたふたと荷造りをし、夜の列車でインスブルックに、逃げる。最悪の事態を覚悟して車室に腰を下ろし、それっきり、なにを読むこともできない、眼を閉じることすらかなわない、ただ車輪のリズムだけが耳を射る。ロヴェレートで、パッチワークの革の買い物袋を下げたチロル地方の老女が乗りこんでくる。四十恰好の息子に付き添っている。列車はほとんどがら空きなのに私のそばに来て腰を掛けてくれたことに、無上の感謝をおぼえる。息子は頭を壁にもたせかけている。目を伏せ、終始ひとりほほえみを浮かべている。ほんのときたま、その胸にびくびくと痙攣が走る。すると母親は、自分の膝にひらかれてのっていた息子の左の掌に、白紙の紙に書くかのようになにかを書いて鎮めてやる。列車は登りにさしかかる。少しずつ気分がよくなっていく。外の通路に出てみる。ボルツァーノだ。チロルの老女が息子を連れて降りる。ふたりは手をつないで地下通路に降りていく。姿がすっかり見えなくなる前に列車が動きだす。冷えてきたのが肌でわかる。列車の速度はゆるくなり、明かりは乏しくなり、闇が深まっていく。フォルテッツァ駅が過ぎる。過ぎ去った戦争の光景が脳裡に浮かぶ。一九一五年五月二十六日、峠——地獄谷《ヴァルインフエルノ》——の征服。山岳に上がる火柱、掃射され破壊された森。雨が窓に縞模様を描く。列車がポイントで進路を変える。アーク灯のうっそりした光が車室に差しこむ。ブレナー峠で停車。誰も降りない、誰も乗らない。灰色の外套を着た国境守備兵が、ホームを行ったり来たりしている。停車はゆうに十五分におよぶ。反対側は銀色の線路のうね。雨が雪になる。重たい静寂が駅にたちこめ、わずかに暗闇をついて、どこかの待避線で輸送を待っているなにとも知れない動物の咆哮だけがとどろく。時代《とき》の夜は昼よりもなおはるかに長く、昼夜平分時がいつだったのか、知る人は誰もいない。

ヴェローナを逃げ去ってから七年後の一九八七年の夏、私はずっと胸中を騒がせていた欲求についに屈して、ウィーンからヴェネツィアを経由してヴェローナへ、あの旅をもう一度くり返した。危険をはらみ危殆に瀕していた《ゲファールフォル》あの当時のおぼろな記憶をしっかり検証し、できるなら書き留めたいと思ったのだった。八〇年十月末に向かったとき、夜行列車はニュージーランドの女教師ひとりきりで、ほとんど客の姿を眼にしなかったが、このたびは夏休み中とあってウィーンからヴェネツィアへの列車はひどく混み、しまいまで外の通路に立ちん坊をしているか、あちこちに積み上げられたトランクやリュックの谷間にめっぽう居心地の悪い思いをしながら屈みこんでいるしかなく、そのため私は眠りにではなく、記憶のなかに引きこまれていった。正確に言うなら、記憶のほうで立ち昇ってきたのだった。どこか私のいる空間の外側から立ち昇ってきて、しだいに嵩を増し、ある水位まで達すると堰を越えた水のように、たまっていた空間から私の内部《なか》へ流れこんできた、と少なくともそのような感じがした。いったん書きはじめると信じられないほどの速さで時が経ち、われに返ったときには列車は速度をゆるめて、メストレから築堤に沿って燦めく夜景を左右に、ヴェネツィアのラグーナを渡っているところだった。ヴェネツィア、サンタ・ルチア駅でほとんど最後尾につらなって降り、いつものごとく青い麻布の旅行鞄を肩に掛けてプラットホームからゆっくりホールに出ていくと、敷物の上や寝袋にくるまって石床でじかに夜を明かした旅人たちの大群が、荒野を旅する異郷の民といった風情で、ぎっしりと横たわっていた。表の広場もまたおびただしい若い男女が、あるいはグループ、あるいはふたり、あるいはひとりで、石段やあたりのそこかしこを埋めていた。私は岸辺に降りて腰を下ろし、書き物をするためにふたたび一本の鉛筆と美しい罫線の入った紙を取り出した。東かたの屋根や円蓋をはやくも朝焼けが染めていた。夜を過ごした広野から、ひとり、ふたりと眠っていた人が動きはじめ、体を起こすと、持ち物をさぐってわずかの食物を口に入れ、喉を潤してから、丁寧な手つきですべてをふたたびしまい込んだ。ほどなく何人かが自分の背より頭ひとつ大きな荷物を背負い、腰を屈めながら、まだ地面に横たわっている兄弟姉妹のあいだを縫って歩いていった。終わりのない旅のあらたなステージで待ち受ける困苦の予行演習をしているかのように。

　サンタ・ルチア駅前の運河沿いの路端に腰を下ろして、午前中のなかばを私は書き物にふけった。鉛筆はなめらかに紙面をすべり、運河の対岸にある家のバルコニーに据えられた籠から、ときたま雄鶏がときを作った。ふたたび書き物から顔を上げたときには、駅前広場で眠っていた人々は雲散霧消していたというべきか、影も形もなくなっていて、朝の往来がはじまっていた。ごみを山と積んだ小舟がそばを過ぎ、その船縁りを一匹の大きなどぶ鼠が走り抜けたかと思うと、頭から水に落ちこんだ。ヴェネツィアにとどまるのを止め、このままパドヴァに行って、エンリーコ・スクロヴェーニ礼拝堂を訪れようと決めたのは、この光景のせいだったのかどうか。スクロヴェーニ礼拝堂のことは、画家ジョットによって描かれたフレスコ画の依然としてあざやかな色彩の力、そこに描かれた形象の一歩一歩、表情のひとつひとつにいまなお新しい確かさがあることを本で読んだことしかなかった。やがて、その日すでに早朝から街を覆っていた暑気のなかから、実際にスクロヴェーニ礼拝堂の内部に足を踏み入れ、飾り縁から床のきわまで四段に並んでいる壁画の前に立ったとき、私の眼をもっとも瞠らせたのは、七百年近くこの世のはてしない不幸を見下ろしてきた天使たちの声なき嘆きだった。静まり返った礼拝堂で、その嘆きはどよめきのように私の耳朶を打った。天使たちはその眼を覆われているかと見えるほど、苦痛に眉をしかめていた。思うに、

ヴェローナの土の薄緑をかすかにとどめるこの天使の白い翼こそ、人間が考え出したもののなかでもっとも妙《たえ》なるものではなかったろうか。天使たちが災厄の場を訪れる《リ・アンジェリ・ヴィジータノ・ラ・シエーナ・デッラ・ディスグラーツィア》、と声に出して言いながら、私は喧しい往来を渡って礼拝堂からほど近い駅へと歩き、次の列車でヴェローナに向かった。七年前に唐突に終わりをつげた私自身の滞在についてばかりでなく、ドクター・カフカが、自身の報告するところによれば一九一三年九月にヴェネツィアからガルダ湖への途上でヴェローナに立ち寄ったという、その侘しい午後についてもう少しつまびらかにできないかと思ったのだ。風のさわやかな小一時間の旅——開けた窓から飛びこんでくる外の風景がまばゆかった——のあといよいよポルタ・ヌオーヴァ駅が視界に入り、低い山に三方を囲まれたヴェローナの市街が見えたとき、私は降車することができなかった。ぎょっとし、われとわが身をいぶかったが、身がすくんで座席に金縛りになっていた。列車がヴェローナ駅を離れ、車掌がふたたび通路を検札にやって来ると、デセンツァーノまでの乗り越し切符を切ってもらった。一九一三年九月二十一日日曜日、いま自分の居場所を誰ひとり知るものはない、というただひとつの幸福感のほかはすべてに胸ふたぐ思いで、ドクター・カフカがガルダ湖畔の草むらにひとり寝そべって、岸辺の葦を洗う波を眺めていたことを思い

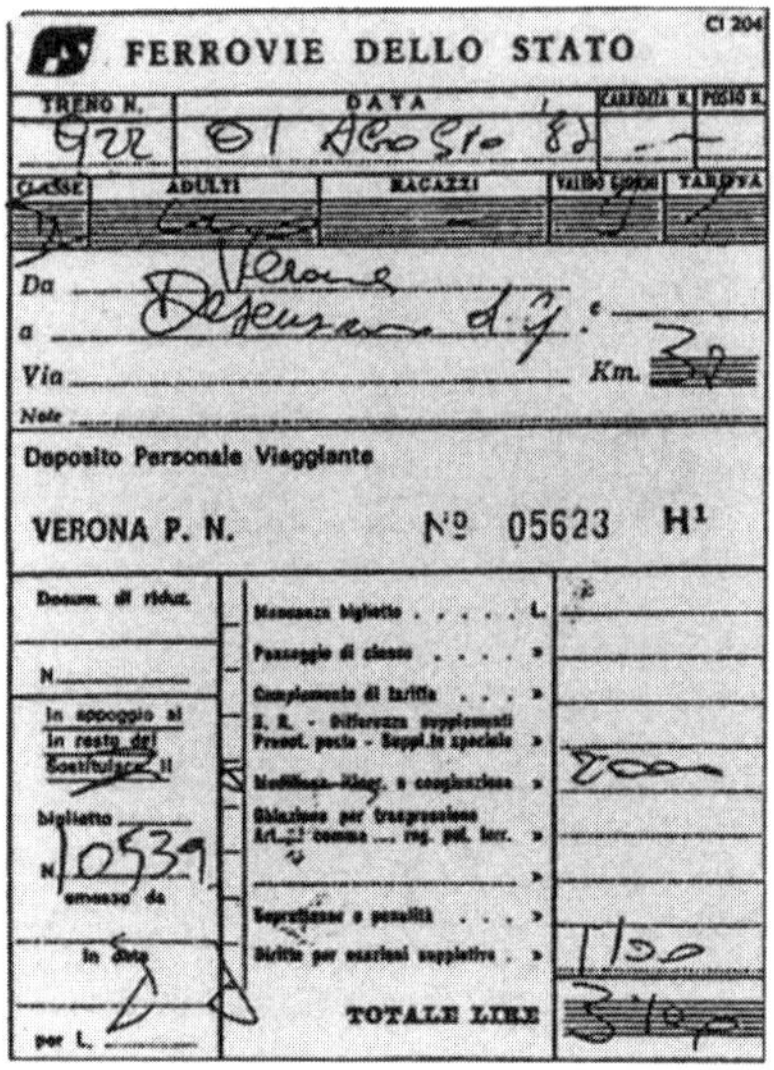

CI 204

FERROVIE DELLO STATO

TRENO N.	DATA	CARROZZA N.	POSTO N.
922	01 AGOSTO 82		

CLASSE	ADULTI	RAGAZZI	VALIDO GIORNI	TARIFFA

Da Verona

a Desenzano d.G.

Via Km.

Note

Deposito Personale Viaggiante

VERONA P. N. № 05623 H¹

Docum. di riduz.

N.

In appoggio al / In resto del / Sostitutivo il

biglietto N. 10539 emesso da

in data

per L.

Mancanza biglietto . . . . . L.

Passaggio di classe . . . . »

Complemento di tariffa . . . »

S. R. - Differenza supplementi / Prenot. posto - Suppl.to speciale »

Modifiche itiner. e congiunzione »

Oblazione per trasgressione / Art. ... comma ... reg. pol. ferr. »

Soprattasse e penalità . . . »

Diritto per esazioni suppletive . »

TOTALE LIRE

出したのである。

なかば永遠のように思われた時間をかけて列車が遠ざかり、ついに消失点の大きさになって西方に消えていくと、あとにはデセンツァーノの駅が――一九一三年九月には完成間もなかったはずで、以後少なくとも駅の外観にほとんど変化はない――真昼のまばゆさのなかにぽつんと残されていた。目路はるか、地平線にむかって一直線につづく線路に陽炎がたっていた。南にはかぎりない野がひらけている。寂れた印象に反して、駅舎そのものはきわめて実用的なつくりにみえた。ホームに面した扉の上方、欄間窓のガラス板には、駅員の職名がみやびな書体で刻んであった。いわく、駅長《カーポ・スタツィオーネ・ティトラーレ》、副駅長《カーポ・ディ・スタツィオーネ・スペリオーレ》、助役《カピ・スタツィオーネ・アッジュンティ》、操作手《マノヴラトーリ・マヌアーリ》。片眼鏡をぴかりとさせた駅長か、あるいはセイウチ髭を生やし長い前掛けを垂らした赤帽か、ありし日の階級を代表する人物がだれか扉のひとつからあらわれて挨拶してはくれまいかと心待ちにしたが、動くものの気配はなかった。建物の内部もやはり無人だった。しばらく階段を上り下りして中をうろつき、ようやく便所を探しあてたが、ここも建物のほかの部分と同様で、世紀初頭からほとんど手の加わったけしきはなかった。くすんだ緑色をした木壁の仕切り、重厚な石の手洗い、白いタイル。古ぼけ、剝がれ、あまねく灰色にひび割れていたが、例外なくここ二十年に記された無数の落書きを別とすれば、変化のあったふしはまったくなかった。手を洗いながら鏡をのぞきこみ、ヴェローナから来てやはりこの駅に降り立ったにちがいないドクター・カフカも、この鏡に顔を映してのぞきこまなかっただろうか、と考えた。そうしたとしてもおかしくはない。鏡のすぐわきにあった落書きが、まるでそれを証し立てているかのように思われた。へたくそな文字で、〈狩人《イル・カッチャトーレ》〉とあったのである。私は手を乾かし、そこに〈黒い森の《ネッラ・セルヴァ・ネーラ》〉と付け足した。

それから小半時、駅前広場のベンチに座ってエスプレッソと水を一杯ずつ飲んだ。昼下がりのしんとした木蔭に腰を下ろしているのは心地よかった。タクシーの運転手が二、三、運転席に着いたままラジオを聞いたり居眠りをしたりしているきりで、人の姿はどこにもない。一度だけひとりの憲兵《カラビニエーレ》が車で乗りつけ、駅舎玄関のまん前の駐車禁止スペースに車を停めて、駅の構内に姿を消した。ほどなくして憲兵がまた出てくると、合図でもあったようにタクシーの運転手たちがいっせいに車から降り、小学生の時分から知っているのだろう、いささか小造りで痩せぎすのその憲兵を取り囲んで、違法駐車をなじりはじめた。ひとりがなにか言うと、すかさずもうひとりが言葉を継ぐ。憲兵はひと言も口をはさめず、しゃべってもたちまち途中で遮られてしまった。なすすべもなく、眼にかすかな恐怖すら浮かべて、糾弾の人差し指が自分の胸につぎつぎと突き付けられるのをただ眺めている。タクシーの運転手の側からすればたんに退屈のがれの喜劇をやろうというだけだから、責められている当人としては、明らかに気に染まないこのやり口に本気で応じるわけにはいかない。運転手たちが憲兵のものごしに難癖をつけはじめ、制服をいじりまわしては親切ごかしに襟の埃を払ったり、ネクタイや制帽やあげくはズボンのベルトまで締め直したりしても、憲兵はされるがままだった。しまいに運転手のひとりがパトカーのドアを開けた。みごとに威厳を傷つけられた法の番人は、やるかたなくすごすごと乗りこんで、タイヤをきしませながらロータリーを回り、カヴール通りを去っていった。タクシーの運転手たちは手をふって見送り、車がとうに見えなくなっても肩を並べたまま、いましがたのコメディの一場一場を芝居っ気たっぷりに再現して、いつまでもげらげらと笑い狂っていた。

一時十五分、リーヴァに向かうために乗ることにしていた青いバスが定刻にやってきた。そそくさと乗車して、後方の座席に腰をかけた。あとから何人か乗りこんできた。地元の者もいれば、私のような旅行者もいる。一時二十五分の発車時刻まぎわに十五歳ほどと見える少年が乗ってきたが、それがこんなに薄気味の悪いことはないというほど、学校に通っていたころの少年カフカの写真に生き写しだった。しかもそれでも足りないとばかりそばにもうひとり双子の兄弟がいて、私の愕然とした眼が確かめたかぎりでは、その子がまたもうひとりとうりふたつではないか。ふたりとも額の生え際が低く、おなじ暗い眼と濃い眉毛をし、おなじ大きな、不揃いで耳たぶの垂れていない耳をしていた。両親にともなわれており、私より少し後方の席に腰を下ろした。バスが発車し、カヴール通りを下っていった。街路樹の枝がバスの屋根をぴしぴしと叩いた。私は心臓が早鐘を打ち、車に乗るたびに気分が悪くなった子ども時分のようにくらくらと目眩に襲われた。頭をかしげて窓枠にもたせ、風にあたったが、かなりのあいだ後ろをふりむけなかった。サロをとうに過ぎ、ガルニャーノが近づくころになって、四肢をこわばらせていた驚愕をからくも乗り越え、ようやく肩ごしにちらりと後ろをふり返った。ふたりの少年は、私がなかば憧れ、なかば願っていたのとは相違して姿を消してはおらず、シチリアーノという新聞を広げて、その陰に姿を半分隠している。ややあってから、ありったけの勇気をふりしぼって話しかけたのだが、ふたりとも惚《とぼ》けたふうにたがいの顔を見つめ合ってにたついているばかり。〈ご両親様〉と言いたくなるような印象が残っているえらく乙にすました両親は、先刻から私が息子たちにしきりと話しかけるのをしだいに眉をひそめながら聞いていたが、くつくつと笑いつづける彼らへの関心がいかなる種類のものかを説明しても、これまたいっこうに受け付けなかった。あるユダヤ人作家《スクリットーレ・エブレーオ》が、プラハという町から一九一三年の九月、リーヴァへ湯治にやってきたんですよ、それが少年時代、息子さんたちとうりふたつだったんですよ——ほんとう《エザット》です、ほんとうなのです《エザット》よ、とけんめいに言い募っている自分の声がいまも耳に響いている——、私はシチリアーノ紙のむこうから小面《こづら》憎くちらちらと顔をのぞかせている二少年を指したが、そんなわけのわからぬ馬鹿馬鹿しい話は聞いたこともない、と親たちが腹で思っていることは、そぶりから察するに間違いなかった。私という人間に抱かれたかもしれない誤解を払拭しようと、私はきわめつけにこう訊ねた、このヴァカンスからシチリアのご自宅にお帰りになったら、せめてふたりの息子さんのお写真をイギリスの私の住所までお送りいただけないでしょうか、お名前も住所も書かなくて結構ですから、と。すると見るもあらわに、これで決まった、こいつはいわゆるお愉しみのためにイタリアを徘徊している男色家だ、と思われてしまったのである。けしからぬ頼みなど聞く耳は持たぬ、さっさと席に戻らんか、親たちは有無を言わさぬ態度でそう示した。さもなければバスを次の村で停めさせ、しつこい客を官憲に引き渡してやるぞとでもいう勢いだった。ガルダ湖西岸の険しい地形につぎつぎとあらわれるトンネルにバスが入るたびにほっと安堵しながら、私はそれからはぴくりともせずに席で身をすくめていた。身も世もないいたたまれなさとともに、およそあり得ないこの偶然の出遇いを証《あか》すものを何ひとつ得られなかったことに、無性に腹が立った。背後から二少年のくつくつ笑いがいつまでも聞こえ、ますますばつが悪くなって、私はしまいに、バスがリモーネ・スル・ガルダに停車すると、荷物棚から旅行鞄を下ろして降車してしまったのである。

ウィーンからヴェネツィア、パドヴァ、リモーネと、一睡もしない長旅に疲れはてて湖畔のホテル・ソーレに入ったのは、午後も四時をまわるころだったろうか。時刻がら、ホテルは閑散として寂しかった。テラスには客がひとり日除けの陰にぽつねんと腰を下ろし、建物の中では、カウンターの背後の暗がりに女将のルチアーナ・ミケロッティがやはりひとりきり、ぼんやりと放心して、飲み干したエスプレッソのカップを小さな銀の匙でかき回していた。きびきびした快活なひととして私の記憶に残ったこの女性は、その日、後日聞き知ったところではちょうど四十四歳の誕生日を迎えたところだったのだが、愁いに沈んで、悲しげとさえ言える印象を与えた。怪訝なほどのろのろと私の宿泊手続きをし、私がおない歳なのに驚いたのかどうか、パスポートをめくって、一度など私の眼をのぞきこんで顔と写真とをしげしげと見くらべ、ようやくそろそろと書類を引き出しにしまって、部屋の鍵をくれた。私は腹をくくり、ここに数日泊まって書き物をし、体を休める気になっていた。ルチアーナの息子のマウロに適当なボートをみつくろってもらい、日暮れ前に舟を出して、湖を沖まで漕いでいった。ほどなくドッソ・デイ・ロヴェリの切り立った岩壁が黒い幕のように巨大な影を投げかけて、西方はその中にすっぽりと沈み、かなたの東岸の方向も夕焼けがしだいに下から薄れていって、やがてモンテ・アルティシモの頂の上空に赤光が弱々しく照り映えるだけになった。いまはただ、黒くてらてらと光る湖水が音もなく私を取り巻いていた。ホテルのテラスの拡声器の音や、リモーネのバーやディスコから夜の騒音が渡ってきたが、強弱のあるくぐもったざわめきにしか聞こえず、ほとんど気にならなかった。それよりも途方もない大きさの黙した巌がすさまじく、またたく街の灯の背後に峻厳としてそそり立つ漆黒の岩壁は、見つめているとこちらに傾いてきて、いまにも湖めがけて倒れてきそうな気さえした。私は舟明かりをつけ、なかば岸をめざし、なかば湖面をわたってくる北からの夜風を顔に受けながら漕いでいった。懸崖の投げる濃い影の下に入ってから、櫂をやすめた。舟はもと来た方向をゆっくりと船着き場のほうに漂っていく。舳先の灯を消し、舟底に身を横たえて天をふり仰ぐと、懸崖の上方におびただしい星がぎっしりとこぼれんばかりに輝いていた。いままで櫂を漕いでいた掌に血が流れるのが感じられた。舟はかつてレモンが栽培されていた傾斜地のかたわらを漂っていった。なごりの四角い石柱が暗闇に何百本と立って、だんだらの坂をしだいに下に降りてくる。そのむかしはこの石柱の上に横桁を渡し、冬はその上にござを掛けて、常緑の樹を寒さから護ったのだった。

船着き場に着いて徒歩でホテルに向かったのは真夜中近くなっていたが、リモーネの街はカップルや家族連れの休暇客でまだ賑わっていた。けばけばしい色の服に身を包んだ人群れが、湖と断崖にはさまれた街のせせこましい小路を行進かなにかのように列になって動いていく。押しあい団子状になった胴体の上で揺れている日焼けしてペイントをほどこした顔は、どれもこれも死霊のそれだった。そろって不幸せで、夜な夜なここに出没するよう強いられているようだった。ホテルに着き、ベッドに横たわって頭の下で腕を組んだ。寝つけそうもなかった。テラスからは騒々しい音楽と、一杯入った客たちのがやがやした声が聞こえてきたが、気の滅入ることに、そのおおかたが私のかつての故国からやって来た人々なのだった。シュヴァーベンやフランケンやバイエルンの人々が聞くに堪えない話をしているのが聞こえ、臆面もない方言だけでも不快なのに、私とまったく同郷にちがいない若い男の一団が声高に与太を飛ばしているのを聞かされたときは、苦痛以外のなにものも感じなかった。眠られぬその数時間、どこかほかの国の人間でいられたら、いやいっそどこの国の人間でもなければと、そればかりを思っていた。深夜二時過ぎにようやく音楽がおさまったが、話し声や呼び声が絶えたのは対岸の空が白みかけたころだった。錠剤を飲み、潮水にひたされて暗く湿っていた砂がしだいに白くなっていくように、額の奥でうずいていた痛みが少しずつうすらいでいって、私はようやく眠りにひきこまれた。

八月二日は平穏な一日だった。開け放たれたテラスの、ドアから近い席に腰を下ろし、書きかけの紙やメモをひろげて、一見はるかにへだたった、しかし私にはおなじ秩序《つながり》のなかにあると思われる出来事と出来事とを結びつけていった。筆はわれながら眼を瞠るほどすらすらと動いた。自宅から持参した罫線入りのノートパッドの行がつぎつぎと埋まっていった。カウンターに入っているルチアーナが、私の思考の糸が途切れていないか確かめようとでもいわんげに、ときおり横目で視線を投げてくる。あらかじめ頼んでおいたとおり、頃合いをみてエスプレッソと水を一杯ずつ運んでくれもした。ときには紙ナプキンに包んだトーストが添えられていた。そんなときはしばらく私のそばにたたずみ、かるくおしゃべりをしていくのだが、しゃべりながら彼女の眼はたえず私が書いたものの上をすべっていた。あるときは私に、あなたはジャーナリストか作家か、どちらですかと訊ねた。厳密にはどちらでもないと答えると、じゃあいま書いているものはなんですのと言うので、自分でもはっきりわかっていないのです、けれどもだんだん推理小説のような気がしてきましたと、本当のところを告げた。ともかく舞台は上部イタリア、ヴェネツィアとかヴェローナとかリーヴァです、未解決の犯罪がつぎつぎと出てきて、長いこと消息の絶えていた人たちが姿をあらわします。リモーネもその話に出てくるかとルチアーナが訊ねるので、リモーネどころじゃない、このホテルも、あなたご本人も登場するのですよと私は答えた。そう聞くやルチアーナはそわそわとカウンターにとって返し、例のごとくうわの空ながらあやまたぬ手つきで仕事をこなしはじめた。カプチーノやホットチョコレートを作り、あるいは日ねもすテラスに座っているわずかな客にビールやワインを注いでやっている。合間には大きな台帳になにかを書きこんでいたが、首をかしげたその格好は、まだ小学校の机に向かっているかのようだった。私はたびたび彼女に眼をやらずにはいられず、それが次第にひんぱんになっていって、眼が合うと、ルチアーナは間が悪そうに笑ってみせた。カウンターの背後には艶々した色とりどりの酒のボトルがずらりと並んだなかに大きな壁鏡が嵌めこまれていて、ルチアーナの姿ばかりか彼女の鏡像も眺めることができ、私にはそれが奇妙にこころ愉しかった。

昼になるとテラスの客は姿を消し、ルチアーナも持ち場を去った。書き物はしだいに難渋してきた。やがてとうとう、書いたものがどれもこれも、意味もなにもない、からっぽの、欺瞞にみちた屑にすぎない

arabinieri
di Selva

«Casanova al castello di Dux» in scena domani al «Comunale»

Secondo appuntamento con la prosa alla Bolzano Estate organizzata dall'assessorato alla cultura del Comune in collaborazione con il Teatro stabile. In scena un dramma recentissimo (che ha debuttato a Vienna) di un autore cecoslovacco, Karl Gassauer, della nuova generazione. S'intitola «Casanova al castello di Dux» ed è un'ennesima versione della vita del più famoso e inimitabile amatore del diciottesimo secolo.

Casanova, ormai vecchio, vive in Boemia. Siamo nel 1798 nel celebre castello di Dux, e Casanova lavora in solitudine come bibliotecario. Con lui ogni tanto conversa una fantesca, Sophie, che lentamente quasi per gioco l'amante veneziano seduce. Poi, quando la donna è pronta a cedere alle sue lusinghe, Casanova si spegne. All'improvviso.

È una specie di ironica analisi della vita matura di Casanova. Con questo criterio hanno scritto sia Hofmanstal, di cui ricordiamo a Bolzano recentemente «L'adulatore e la cantante» con Corrado Pani ed Ottavia Piccolo, e Schnitzler il cui dramma è stato presentato quest'estate al Festival delle ville vesuviane. Ma da non dimenticare il celebre film di Federico Fellini dove di Casanova anziano viene fornita una versione completamente diversa dall'immagine del latin lover che egli con le sue «Memorie» ha voluto lasciare ai posteri.

Sul palcoscenico del teatro comunale, dove s'inizia domani sera alle ore 21, sono in scena Mario Mariani, nei panni di Casanova, e Gisella Bein, in quelli di Sophie. La regia è di Dino Desiata e l'allestimento è una coproduzione fra il Gruppo della rocca, Pergine spettacolo aperto ed il Festival delle ville vesuviane.

気がしてきた。だからマウロがあらわれて、頼んでおいた新聞を持ってきてくれたときは心から息をついた。おもに英語かフランス語の新聞だが、イタリア語も二紙、ガゼッティーノとアルト・アディジェがまじっている。あまさず目をとおして、最後にアルト・アディジェをじっくりと読んだころには、陽はすでに西に傾いていた。微風がテラスの日除けを揺らし、客たちがちらほらと戻ってきて、ルチアーナはと見ると、とうにカウンターに入って手を動かしていた。〈リーヴァの忠義者《フェデーリ・ア・リーヴァ》〉という記事のタイトルがなにか私にむかって謎をほのめかしている気がし、いつまでも首をひねっていたが、読んでみるとなんのことはない、ドルトムント近郊リューネに住むヒルゼという夫婦が、一九五七年以来毎年かかさずガルダ湖畔でヴァカンスを過ごすという話だった。だが新聞の文化欄には、私のために定められた記事がひとつあった。翌日にボルツァーノで上演されるという芝居の簡単な紹介記事だった。短い記事を最後まで読み、ところどころ下線を引いたところへ、ルチアーナがフェルネ酒を運んできてくれた。またしてもしばし立ち止まって、私の前に広げられた新聞をのぞきこむ。素晴らしきひと《ウーナ・ファンテスカ》、とつぶやくのが聞こえ、その拍子に肩に掌を感じたような気がした。こんなことは私の一生でめったに起こったことはない、と頭をかすめた。知らない女性に触れられるなんて。けれどもこんなふうに思いがけず触れられたときには、きまってなにか重さのない、霊かなにかのような、体をすうっと通りぬけていくものの感触がしたものだった。たとえば記憶に残っているのは何年か前、マンチェスターの眼鏡店の検査室の暗がりに腰を下ろして、光る箱をのぞきこみ、あのおかしな検眼用フレームのレンズのむこうにときにくっきりし、ときにすっかりぼやけてしまう文字列を見つめていたときだ。かたわらに中国人の女性の眼鏡技師が立っていて、制服の胸もとの小さな名札から、その人がふしぎにもスージー・アホイ《ハロー》という名であることがわかった。終始寡黙だったが、レンズを換えにこちらに屈みこむたびに、抑えたいたわりとでもいったものが伝わってくるのを感じた。重たいテストフレームの位置を何度もなおし、私の思い込みなのか、一度などは必要以上に長く、ずきずきと痛みつづける私の両のこめかみに指の腹をじっと当てていた。おそらくはただ頭の角度を少しなおすためだけだったのだろうが。ルチアーナの掌がほんとうに私の肩に置かれたとするなら、意図してというよりも、エスプレッソのカップと灰皿をテーブルから取るときのなにげないしぐさだったのだろう。だが、その掌もまた似たような効果をもたらして、マンチェスターと同様にリモーネのその午後も、私の眼の前はまるで合わないレンズを装けたときのように、にわかに一切が霞んでしまったのだった。

翌日の朝――やはりヴェローナへ行こうと決めていた――、着いたときにルチアーナが受付カウンターの引き出しにしまった私のパスポートが失くなっていることが判明した。勘定書を出してくれた少女が、自分はホテルの仕事は朝の数時間だけだとしきりにくり返しながら、引き出しという引き出しを捜し回ったが、出てこなかった。とうとう少女はマウロを起こしにいき、こんどはマウロが十五分ほどあっちこっちをひっくり返して捜し、受付に保管してある各国人のパスポートを一冊ずつ繰ったが、やはり見つからず、母親を呼んできた。カウンターに入ったルチアーナは、こういう別れがさっぱりしていいのよとでも言いたげに私をながながと見つめた。なくなったパスポートを捜しながら、宿泊客のパスポートはいつもすべておなじ引き出しにしまっておきます、ホテルが開業してこっち、ほかの場所に置いたことは一度だってなかった、と言った。だから間違いなくこの引き出しの中にあるんですよ、要はちゃんと見るかどうかだけだわ、だけど、と言ってルチアーナはマウロに体を向けた、あんたって子はものが見えない子なんだから。きっといつもわたしが代わりに見てやってばかりいたからよね。子ども時分から、なんでも見つからないとすぐにないって言い張ってた、学習帳にしても筆箱にしても、テニスのラケットにしても、バイクの鍵にしても、それでわたしが来て捜すと、ちゃんとあるじゃないの。マウロは口を尖らせて、言いたいことを言やぁいいさ、とにかくパスポートは、ない《スパ》・んだ《リー》・から《ト》、と耳の悪い人に言いきかせるかのようにシラブルを区切って応じた。消えたパスポート《イル・パッサポルト・スコンパルソ》ね、とルチアーナがおちょくり、そうなると売り言葉に買い言葉で、私のパスポートをめぐる応酬はあれよあれよのまにシリアスな家族ドラマにエスカレートしてしまった。しまいにはこれまで姿を見せたことのなかったルチアーナより頭はんぶん背の低い宿の主人《パドローネ》まで仲間にくわわった。マウロはこれで三回目になる説明をはじめからくり返した。下働きの少女のほうは口をつぐんだきり、騒ぎの張本人でもあるかのようにきまり悪げにエプロンをいじって、しきりとしわを伸ばしている。ルチアーナはあらぬ方を見ながら、頭をふりふりウェーブのかかった髪を指で梳いて、いよいよ確実になったパスポートの紛失が人生最大の怪事件だというふうに、へんだわ《ストラーノ》、へんだわ《ストラーノ》、をくり返した。主人《あるじ》はただちに系統だてて捜しはじめ、オーストリアの、オランダの、ドイツの、とすべての旅券をそれぞれひと山にすると、オーストリアとオランダの山をさっさとわきに除け、ドイツのパスポートだけを入念に調べた上で、作業の結果こういう結論に達した。パスポートはたしかに消えている、だがかわりにきのう出立したはずのドルという男性のパスポートが残っている、してみるとこういうことだろう、ドルさんにあなたのパスポートをうっかり——「うっかり《イナヴェルティイータメンテ》」とイタリア語で言う声と、なんたるヘマだというように額をぴしゃりと打った音とが、いまも私の耳にこびりついている——渡してしまったということだ、ドルさんは自分のか他人のか確かめもせずに、ポケットに突っこんでしまったのだろう。ドイツ人ってのはやたら急ぎたがる人たちだから、主人は前代未聞の出来事をそう総括した。

　間違いない、いまごろドルさんはあなたのパスポートをポケットに入れてアウトバーンを走ってますよ、さてこうなった以上、身分証明ができて、この先の旅行とイタリアからの出国ができるような書類をなんとか調達してさしあげる手だてを考えないと。パスポートを勘違いした責任をひとりで背負《しょ》うことになったらしいマウロは私に平謝りになり、一方ルチアーナのほうは、今度はマウロの側について、この子はまだほんの子どもみたいなものですから、と言うのだった。子どもねえ、と主人は声をあげて、辛抱が試されているいまこそ天佑がいるとでもいうように空をふり仰ぎ、目の玉を剝くと、子どもねえ、ともう一度、こんどはマウロにむかって言った、子どもじゃないよ、だけど軽率な人間ではあるね、おまえのうっかりで、このホテルの名声がいっきに地に墜ちかねんのだからな。こちらのお客さま《シニョーレ》が、と私を指して主人はマウロに言った、いったいどんな印象を持ってリモーネとイタリアを出ていかれると思うんだ。この疑問形があたかも反論できない証拠だと言わんげに主人はぴしゃりと言うと、さらに付け加えた。お客さまをお連れしてすぐ警察署に行きなさい、署長のダルマツィオ・オルギュが、せめて出国だけはできる書類を作ってくれるはずだから。私は口をはさみ、ミラノのドイツ領事館で新しく旅券を発行してもらうから私のことはこれ以上心配してくれるなと乞うたのだが、宿の主人は妻の手にすでに車のキーを握らせており、鞄を持ち上げて私の腕をがっしと摑んでいた。気がつくともうルチアーナと並んで青いアルファに乗り、急坂の路地を車で上がっていた。本道に出ると、コンクリートの基礎に立てられた高い鉄柵のうしろ、やや奥まったところに警察署があった。左手に巨大なロレックスの時計、右手に重い金のブレスレットをはめた署長は、私たちの話にじっと耳を傾け、胴幅一メートルはありそうな年代物の巨大なタイプライターの前にどっかと腰をすえると、一枚の紙を差しこみ、なかば唱えるような、なかば歌うような口調で文言を口にしながら、寸時のためらいもなく次に掲げる文書を打ち出し、最後の行まで仕上げるときちんともう一度全文を読みなおして、あざやかな手つきでローラーから抜き取り、この名人芸の一幕を声もなく追っていた私、ついでルチアーナに署名をさせ、最後に自分もサインを入れて、仕上げに四角い印鑑と丸い印鑑とをポンポンと打ってよこした。この文書でまちがいなく出国できるのでしょうね、と問うてみると、質問に疑いの響きがあったのが気に障ったのか、ここはロシアじゃあないよ《ノン・シアーモ・イン・ルッサ、シニョーレ》、という返事だけが返ってきた。

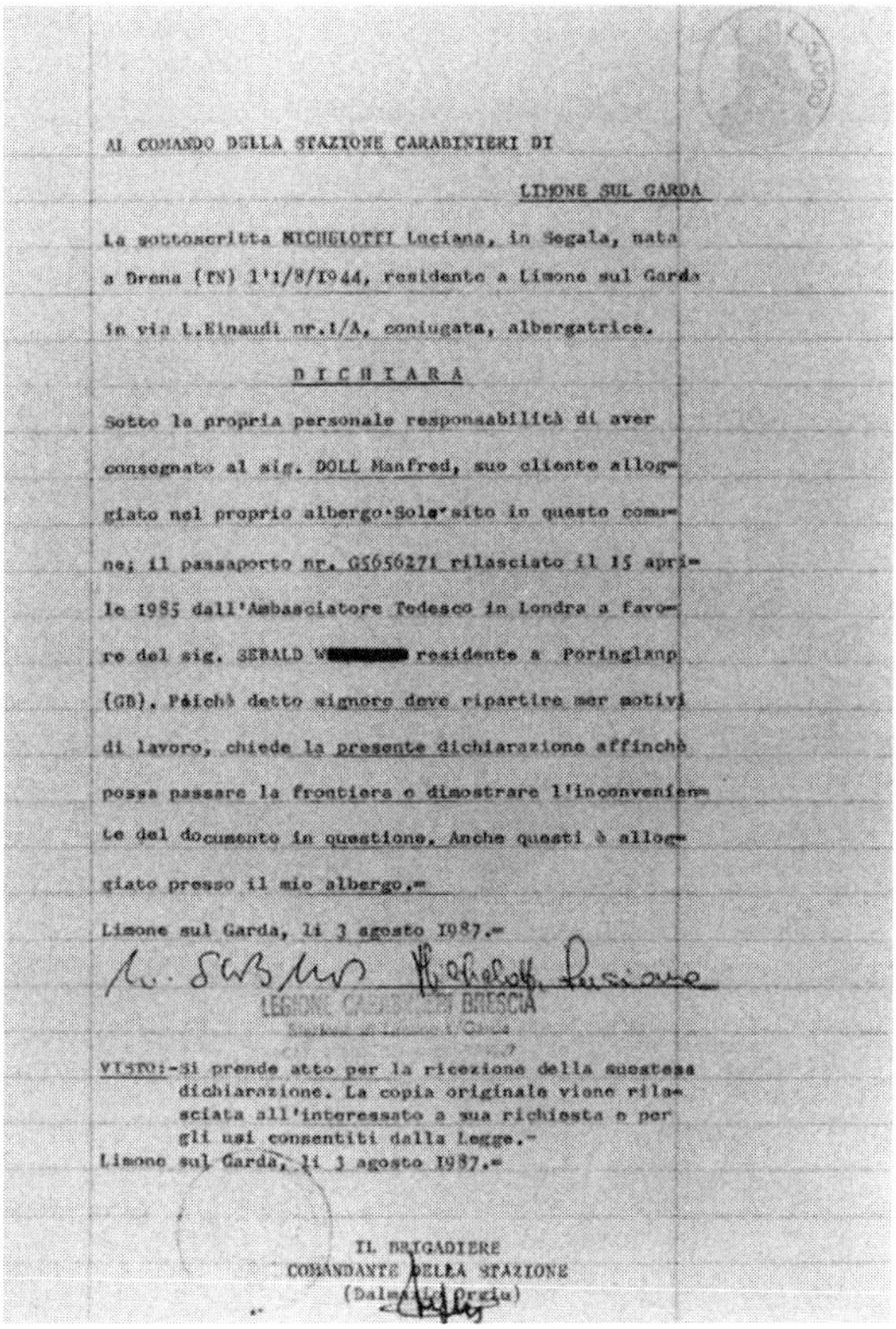

AI COMANDO DELLA STAZIONE CARABINIERI DI

LIMONE SUL GARDA

La sottoscritta MICHELOTTI Luciana, in Segala, nata a Drena (TN) l'1/8/1944, residente a Limone sul Garda in via L.Einaudi nr.1/A, coniugata, albergatrice.

DICHIARA

Sotto la propria personale responsabilità di aver consegnato al sig. DOLL Manfred, suo cliente alloggiato nel proprio albergo·Sole·sito in questo comune; il passaporto nr. G5656271 rilasciato il 15 aprile 1985 dall'Ambasciatore Tedesco in Londra a favore del sig. SEBALD W[redacted] residente a Poringlanp (GB). Poichè detto signore deve ripartire mer motivi di lavoro, chiede la presente dichiarazione affinchè possa passare la frontiera e dimostrare l'inconveniente del documento in questione. Anche questi è alloggiato presso il mio albergo.=

Limone sul Garda, li 3 agosto 1987.=

LEGIONE CARABINIERI BRESCIA

VISTO:-Si prende atto per la ricezione della suestesa dichiarazione. La copia originale viene rilasciata all'interessato a sua richiesta e per gli usi consentiti dalla Legge.-

Limone sul Garda, li 3 agosto 1987.=

IL BRIGADIERE
COMANDANTE DELLA STAZIONE
(Dalmazio Orgiu)

証明書を手にルチアーナといっしょにまた車に乗りこむと、なにかいましがた署長の立ち会いで結婚式を挙げてきて、これからどこなりと好きなところへ行けそうな心地になっていた。しかしうきうきした幸福感はそう長くは続かず、いわばわれに返ったところで、私はルチアーナに近くのバス停で降ろしてくれと頼んだ。ルチアーナが車を停め、私は降り、はやくも鞄を肩掛けにして、開けた窓から二言三言を交わし、最後に四十四歳の誕生日おめでとう、と遅まきの挨拶を付け加えた。ルチアーナは思いがけない贈り物にぱっと顔をかがやかせると、それじゃあ《アッディーオ》と言ってギアを入れて発進した。アルファはゆっくりと道を行き、角を曲がって、別世界のかなた——とそのときの私には思えた——に消えていった。もう昼をまわっていた。次のバスは三時しかない。私はバス停の近くのバーに入り、エスプレッソを注文してからノートパッドを取り出して書き物をはじめ、やがてすっかりその世界に没入した。ために長い待ち時間のことも、デセンツァーノまでバスで戻ったことも、なにひとつ記憶に痕跡を残していない。ようやくわれに返ったのは、ミラノ行きの列車の中だった。午後の陽が斜めに差している外の風景を、ポプラ林やロンバルディアの草原が飛びすさっていった。むかいの席には、三十か三十五恰好のフランシスコ会の修道女と、パッチワークのカラフルな上衣を肩にはおった少女が座っていた。少女はブレシャで乗って来、修道女のほうはデセンツァーノですでに席に着いていた。修道女は聖務日課書を読み、少女のほうはおとらず一心にイラスト入りの長篇小説に読みふけっている。ふたりともこよなく美しい、ここにいると同時にここにはいない、と私は思い、ふたりがそれぞれにページをめくるときのひたむきさに胸を打たれた。フランシスコ会の修道女がページをめくり、こんどはカラフルな上衣の少女がページをめくり、とまた少女がめくり、するとまた修道女がめくる。そうやってずっと続いていって、どちらかと目を合わせることはただの一度もかなわなかった。私は自分もおなじような慎ましさを身につけたくなって、『おしゃべりなイタリア人』という、一八七八年にベルンで出版された〈イタリア語会話を素早く着実に身につけたい万人のため〉の実用参考書を取り出した。一八九〇年代にしばらく上部イタリアで簿記係をして働いていた母方の大伯父のものだったその薄い冊子は、この世界がただ言葉によってのみ成り立っているかのような、それゆえどんな怖ろしいものも案ずるには及ばず、いかなるものにもその反対物があるというかのように、整然と秩序立てられていた。どんな悪にも善があり、どんな不快にも喜びがあり、どんな不幸にも幸福が、どんな嘘にも一片の真実があるというように。

車窓にミラノの市域が姿をあらわした。二十階建ての高層住宅が並ぶニュータウン。郊外地、工場地、古い賃貸アパート。列車が線路をかえた。落日の陽光が真横から差しこめて車室いっぱいに満ちた。カラ

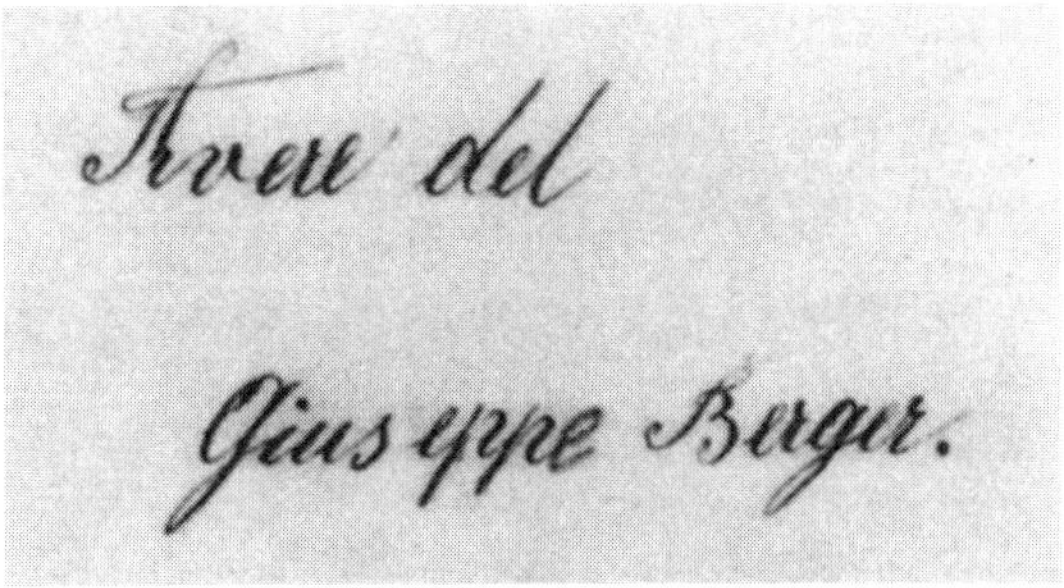

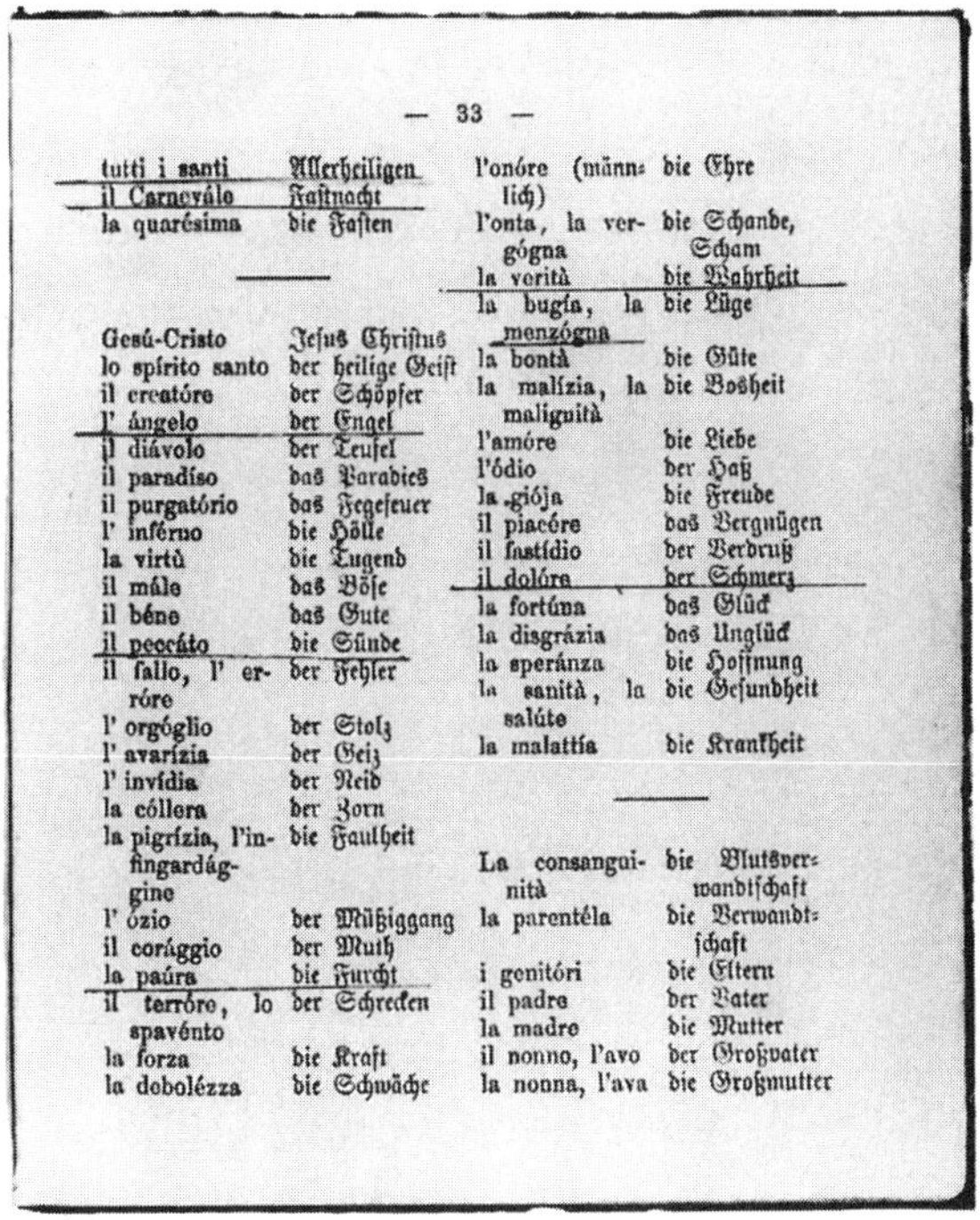

— 33 —

tutti i santi	Allerheiligen
il Carnevále	Fastnacht
la quarésima	die Fasten
Gesú-Cristo	Jesus Christus
lo spírito santo	der heilige Geist
il creatóre	der Schöpfer
l' ángelo	der Engel
il diávolo	der Teufel
il paradíso	das Paradies
il purgatório	das Fegefeuer
l' inférno	die Hölle
la virtù	die Tugend
il mále	das Böse
il béne	das Gute
il peccáto	die Sünde
il fallo, l' erróre	der Fehler
l' orgóglio	der Stolz
l' avarízia	der Geiz
l' invídia	der Neid
la cóllera	der Zorn
la pigrízia, l'infingardággine	die Faulheit
l' ózio	der Müßiggang
il corággio	der Muth
la paúra	die Furcht
il terróre, lo spavénto	der Schrecken
la forza	die Kraft
la debolézza	die Schwäche

l'onóre (männlich)	die Ehre
l'onta, la vergógna	die Schande, Scham
la verità	die Wahrheit
la bugía, la menzógna	die Lüge
la bontà	die Güte
la malízia, la malignità	die Bosheit
l'amóre	die Liebe
l'ódio	der Haß
la giója	die Freude
il piacére	das Vergnügen
il fastídio	der Verdruß
il dolóre	der Schmerz
la fortúna	das Glück
la disgrázia	das Unglück
la speránza	die Hoffnung
la sanità, la salúte	die Gesundheit
la malattía	die Krankheit
La consanguinità	die Blutsverwandtschaft
la parentéla	die Verwandtschaft
i genitóri	die Eltern
il padre	der Vater
la madre	die Mutter
il nonno, l'avo	der Großvater
la nonna, l'ava	die Großmutter

フルな上衣の少女は小説に栞をはさみ、修道女も聖務日課書に緑のリボンを入れた。あかあかとした夕映えに照らされて、ふたりは席にもたれていた。ひとりは白い尼僧帽の下におそらくは刈り上げた髪を隠し、もうひとりは波打つみごとな髪を顔のまわりにめぐらせて。はやくも列車は駅舎の闇へと入り、いっさいが影と化していった。列車は徐々にスピードを緩め、だんだんと大きくなっていくブレーキのきしみ音が耐えがたいまでに高まって頂点に達したとき、そのままぴたりと静かになり、数秒後、鉄の車輪の下でとどろいたシューッという轟音にその静けさを破られた。見捨てられたような心地で、私はホームにたたずんでいた。カラフルな上衣の少女もフランシスコ会の修道女もとうに姿を消している。いかなる関連があるのだろう、と記憶によればそのとき私は思い、いままた思うのだ、あの読書するふたりの美しい女性と、一九三二年の完成当時ヨーロッパのあらゆる駅舎を凌駕したこの巨大な建造物とのあいだには。いかなる関連があるのだろう、いわゆるこれら石造りのいにしえの証人と、模糊とした憬れとして私たちひとりひとりの肉体をつうじ――埃の舞う大地や洪水に浸される未来の野辺に群れなして住まうために――連綿と受け継がれていくものとのあいだには。私は鞄を肩に掛け、最後のひとりとなってホームを降り、市街地図を買い求めた。これまでいったい何冊の市街地図を買ったことだろう。いつもせめて空間だけは確実につかんでおこうとつとめてきた。いずれにせよ、ミラノの市街地図については選択はどうやら正解だったらしい。というのも、インスタント写真のブースで証明写真を撮ってから、低いうなりをあげる機械の前に立って写真が出るのを待っていたとき、ふと眼をやるとそのミラノ市街地図の表紙部分は迷路の絵だったが、しかし裏表紙には、道に迷ってばかりいると自覚しているすべての人にとって頼もしい、まことに

幸先のよい言葉がきっぱりと並んでいたのである。《手順よい仕事のための確かなガ《ウナ・グイダ・シクーラ・ペール・ロルガニザツイオーネ・デル・ヴォスト》イド《ロ・ラヴォーロ》、ミラノ市全図《ピアンタ・ジエネラーレ・ミラノ》》、と。

私は駅舎ホールを出、鉛のような夜気のなかに踏み出した。黄色いタクシーがあちこちの街角から泳ぐように乗り場に戻ってき、家路に着くくたびれた客を乗せてふたたび群れなして去っていく。私は列柱を抜けて駅の東側へ出たが、それは誤った選択であった。サヴォイア広場に出るアーチの下にレンタカーのハーツの広告があり、そこに〈おつぎの接続はこれ《ラ・プロッシマ・コインチデンツァ》〉（「おつぎの偶然」とも解せる）とあった。私に宛てられたメッセージではないかといぶかりつつその看板をまだ仰ぎ見ていたところに、ふたり組の若い男がさかんにしゃべりながらまっすぐこちらに向かってきた。もはや身をかわすことはできなかった。あっと思ったときはもう彼らの息を顔に感じ、ひとりの頬にある引きつれた傷跡ともうひとりの眼の血管をまぢかに見、彼らの手が私の上着の下に滑りこみ、摑み、探り、引っぱるのを感じた。かかとで回りながら肩の鞄をふり回してふたりにぶち当て、からくも身をもぎ離して、アーチの柱に背を貼りつけた。おつぎの偶然。道行く人の誰ひとりこの突発事に気づいてはいない。私ひとり、ふたりの襲撃者が初期の映画から飛び出してきたかのような妙にせわしない足どりで、薄闇のなか列柱を抜けて消えていくのを見つめていた。タクシーに乗ってからも、両手で鞄をしっかりと抱きしめていた。ミラノは危ない街ですねと、つとめて何気ないふうを装って声をかけてみると、タクシーの運転手は、しょうがないだろうというようなしぐさを返した。運転席側の窓には防護用の格子を嵌め、ダッシュボードには聖母マリアのカラーの守護メダルが吊してある。車はN・トッリアーニ通りを走ってチンチナート広場を抜け、それから左にサン・グレゴリオ通りに曲がり、もういちど左折してロドヴィーコ・S通りに入って、ホテル・ボストンの前で停車した。いやな雰囲気の、見窄らしいホテルだった。運転手は黙ったまま金を受けとった。ロドヴィーコ《ルートヴィヒ》・S通りには人っ子ひとり姿がなかった。タクシーが遠ざかり、消えていった。階段を二、三段のぼって妙な感じの宿に入り、薄暗い照明の玄関ロビーで待っていると、やがて六十か七十か、すっかりしなびた宿の女将《シニョーラ》が、テレビのある部屋から姿をあらわした。私が片言のイタリア語で、パスポートをなくしたので身分を証明するものがない、ミラノに来たのは領事館で新しいのを作ってもらうためだと説明しているあいだ、女将は鳥のような眼を不審げにじっと私に注いでいた。私が話し終えると、オルランド、と言ったようだったが女将が夫の名を呼び、やがてやはりテレビの部屋から、女将ともども意識の底に深く沈んでいた夫が、おぼつかない足どりで姿をあらわした。狭いロビーを横切って妻のそばの、ふたりには肩の高さほどある高い受付カウンターに着くまでに、途方もない時間が経ったように思われた。私はもう一度はじめから話をくり返したが、こんどは自分でもそれが信じられなくなっていた。なかば気の毒がられ、なかば蔑まれ、ようやっと５１３とある古びた鉄製の鍵が渡された。部屋は最上階だった。エレベーターはがちゃがちゃいう鉄格子のケージで、五階までしか行かず、そこから六階に上がるには、奥の階段をふたつ登らなければならなかった。狭い建物にしては長い、やけに長い廊下が、いくらか下りになった感じを伴いながら、二メートルの間隔もなく並んでいるドアの列のかたわらを奥へと伸びていた。哀れな旅人たち、という言葉がふいに頭をかすめたが、そこには私自身も含まれていた。いつもどこか他所《よそ》にいる。鍵穴の中で鍵が回った。何日も、ひょっとしたら何週間も部屋に籠もっていたらしい重い熱気がどっと体を打った。私はブラインドを上げた。濃さを増す闇のなか、見渡すかぎり屋根がつづき、アンテナの林が風に揺れていた。眼下はビルの谷間が口を開ける奈落だった。私は窓辺を離れ、服のまま、房のついた花模様のダマスク織り風の布がかぶせてあるベッドに身を横たえた。頭の下で腕を組むと、たちまち痺れがひろがり、見上げた天井は何マイルのかなたにあるようだった。竪穴の底から、開けた窓をつうじてきれぎれに声が届いてきた。外海で発した叫び声のような、からっぽの劇場の中で笑った声のような。宵闇はしだいに濃くなり、時刻も遅くなっていった。しだいにすべての音が消えていった。時間が、はてしない時間が流れたが、やすらぎはいっこうにやって来なかった。真夜中だったか、あるいはすでに朝方だったか、起き上がって服を脱ぎ、部屋に斜めに突き出した格好で作られている黴の生えたカーテンに隠れたシャワーの下に立った。湯が体を流れ落ちるにまかせて、長いことじっとしていた。それから濡れた体でふたたび房のついた布の上に横たわり、黎明がアンテナの先に触れるのを待った。暁の光をようやく眼にした気がし、鶫《つぐみ》の一声を耳にしてから眼をつむった。閉じた瞼の下が明るんでいった。ほうら、虹が出てる《エッコ・ラルコバレーノ》。ほうら、空にアーチが《エッコ・ラルコ・チエレステ》。舞台天辺の簀の子から下がってきたかのように眠りのベールが降りてきて、私は夢を見ていた。青々としたひろい玉蜀黍《とうきび》畑を、ひとりの尼僧が、私が子ども時分に親しんでいた修道女のマウリーティアが、両の腕をひろげて、この世にこんなあたりまえのことはないというかのように宙に浮いていた。

朝九時、私はソルフェリーノ通りのドイツ領事館の待合室に座っていた。まだ朝も早いのに、盗難にあった旅行客やほかの請願者がどっさり詰めかけていた。なかに、少なくとも半世紀むかしからここへ飛んできたのではないかという風采の曲芸師の一家がいた。曲芸師一家――でしかどう見てもあり得ない――の家長のいでたちは、白いサマースーツに縁革をあしらった小粋な硬麻布《バックラム》の靴というもの。得も言われぬ、完璧なかたちをした鍔広のストローハットを握っていて、それを両手でときには左回しに、ときには右回しにくるくると回している。そのわずかのしぐさを見ているだけで、伝説のブロンディンがセンセーションを巻き起こしたという綱渡りしながら目玉焼きを作るといった芸当も、この男には朝飯前だろうと思わせた。空を根城にした男のかたわらに腰を掛けているのはいかにも北国人といった印象の若い女性で、注文仕立ての服を着ていたが、このひともまた三〇年代から飛び出してきたようだった。身じろがず、背筋をしゃんと伸ばしたまま、終始じっと眼を閉じていた。瞼はぴくりともせず、口の端は一度たりとぴくつかず、頭も微動だにせず、几帳面にウェーブをかけた髪には乱れひとつなかった。最後にジョルジョとローザ・サンティーニという名であることが判明するこのふたりの夢遊病者には、たがいにほとんど歳のちがわない、見かけのそっくりな女の子が三人おり、上等の麻地のサマードレスを着てしばらくじっと座っているかと思うと、あたかも歩いた跡で美しいループを描こうとでもいうように、待合室の椅子や机のあいだをあちこち歩き回っていた。一人目はカラフルな風車を持ち、二人目は折りたたみ式の望遠鏡を持ち、

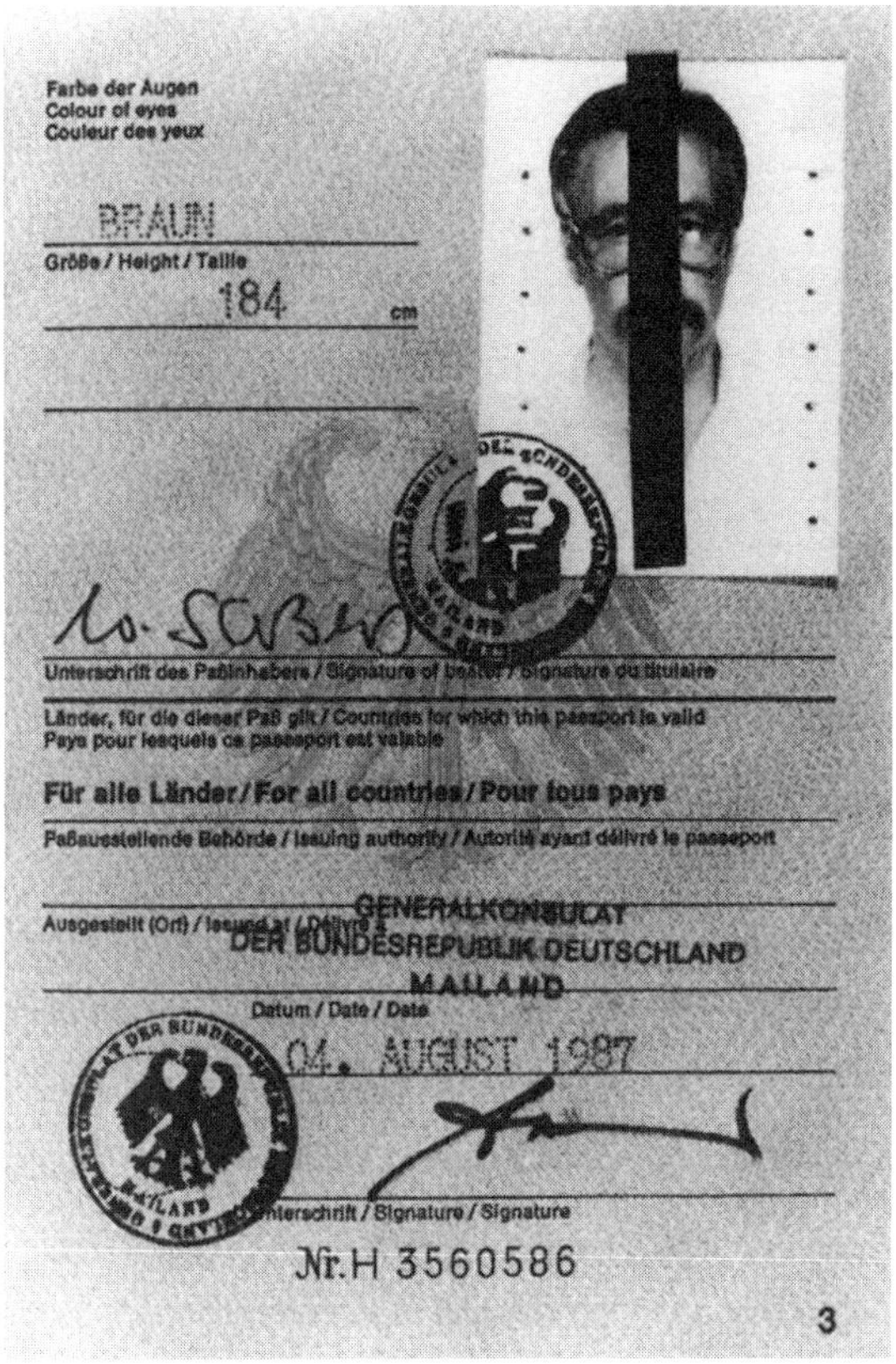
Farbe der Augen
Colour of eyes
Couleur des yeux
BRAUN
Größe / Height / Taille
184 cm
Unterschrift des Paßinhabers / Signature of bearer / Signature du titulaire
Länder, für die dieser Paß gilt / Countries for which this passport is valid
Pays pour lesquels ce passeport est valable
Für alle Länder / For all countries / Pour tous pays
Paßausstellende Behörde / Issuing authority / Autorité ayant délivré le passeport
Ausgestellt (Ort) / Issued at / Délivré à
GENERALKONSULAT
DER BUNDESREPUBLIK DEUTSCHLAND
MAILAND
Datum / Date / Date
04. AUGUST 1987
Unterschrift / Signature / Signature
Nr.H 3560586
3

それもたいていは反対側を眼に当てていたのだが、三人目は日傘を持っていた。てんでにそのお気に入りを手にして、打ちそろって窓辺に立ち、おりしも重い灰色の大気に陽がきらめきながら差しそめたミラノの朝に眺め入ったりもしていた。サンティーニ一家からは離れていたが、あきらかに一家に好意を持つか親戚筋にちがいない老女《ノンナ》がひとり、黒い絹のドレスを着て座っ

ていた。このひとは一心に編み物をしていて、ほんのときたま眼をあげ、気づかわしげな視線を——と見えた——夫婦や三姉妹に投げていた。待ち時間はたっぷりあったが、こうした人々と連れになった時間はらくに過ぎ、そしてようやくドイツとロンドンの役所となんどか電話でやりとりしたすえに私の身分は確定して、小柄な、小人と言っていいほどの領事館の役人がバーのスツール然とした椅子にかけ、巨大なタイプライターに向かって、私が自分について申し立てる内容を点文字で新しいパスポートに打ちこみはじめたのであった。

移動の自由を許すこのできたてのパスポートを鞄に領事館を出ると、旅を続ける前にミラノの通りを二、三時間ぶらついてみる気になっていた。とはいえおぞましく車の行き交うこんな街で散策などを企てても、とどのつまりはただ足を棒にし、癒しがたい苦痛を感じるだけにきまっていることは、とうぜん考えるべきだったのだ。一九八七年八月四日のその日、私はモスコーヴァ通りからサンタンジェロ教会の前を過ぎ、プッブリチ公園を抜け、セナート通りとスピーガ通りを渡り、ジュズー通りからモンテ・ナポレオーネ通り、アレッサンドロ・マンゾーニ通りを経由して、最後にスカラ広場にたどりつき、そこから大聖堂前の広場にやってきた。大聖堂《ドゥオモ》の中に入ってしばらく腰を下ろし、靴紐をゆるめたところで、いまも生々しく甦るのだが、ふいに自分の居場所がわからなくなった。懸命になってここに来るに至った数日のなりゆきをたどろうとしたが、自分がまだ生者の域にとどまっているのか、すでにどこかこの世ならぬ場所にいるのかすらおぼつかぬ始末だった。想起の力の麻痺は、大聖堂のいちばん上まで登り、くり返し目眩に襲われながら、煙霧に曇った、いまや完璧に見知らぬものとなった街を見はるかしたときも変わらなかった。

ミラノ、という言葉が出てこなければならぬところは空っぽで、苦痛の反射だけが返ってきた。身内に拡がっていく暗がりを不気味に暗示するように西空には巨大な雲が懸かり、はてしなく続くかに見える家並みの海の上に翳を投げていた。烈風が起こり、体を支えながら下を見下ろすと、まるでおのが死に向かってがむしゃらに突き進むように奇妙に体を前に倒した人々が、広場を横切っていた。その光景が、何年か前に見たピエモントのある墓石に刻まれていた墓碑銘を思い起こさせた。風立つなら《セ・イル・ヴェント・サルツァ》 駆けよ、《コッレーテ、》駆けよ《コッレーテ》 風立つなら《セ・イル・ヴェント・サルツァ》 立ち止まるな《ノン・ヴァレスターテ》。そしてそのとたん、石畳の上を散り散りに急ぐ人々はミラノの人だ、と閃いて、救われたのである。

晩方、私はふたたびヴェローナに向かっていた。列車は暮れかけの田舎を猛スピードで走った。今度は迷わず目的地で降車し、駅のバーでクレッツァーというロゼのワインを一杯飲み、ヴェローナの新聞数紙に眼をとおしたあと、ホテル〈金の鳩〉に出かけたが、予想に反してあらゆる点で気に入った部屋をあてがわれ、さらには常々ろくなあしらいを受けたことのないこの私が、フェルディナント・ブルックナーを思わせるポーターと、わざわざロビーに出てきたらしい宿の女将に、まるで待ちこがれたすえにようやく到着した賓客さながら、下へも置かぬ歓迎を受けた。パスポートは出すに及ばず、宿帳が差し出されただけで、私はそこにヤーコプ・フィリップ・ファルメライヤー、チロル地方ラントエックの歴史学者、と記入した。ポーターは私の鞄を下げて先に立って部屋へあがり、私が自分のふところ具合からはまさに大盤ぶる舞いのチップをわたすと、深く一礼して去っていった。金の鳩の屋根の下、こよなく美しい茶と赤煉瓦色の翼に抱かれた心地で眠った夜のやすらぎ、そして品格の高さが記憶に残ったあくる朝の朝食は、いずれも奇蹟にすら近いものだった。これからは一歩たりとも間違った方向に行くはずはない、と自信に満ち、私はかれこれ十時に市内の路地をいくつも抜けて、ほどなく市立図書館《ビブリオテーカ・チヴィタ》の前に立っていた。昼のうち調べ物をするつもりでいたのである。夏休み中休館との表示が玄関先に出ていたが、入り口の扉はなかば開いていた。むろん内部《なか》は深い闇に沈んでいて、はじめは手探りで進むのがやっとだった。司書に会えたのは、妙に高所についているようなドアの取っ手をあちこち試したあと、やわらかな朝の光がいっぱいに差しこめた読書室の中だった。頭髪も髭もきれいに刈りそろえた老齢の紳士で、おりしも書き物机について一日の仕事をはじめたところだった。黒サテンの袖カバーを着け、半月形の金縁眼鏡をかけて、緑色の下敷きを敷いた紙に一枚ずつ罫線を引いていた。ひと区切りついたところで作業から眼を上げ、どんな用件でしょうかと私に訊ねた。もたもたした私の説明にくらべればまたたく間に願いはかなえられて、資料がそろえられた。そうやって私はほどなく窓際に近い席に腰をすえ、一九一三年の八月と九月のヴェローナの新聞が綴じてある綴りをめくったのである。紙面は端がぼろぼろになっていて、ページをめくるにはよほどの注意が要った。やがて眼の前に無声映画のシーンのような映像がつぎつぎと展開しはじめた。アルベルト・マリオ通りを、さまざまな紳士たちが往来しているのが見えた。紳士たちは誰からも見られていないと思った刹那にぱっと横にひとつ飛びして、一軒の建物の入り口に姿を消していくのだが、それはパリとウィーンで研鑽を積んだリンジェル医師の皮膚科の医院が入っている建物だった。医院の部屋という部屋には、たえず通りから飛びこんできた、いずれ劣らずすきなく身なりを整えた紳士たちがひとりずつ腰を下ろしている。リンジェル医師のほうは診察の準備をしているとおぼしく、中二階にある広間様の部

屋で、さまざまな皮膚病が花と咲き誇っている巨大な写真を色刷りの軍事地図のようにひろげて眼を凝らしていた。それからまた私の眼には、市立図書館からほど近いステラ通りで開業しているペザヴェント医師が、得意の無痛抜歯をおこなっているさまが映った。ペザヴェント医師の下にいる女性患者の蒼ざめた顔はすっかり緊張がほぐれていたが、そのかわり治療用の椅子に乗った身体のほうは捩《ねじ》れよじられて、まさしく苦悶の様相を呈していた。まざまざと眼に映じたものはほかにもあった。たとえば造血に効くというミネラルウォーター、フェッロ・チーナが一千万本寄せ集まってピラミッドを形づくり、永遠の生命を約束するかのように陽光を浴びて燦然と輝いていた。だがやにわに一匹のライオンの声なき咆吼がとどろくや、ピラミッドは何十億のかけらになって音もなく砕け散り、水晶の雨となってきらきらと舞い落ちていった。それら当時の光景とニュースには、音もなければ重さもなかった。つかのまきらめき、消えていった。ひとつひと

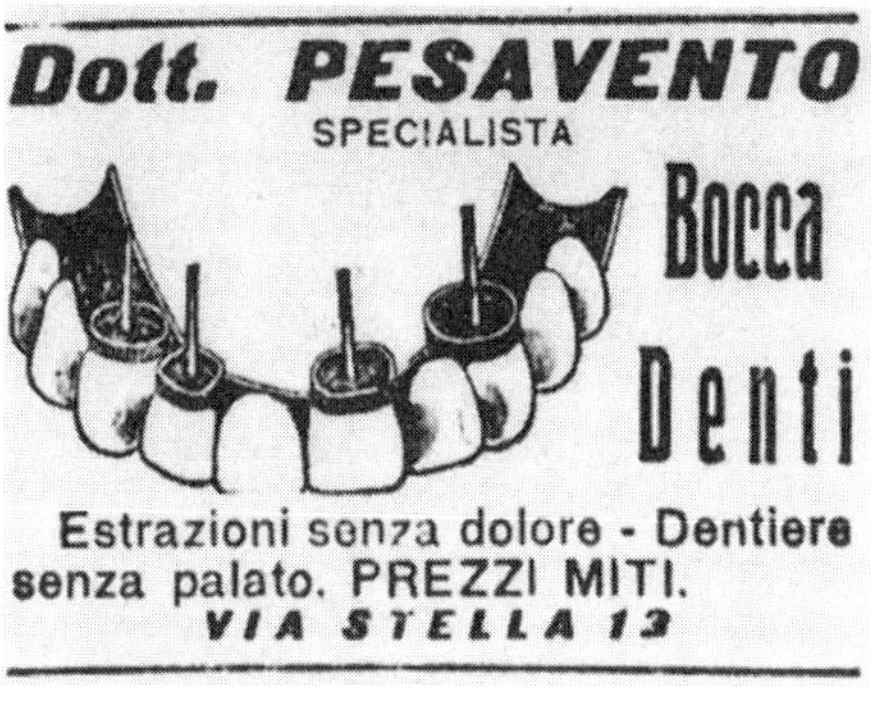

つが中の空洞《うつろ》な神秘だった。ハルツーム発の報告によれば、スーダンのオムドゥルマンでチロルの宣教師ジュゼッペ・オーアヴァルダーが数週間来行方知れずになっていた。またダンツィヒからの打電によると、

第六野戦砲兵連隊のステルン大佐なる人物がスパイ容疑で逮捕されていた。始まりも終わりもないさまざまな物語たち、思うに、それらは一度つぶさに見ていく必要があるのではないか。一九一三年は一種独特な年だった。時代の節目であって、草原を這う毒蛇さながら、導火線を火花が走っていた。あらゆるところで感情が沸き立ち、ほとばしっていた。民衆は新しい役割に身を投じた。国民国家《ナツィオーン》なるものの義にして聖なる怒りが唱えられた。古代ローマの

円形劇場《アレーナ》遺跡における第一回歌劇祭を報じるヴェローナの各新聞は、いずれおとらぬ熱狂に満ちていた。メモをしたうちたとえばフェデーレ紙の記事には、〈究極のタイタン《アポテオージ・ディ・ティターニ》〉とゴシック文字で見出しが打たれていた。記事の末尾にはこうあった。この見出しはけっして荒唐無稽なものではない、なんとならば円形劇場はローマ建築の偉大さ《タイタン》の一例であり、ジュゼッペ・ヴェルディはイタリア音楽の巨人《タイタン》であるのだから。しかしながら芸術という芸術、美という美の真の巨人《タイタン》は――と記者は思わせぶりたっぷりな記事を締めくくっていた――わが国民《イル・ポポロ・ノストロ》である、ほかの民族はすべてピグミーにすぎない、と。私の眼はいつまでもこの六文字、Pigmei に釘付けになっていた。ピグメーイ、それは破壊の予告だった。そしてその破壊はすでにして始まりを告げていたのだ。民族《フォルク》の声を聞いたと思った。声は湧き上がり、抑揚をつけて、ピグ・メー・イー、ピグ・メー・イー、ピグ・メー・イーと呼ばわっていた。叫びは耳の奥で轟いていたが、むろん現実には、私自身の血流の音が想像のせいで増幅され歪められたのにすぎない。いずれにせよ、くだんの司書の耳にはなんの響きも届かなかったらしかった。おだやかに仕事の上に身を屈め、先刻引いた罫線のあいだを乱れのない文字で埋めていっていた。それぞれの行末に小休止が入るところを見ると、この人が綴っているのは察するになにかのリストらしい。しかも果てしなく続いていくそのリストを作るのに必要な細部はすべて頭に入っているらしく、いささかの躊躇もためらいもなければ手本を参照することもなく、よどみなく書きつづけていった。私たちの眼が合ったのは、彼がさらなる一枚を書き終えて仕事から眼を上げ、撒き砂の入った容器に手を伸ばしたときだった。私を少なからず驚かせたそのしぐさは、この刹那にいかにもしっくりとした確かなものに思われ、私はしばし止めていた手をまた動かして、頁を

繰りつづけることができたのだった。そうやって午後まで読み、頁を繰りながらさまざまなことを発見し、そのうちのいくつかは折りにふれて書かなければならないと思っているが、なかにひとつ、〈解剖台で殺人《ウチーゾ・スル・バンコ・アナトミコ》〉と題した記事がまさしく小説のような書き出しで、〈昨夜ノガラ墓地の霊安室で……〉とあり、ムツィオという名の憲兵《カラビニエーレ》が殺された事件を報じていた。むごたらしい細部にも事欠かなかったその記事が私の記憶に残ったのは、そのときめくっていた新聞綴りのあいだにジェノヴァのスタリエーノ墓地が描かれた一枚の古い絵はがきを見つけたからでもある。私はその絵はがきを持ち帰り、あとから何度となく拡大鏡でくまなく丹念に眺めた。暗い山並みの上にかかるにぶい光、絵の外へはみ出していき、トンネルに続いているとおぼしい高架橋、そのかたわらの濃い闇、塔かパゴダのように見える右手の墓石群、糸杉の木立、市壁の消尽線、前方のくろぐろとした野辺、宏壮な列柱の歩廊を抜けた左手にある白亜の館。そのひとつひとつ、わけても白亜の館は私にはなにかひどく昔なじみの気がし、眼隠し

してでも歩き回れそうな気がしたほどだった。

午後の陽も傾いたころ、アディジェ川沿いに遊歩道の並木の下をぶらつきながら、カステルヴェッキオ城に向かった。大聖堂前の広場で道連れになった一匹の犬——黒い眼帯をしているかのように左眼に黒い斑《ぶち》のある明るい毛色の犬だったが、飼い主のいない犬のつねで、進む方向に対してたえず斜めに走っているように見えた——がこのところずっと私の少し先を歩いていた。川を見下ろそうとして私がたまに立ち止まると犬もまた足を止め、流れる水を物思わしげに見つめている。こちらが歩きだせば犬もまた歩きだす。ところがカステルヴェッキオまで来て私がカヴール大通りを渡ると、犬は縁石の端に立ち止まったまま動かなくなった。大通りのまんなかで犬のほうをふり返ったときには、あやうく車に轢かれそうになった。道の反対側にたどり着いてから、サルヴァトーレ・アルタームラと待ち合わせの約束をしているブラ広場に行くのに、ローマ通りからまっすぐ行こうか、あるいは少し迂回してサン・シルヴェスト通りとムティラーティ通りを通って行こうかと迷った。大通りのむこうから私を長いこと見つめていた犬はふっつりと姿を消しており、私は心を決めるというでもなく、ローマ通りに足を向けた。時間をかけ、店をいくつかのぞき、人の流れに身をまかせているうちに、あのピザリア・ヴェローナの店先に立っていた。七年前の十一月の晩方、逃げるように飛び出した店である。カルロ・カダーヴェロの店の扉の上に書かれた名前に変わりはなかったが、入り口は板で塞がれ、二階から上の鎧戸はことごとく閉ざされていた。その瞬間、きっとこうなるとわかっていた、という思いが頭をかすめた。ヴェローナから慌ただしく発ったときに脳裡に灼きつき、たえず生々しく瞼に甦って忘れようにも忘れられなかったあの心象が、こんどは奇妙な縞模様のなかに浮き上がってきた——銀色のボタンのついた黒い上衣の男がふたり、棺台をかついで裏手の館から出てくる。棺台には房のついた大きな花模様の絹の布がかぶせてあり、その下にはあきらかに人間が横たわっている。——この暗い幻影が現実のうえに覆いかぶさったのが一瞬だったのか、あるいはもっと長時間だったのかはさだかではない。が、やがて私はふたたび光を認め、畳まれてからかなり経つにちがいないピザリアの前をなんの不安気もなく過ぎていく人々に気づいたのだった。閉店の理由を隣の写真店の店主に訊ねたが、カメラマンのその男は私の問いには取りあわず、家の表構えを写真に撮ってくれないかと頼んでみても、てんで受けつけなかった。頼もうが訊こうがだまって首をふるばかりで、こちらの言うことがわからないか、口をきけないと言わんげだった。暗室で黙々と手を動かしている聾唖のカメラマン、という想像がわき起こり、それに胸を衝かれて離れようとしたとき、背後でまさにその男が、烈しいののしり文句をたてつづけに吐くのが耳に入った。ただそれは私にではなく、隣のバーで出来《しゅったい》した何かにむかって投げつけたものらしかった。反対側の歩道に渡ってぐずぐずと前を行き来し、しまいにこの目論見をかなえてくれそうな通りがかりの男に、ピザリアを写真に撮ってくれまいかと頼みこんだ。訊いてみるとドイツのエアランゲン近郊から来た若い観光客で、しばしためらっていたが、イギリスに写真を送ってもらう費用だからと十マルク紙幣を差し出したところ、引き受けてくれた。おりしも撮影のさいに鳩の群れが広場からローマ通りに飛んできてバルコニーの柵や建物の屋根に舞い降りたので、いっしょに写真におさめてくれと急きこんで頼んだのだが、新婚旅行中と私がふんだエアランゲン出の若者は、それにはあいにく応えなかった。私の見るところ、どうも新婚ほやほやの若妻のせいである。彼女は敵意す

らこもった、怪しい者を見る目つきで終始私をねめつけていたが、撮影中にもかたときも男のそばを離れず、男の袖をいらだたしげにツンツンと引っ張ってそれをやめさせたのだった。

　広場に着いたときには、サルヴァトーレはすでに緑色の日除けの下に緑色の椅子が並んだバーのテラス席に腰を下ろして、本を読んでいた。眼鏡を額にずり上げ、文字を読み取れるとは思えないほど本を眼と鼻の先に近づけている。邪魔にならぬように気を遣いながら私はかたわらに腰を掛けた。サルヴァトーレが読んでいる本は、薔薇色の表紙に暗い色あいの女性の肖像画をあしらったものだった。題名はなく、かわりに肖像の下に〈1912+1〉という数字がある。ウェイターが近づいてきた。緑色の長いエプロンをかけている。私はフェルネのダブルをオンザロックで注文した。

そのうちにサルヴァトーレは本をわきに置き、眼鏡をもとの位置にもどしていた。やめられないのです、とサルヴァトーレは詫びを言った、仕事が退けたあとの数時間、昼間の忙《せわ》しなさからようやく逃れられると、本を手に取らずにはいられません、今日みたいに読書用の眼鏡を編集部に忘れてきてしまった日ですらです。近視がひどくて、眼鏡なしでは小学一年生並みののろさで一語ずつひろって読むのがやっとなのに、この時間になると読みたい気持ちがただもう押さえられない。仕事が退けると、とサルヴァトーレは語った、孤島に逃れるようにして散文に逃れるのです。日がな一日編集部の騒音の波にさらされていて、けれども夕暮れには孤島にいる、そしてはじめの数行を読みはじめるときまって、はるか海原に漕ぎ出していくような気持ちになる。いまなんとか正気を保っていられるのは、ひとえに夕暮れの読書のおかげなのです。すぐに気づかずに申しわけありませんでした、とサルヴァトーレは言った、近眼のせいもありますが、このレオナルド・シャーシャの語る物語にどっぷり沈みこんでしまって、まわりからほとんど完璧に切れてしまっていたのです。まったくです、とサルヴァトーレはいくらか現実に戻ったふうに続けた、シャーシャの語る物語は、第一次大戦直前の数年をまことにあざやかに総括している。どちらかというとエッセイのかたちに近い語りですが、中心をなすのはマリア・オッジョーニ、旧姓ティエポロという女性で、フェッルーチオ・オッジョーニという陸軍大尉の細君です。このひとが、一九一二年十一月八日、主張によれば正当防衛によって、夫の部下の狙撃兵クインティリオ・ポリマンティという男を射殺した。この事件はむろん新聞の好餌になりました。国民の空想を一週間にわたってかき立てたこの裁判――新聞が飽きもせず力説したとおり、なにしろ被告女性は、かの有名なヴェネツィアの画家ティエポロの血筋でしたからね――、いま言ったように全国民が息をのんだこの裁判でわかったのは、つまるところ、誰もが知る真実だけでした。つまりは、法は万人にとって平等ではなく、正義もまた正義ではないということです。死んだポリマンティにもはや自己弁護が不可能な以上、やがて世間がこぞってティエポロ伯爵夫人と呼ぶことになるオッジョーニ夫人の謎めいた微笑みに、裁判官たちはころりと参ってしまったのですよ。ご想像がつくでしょう、新聞はこう書いています、夫人の微笑みはたちまちかのジョコンダ、モナリザの微笑みを思い出させた、と。一九一三年当時、これも新聞の見出しを賑わした事件ですけれども、ジョコンダの絵がフィレンツェのとある労働者の自宅のベッド下で見つかったあとだけになおさらでした。この男はその二年前、ルーヴルに流謫の身だったジョコンダを故郷に連れ帰っていた、というわけなのです。不思議ですよ、とサルヴァトーレはさらに言葉を継いだ。この年にあらゆるものがある一点を指して進んでいった。どんな犠牲を払おうがなにかが起こらなければならない、そういう一点を。いや、あなたが興味をお持ちなのはこれとはまったく違う話でしたね、とサルヴァトーレは今度こそ本の世界からわれに返って言った。結論を先に申し上げるなら、その話はもうおおかた決着が着いているのです。裁判は終わりました。判決は三十年でした。この秋には控訴審がヴェネツィアで行われるはずです。これまで以上のことがわかる見込みはまずないでしょう。いや、先を急ぎすぎました。このあいだ電話で、一九八〇年までの展開ならある程度知っているとおっしゃいましたね。怖ろしい凶行はその後もかわらず続いていました。一九八〇年の秋にはヴィセンツァでマリア・アリーチェ・ベレッタという娼婦がハンマーと斧で殺されました。その半年後、エッチュ河畔にあって薬物中毒者の施設として使われていたオーストリアの監獄跡が放火され、ヴェローナの高校生、ルーカ・マルティノッティが火傷を負いました。一九八二年七月、マリオ・ロヴァートとジョヴァンニ・ピガートというふたりの僧が、いずれもかなりの高齢ですが、修道院近くの閑静な通りをいつものように夕暮れに散策していて、重いハンマーで頭蓋骨を打ち砕かれました。そしてこの事件からしばらくして、ミラノの通信社に〈ルートヴィヒ団〉から手紙が届いたのです、ご存じの、一九八〇年秋に一連の事件の犯行声明を出したあのルートヴィヒ団から。わたしの思い違いでなければ、たしかルートヴィヒ団は二通目の手紙で、われわれの人生の目的は神に背いた人間どもを抹殺することにある、と宣言しています。二月にはトリエステで司祭のアルマンド・ビソンの死体が見つかりました。撲殺され血溜まりに倒れており、首筋に十字架が突き刺さっていました。さらなる声明には、ルートヴィヒの力は限りない、とありました。その年五月中旬、ミラノでポルノ映画館が炎上しました。死者六名です。《リーラ、女の香り《プロフーモ・ディ・フェミーナ》》、これが観客が最後に見た映画の題名です。〈焼けたペニスの山〉はわれわれの仕業であると団は声明を出しました。一九八四年初頭、公現の祝日のあくる日にミュンヘン駅界隈のディスコで放火がありましたが、これも犯人は不明でした。そして二週間後、フルランとアベルは、つぎの放火を企てているところを捕まったのです。ふたりはピエロの衣装に身をやつし、穴を開けたスポーツバッグにめいめいがひとつガソリンの缶を入れて、ガルダ湖南岸からほど近いカスティリオーネ・デッレ・スティヴィエーレのディスコ、メラマーレの中にいたのでした。その晩ディスコには四百人の若者がカーニヴァルに集まっていました。まかり間違えばふたりはその場で集団リンチされていたでしょう。大筋はこんなところです。疑いのない証拠をあげることができたぐらいで、七年近く続いた犯行を理解できるようなことは取り調べではわかっていません。心理鑑定もふたりの心の裡を解明するにはいたりませんでした。どちらも良家の出です。フルランの父は火傷治療の高名な専門医で、ヴェローナの病院で整形外科部長をつとめていました。アベルの父親は引退していますがもとは法律家で、出身はドイツ、長年当地でデュッセルドルフの保険会社の支社長をしていました。ふたりの息子はともにジロラモ・フラカストロ高等学校に通っていました。両人とも抜群に優秀でした。高校卒業後アベルは大学で数学を、フルランは化学を専攻しました。これ以上お話しできることはあまりないのです。ふたりはたがいを兄弟のように思っていたのでしょう。そしてどちらも、おのれの純真を逃れるすべを知らなかったのです。わたしは一度、ずば抜けたギタリストだったアベルをテレビで見たことがありますよ。七〇年代半ばだったと思います。当時十五、六だったでしょうか。その姿と素晴らしい演奏にひどく胸を打たれたことを憶えています。

サルヴァトーレが報告を終え、夜の帳が降りた。闇が濃くなってきた。歌劇祭に向かう人々が観光バスからどっと吐き出され、円形劇場《アレーナ》の前で犇《ひし》めいている。オペラももう昔のオペラではありません、とサルヴァトーレは語った。観客は観劇のなんたるかを忘れてしまった。そのむかし、夕暮れどきには長い広い街路をヌオーヴァ門にむかって馬車が走ったものでした。その門を抜けてさらに西方へ、市の外側の斜堤の並木道をまわったのです。そして夜の鐘が鳴ると、みんな取って返してきました。教会に乗りつけてアヴェマリア・デッラ・セーラの祈りをささげるものもいましたし、このブラ広場に馬車を停めるものもいました。そうして騎士が馬車に歩み寄って、ときには夜更けまで貴婦人とあい語らったのです。馬車に歩み寄る時代は去りました。オペラもおなじことです。歌劇祭はその下手な戯画です。だからこんな晩にアレーナに出かけていくようなまねはわたしにはどうしてもできない、ご存じのように、オペラはわたしにとってすべてなのですが。この市で働きだしてゆうに三十年になりますが、とサルヴァトーレは語った、アレーナの上演は一度も観たことがありません。こうして、オペラの音が聞こえてこないブラ広場に腰を掛けている。オーケストラの響きも、合唱も、歌手の歌声も聞こえない。音は聞こえません。わたしが聴いているのは、いうなれば音なきオペラです。あの華麗なアイーダ《ラ・スペッタコローザ・アイーダ》なのです、ナイルの河面の幻想的な夜を、大戦前の時代の無声映画として観ている。ご存知ですか、とサルヴァトーレは続けた、今夜アレーナで上演されるアイーダは、舞台美術も衣装も一九一三年の歌劇祭開幕当時の、エトレ・ファジュオーリとアウグステ・マリエッテのデザインをそのままコピーしたものなのですよ。歴史はいまや終末に向かっているというのに、まるで時が経っていないかのように錯覚しそうになる。ときどき、社交界の人々がいまなおカイロのオペラハウスの席に着いたまま、限りない進歩を寿《ことほ》いでいるのではないだろうかと、ほんとうにそんな気がすることがあるのです。一八七一年、クリスマスイブでした。アイーダの初演、序曲が鳴り響く。一小節ごとに平土間の傾きが大きくなる。船がはじめてスエズ運河を滑っていく。橋には身じろぎもしない人影がひとつ、白い提督の制服に身を包んで砂漠に双眼鏡をかまえている。〈そなたはまた森に見《まみ》えよう〉、とアモナズロは希望を語ります。これはご存じでしょうか、スキピオの時代には、エジプトからモロッコまで、木蔭を伝って旅することができたのですよ。木蔭を伝って！　ところがいまオペラハウスから火の手が上がる。パチパチと音を立てて燃えさかる。平土間の一等席が観客もろとも、轟音をあげて、オーケストラピットの窪みに消えていく。天井に立ちこめる煙幕から、見慣れぬ形姿が降りてくる。〈死の天使が近づいてきました《ディ・モルテ・ランジエロ・ア・ノイ・サプレッツサ》、はや天が開いているのが見えます《ジャー・ヴエッゴ・イル・チエル・デイスキウーデルシ》〉。いや、脱線してしまいました。こう言ってサルヴァトーレは立ち上がり、ご存じのように、夜が更けてくるとわたしはついこうなってしまいます、と別れを告げた。私のほうはそれからも広場にかなりのあいだ残って、サルヴァトーレが置いていった降りてくる天使の絵を眺め、そして彼がした話を書き留めることに打ちこんだ。真夜中過ぎだったと思う、緑色のエプロンをしたウェイターが勘定を取って回ってすぐ、広場の石畳に馬のひづめと馬車の車輪の回る音を聞いたと思った。だが馬車そのものは見えなかった。かわりに瞼に浮かんだのは、幼いころ母に連れられてアウクスブルクで観た、記憶にはまったく残っていないアイーダの野外上演だった。貧相な騎兵隊と、数頭の窶《やつ》れた駱駝と象——後年調べてみると、これらはクローネ・サーカスから特別に借り出したものだった——からなる凱旋の行進は、少しも忘れ去られていなかったかのように私の眼前をいくども円を描いて回り、当時とおなじく私を深い眠りに誘いこんで、いまだ説明がつかずにいるが、朝方ふたたび目覚めたとき、私は〈金の鳩〉の自分の部屋にいたのであった。

補遺としてこれだけ書いておくと、一九二四年四月、作家

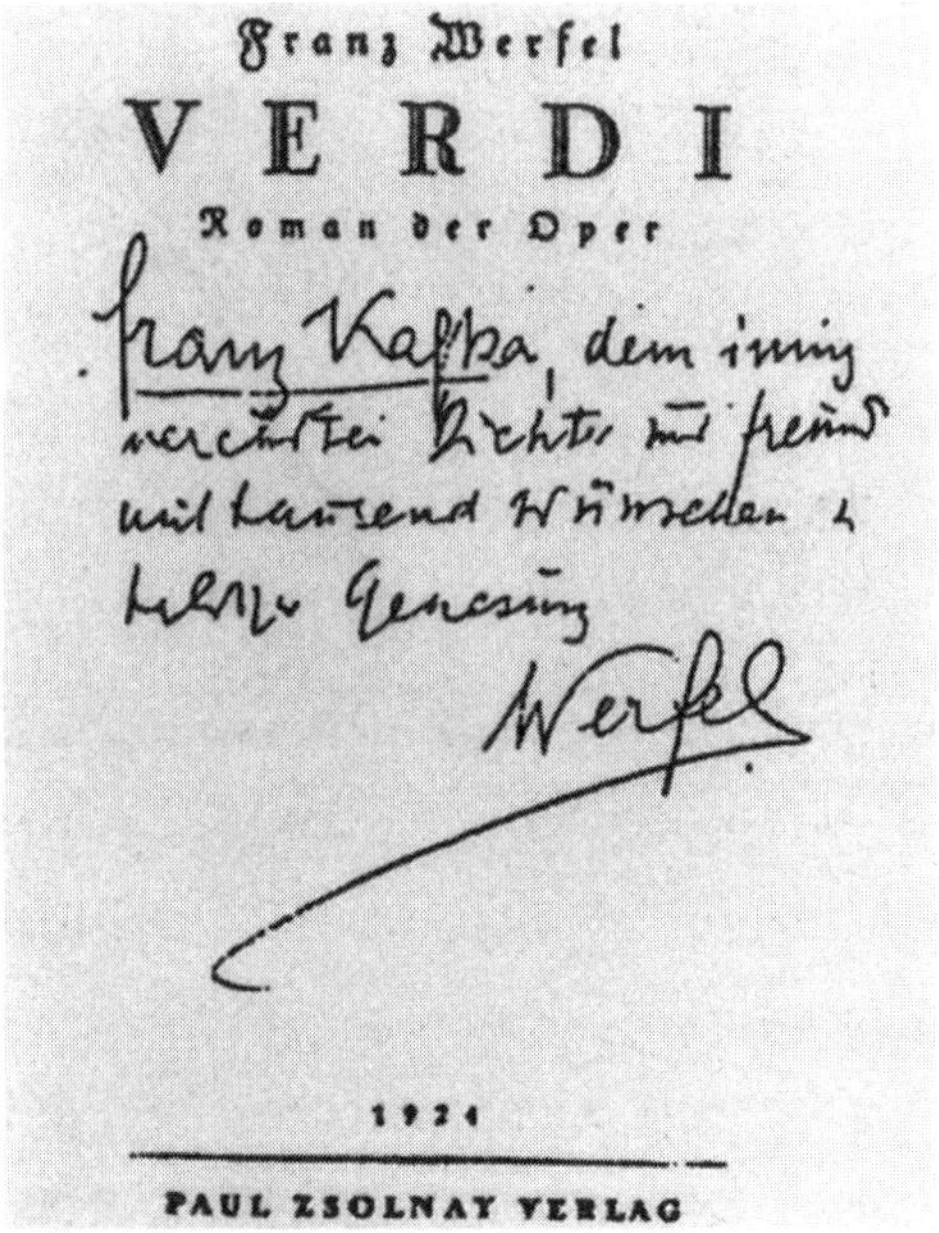

フランツ・ヴェルフェルはウィーンのハイエク喉頭科病院に入院していた友人、フランツ・カフカを見舞った。薔薇の花束をたずさえ、各所で絶賛されていた出版ほどない自著の一冊をカフカに捧げた。このとき体重わずかに四十五キロ、最後の居場所となるクロースターノイブルクの療養所に移るまぎわだった患者は、この本をついぞ読むことはなかったと思われるが、それは彼にとって最大の損失ではなかっただろう。いずれにせよ私が数ヶ月前にこのオペラについての小説をぱらぱらとめくってみたとき、ただひとつ注目に値すると思われたのは、さまざまな手を経て私のもとに至ったその一冊に、ドクター・ヘルマン・ザムゾンなる人の蔵書票が付されていたことであり、アイーダを愛してやまなかったであろうその人がみずからのしるしとして選んだのが、死の象徴、ピラミッドであることだった。

EX LIBRIS
DR. HERMANN SAMSON
14414798
1924

ドクター・Kのリーヴァ湯治旅

一九一三年九月六日土曜日、プラハ労働者傷害保険協会の副書記、ドクター・Kは、救護制度と衛生法のための国際会議に出席するべく、ウィーンに向かっていた。グミュントで買った新聞を読むとこうあった――戦場で負傷者の運命が最初の手当てのいかんで決まるように、ふだんの事故でも応急処置が予後にとってきわめて重要である、と。この一文は会議と同時に行われる一連の社交的な行事の知らせとともに、ドクター・Kの心をざわつかせた。窓の外はすでにハイリゲンシュタットの駅だった。薄気味が悪く、人影もなく、列車はからっぽ。どこもかしこも終着駅だ。いっしょに行かなくてもいいように、膝をついてでも理事に頼むべきだったと思う。だがむろんいまはもう遅すぎる。

ウィーンではグリルパルツァーへの共感からホテル・マチャカーホーフに投宿する。いつもそこで昼食をとっていたグリルパルツァーへの敬意だったが、あいにくその効果はあらわれない。ドクター・Kは終始はなはだしくかげんが悪い。気分が落ちこみ、眼がよく見えない。断れるだけは断っているのに、たえずぞっとするほど大勢の人間といっしょにいるような心地がする。亡霊のようにテーブルに着き、閉所恐怖症に苦しめられ、注がれる視線のことごとくに自分が見透かされているような気がする。隣の席、いわば袖が触れそうな近さに、グリルパルツァーが見る影もなく年老いて腰を掛けている。グリルパルツァーはつぎつぎとよからぬおいたをし、一度などは手をドクター・Kの膝の上に置く。その夜ドクター・Kはどうしても眠れない。ベルリンのあのことが頭を離れない。ベッドで輾転反側し、頭に冷湿布をし、じっと窓辺にたたずんで小路を見下ろし、地下深く何階分も下に横たわりたいと願う。翌日の昼にこう書きつける、ひとりの女性と生活をともにし、どちらも自由で、どちらも自立し、外面的にも実質的にも結婚せず、ただいっしょにいる、そんなただひとつ可能な生きかたをするのは無理だ、ただひとつ可能な、男どうしの友情を越えた一歩を踏み出すのは無理だ、なぜなら定められた境界を越えたとたん、自分を踏みにじる靴が高く上げられているから。

なによりもやりきれないのは、にもかかわらず人生が続いていくことだろう。たとえばドクター・Ｋは翌朝オットー・ピックに説きつけられていっしょにオッタクリングに行き、アルベルト・エーレンシュタインを訪れることになる。ドクター・Ｋにとって、その男の詩句は箸にも棒にもかからないものなのだが。〈きみたちは船に乗って楽しむ、帆走して湖水をけがす。だが私は深みに降りたい。落ち、溶け、盲い、氷になりたい〉。市電のなかでドクター・Ｋはにわかにピックが厭でたまらなくなる。ピックの性質には小さな、不快な穴がひとつ開いていて、そこからピックが全身に浸み出してくる、そう考える。エーレンシュタインがピックそっくりに黒い口ひげを生やし、ピックの双子の兄弟でもおかしくないのがわかった段になって、いらだちはますます募る。うりふたつとはこのことだ、といっしょにいる間、強迫観念のようにに思いつづけずにはいられない。プラーター公園への途上、ふたりに伴われているのがしだいに不気味になり、池でゴンドラに乗ったときには、すっかり囚われの身になった気がする。陸地に戻してくれたのがわずかの慰めだ。オールで殴り殺されていてもおかしくなかった。リーゼ・カーツネルゾンという女性

が加わり、〈原始林の一日〉というメリー・ゴーラウンドに乗る。ドクター・Kは、膨らんだ仕立てのよいドレスをうまく着こなしていない彼女がひどくたよりなげに座っていることに気づく。女性に対するとき往々にしてそうなるように、思いやりが湧き上がるのを感じる。だが頭痛はいっこうにおさまらない。みんながふざけて、大観覧車よりも奉納教会堂よりも高いところを飛んでいる飛行機に乗ったふりをして写真を撮ったとき、ドクター・Kはわれながら不思議なことに、この高さで、ただひとり、笑いじみたものを漏らしている。

九月十四日、ドクター・Kはトリエステに行く。八時間あまりを南方鉄道の車室の隅でひとり過ごす。痺れが身体にひろがる。車窓の風景は切れめなく続き、この世のものとも思えない秋の光に照らされてまぶしく輝いている。席からほとんどまったく動いていないのに、夜九時十分にはトリエステにちゃんと着いているのが不思議だ。街はつとに闇に沈んでいる。ドクター・Kはその足で港に面した宿に向かう。辻馬車に乗り、御者の広い背中を見ながら、自分で自分がひどく謎めいていると思える。人々が道端に立って、こちらを見つめている気がする、やっとやって来たぞと言わんばかりに。

　ホテルに着き、ベッドに寝そべって頭の下で腕を組み、天井を見上げる。風に揺れるカーテンをとおしてときどき叫び声が届いてくる。この町に北からの旅人を殺す青銅の天使がいることを、ドクター・Kは知っている。外に出たい。のしかかる疲労と浅いまどろみのきわで、ドクター・Kは港界隈の小路をさまよい、歩道で足を止めて、束縛のない身になって一インチほど地面から浮き上がっているような感じを肌の下におぼえる。外の光がぐるぐると回りながら天井に反射しているのは、いまにも天井が割れて、なにかがぽっかりと口を開けるしるしだ。漆喰がもうぼろぼろと落ちてきた、そして石膏の粉が雲のように立ちこめるなか、薄暗がりからゆっくりと、青紫の衣をまとったひとつの形姿が、黄金の帯を巻き、大きな、白い、絹の光沢を放つ翼をつけて降りてくる、高くあげた手に剣を水平にかざして。やっぱり、ほんとうに天使だ、からくも息をつくことができてドクター・Kは思う、一日じゅうぼくにむかって飛んできたのだ。なのにぼくときたら不信心にもなにひとつ知らなかった。天使はいまに語りかけてくるだろう、そう思って眼を伏せる。だがふたたび眼を上げたとき、天井はすでに閉じており、天使はなるほどそのかなり下にいたが、それは生きた天使ではなく、船乗り相手の居酒屋の天井にぶら下がっているような、船の舳《へ》先《さき》につけるペンキ塗りの木彫り人形にすぎなかった。剣の柄は蠟燭を立てて、落ちてくる獣脂の受け皿に

なるようにつけられていた。

翌朝、やや荒れ気味の天気にかるい船酔いを感じながら、ドクター・Kはアドリア海を渡った。ヴェネツィアでいわば陸《おか》にあがってからも、身内をいつまでも波が砕けている。投宿したホテル・ザントヴィルトで、しだいに悪心《おしん》がおさまっていったからだろうが、楽観的な気持ちに駆られ、ベルリンのフェリーツェに葉書を書く。頭の中がどれほどひどくわなないていようが、この町と、この町が自分のような旅人に差し出してくれるものに飛びこんでいくつもりだ、土砂降りの雨で輪郭が消えて、なにもかもに灰緑色のヴェールがかかってもこの決意は変わらない、いや、その反対だ、かえってこのほうがい い、と彼は書く、なぜならウィーンの日々を洗い流してしまえるから、と。だが九月十五日というこの日、ドクター・Kがホテルを出たという証拠はない。そもそもここに来ること自体、どだい無理だったのだ。崩壊の瀬戸際の身で、石まで溶かしそうなしとどの雨のなかに飛び出すなど、考えるべくもない。ドクター・Kはしたがってホテルに残る。黄昏が降り、ホールの薄闇のなかであらためてフェリーツェに手紙を書く。街を見て回ろうという言葉はもうどこにもない。かわりに瀟洒な蒸気ヨットの絵のついたホテルの便箋の下に、絶望をあわただしく書き連ねる。自分はひとりだ、従業員のほかには誰とも口をきいていない、惨めさが体から溢れ出しそうになる、だがこれだけはたしかに言える、自分はいま自分にふさわしい、天上の正義によって定められた、おのれには如何ともしがたく死ぬまで背負いつづけるしかない状態にあるのだ、と。

ドクター・Kがヴェネツィアの数日を実際どのように過ごしたのかはわかっていない。いずれにせよ陰鬱な気分は失せなかったのではないだろうか。いやむしろ、この町、このヴェネツィアで彼を支えたのは、その陰鬱さだったかもしれない。彼をあざ笑うようにいたるところに出没する新婚旅行客にもかかわらず、ヴェネツィアは彼の心を深く動かした。なんと美しい町だろう、と感嘆符をつけ、言葉が感情をあふれるままにさせる一瞬の、いささか突飛な表現で書いている——なんと美しい町だろう、そしてぼくたちのところでは、なんと過小評価されていることだろう！　だが細かい点についてはなんの言及もない。つまるところ、くり返すがドクター・Kが実際なにを見たのかはわかっていないのだ。総督宮殿を訪れたかどうかも匂わせてすらない。その鉛屋根の牢獄は、数ヶ月後、ドクター・Kの審判と罰の幻想のなかできわめて大きな位置を占めるはずなのだが。私たちにわかっているのは、彼がヴェネツィアに四日間を過ごしたあと、サンタ・ルチア駅からヴェローナに向かったことだけだ。

ヴェローナでは到着した日の午後、駅から大通りを進んで市内に入り、狭い小路を長いことあちこちとうろついて、とうとうくたびれはてて聖アナスタシア教会に入った。感謝と嫌悪があいなかばする心地で、ひんやりした薄暗がりにしばし腰を下ろし、体を休めてからふたたび立ち上がって、外へ出しなに巨大な柱の下で聖水盤の重みに何百年と耐えている侏儒の像の大理石の巻き毛に、息子か弟の髪をなでるかのように指を走らせた。ペッレグリーニ礼拝堂の入り口上部にあるピサネロが描いた聖ゲオルギウスのすばらしい壁画を見たかどうかは、どこにも手がかりがない。だがドクター・Kがふたたび教会の出口まで来て、暗い内部と眩しい外との閾《しきい》に立ったとき、一瞬、たったいま出てきた教会の扉の前にまったくおなじ教会が扉を接して建てられているかのような気がしたことは、たしかだと言えるだろう。それは夢で馴染みの、怖ろしくも一切がつぎつぎとふたつに分裂していく二重化の現象だった。

　夕闇がせまるころ、ドクター・Kはしだいに往来が賑やかになってきたことに気づく。どうも純然たる愉しみのためだけに繰り出してきたらしいが、みんなふたり連れ、三人連れ、それどころかもっと多人数で、たがいに腕をからめてそぞろ歩いている。ヴェローナ市民が屈託のなさと一体感をこれでもかと見せつけているのだ、まるで芝居でもしているみたいに、と感じられたのは、おそらく八月に貼られたまま、まだあちこちの街角に残っていた〈円形劇場にて歌劇《スペッターコリ・リリチ・アッラレーナ》〉というポスターと、そこに大書された〈アイーダ〉なる文字の列が再三眼に飛びこんできたせいだったのだろう。彼がひとりっきりの変わり者だと言いたいがために、ことさら演出したかのようではないか。この考えが取り憑いて離れなくなり、逃げるように映画館《キネマトグラフ》に入りこんで、からくも救われる。その映画館はおそらくチネマ・パテ・ディ・サン・セバスティアーノであっただろう。泣きながら、と数日してデセンツァーノでドクター・Kは書いている、ぼくは映画館の暗がりに腰を掛け、光の三角錐にちらつく埃が映像に変ずるさまを追っていった、と。デセンツァーノでのこのメモには、九月二十日、彼がヴェローナで何を見たかの手がかりはない。私がくだんの市立図書館で調べたように、パテ映画館でその日上映されたのは、ヴィットリオ・エマヌエル三世閣下の臨席のもと行われた騎兵隊閲兵式のニュース、そしていまはもはや見ることのかなわない映画《深淵の教え《ラ・レツィオーネ・デッラビッソ》》だったのだろうか。あるいはもしや当初の私の推測どおり、一九一三年にオーストリアの映画館で上映されて好評を博していた、あのプラハの不幸な大学生の物語ではなかったろうか。一八二〇年五月十三日にスカピネッリなる男に魂を売り渡してしまったがために、愛も命も失ってしまう大学生の話だ。映画に挿入されるめずらしい屋外のショット、銀幕に揺らめく彼の故郷の街のシルエットは、まちがいなくドクター・Kを惹きつけただろうし、ましてや主人公バルドウィンのドラマは、はげしく心を揺さぶったことだろう。どうやっても追い払えない、まといついて離れない黒衣の兄弟にバルドウィンがおのれの分身《ドッペルゲンガー》を見たように、ドクター・Kは疑いもなく主人公に自分の分身を見ていたはずだ。冒頭はやくも、プラハ一のフェンシングの使い手バルドウィンは、みずからの影像の前に立っている。ほどなく影像は鏡から抜け出して彼の肝をつぶし、以後いっときも心を休ませることのない亡霊としてつきまとう。それはドクター・Kの眼に〈あるたたかいの記録〉とは映らなかっただろうか。映画がそうであったように、ラウレンツィ山へ向かう彼の物語では、主人公は敵である連れに対し、とびきり親密でいておのれを破滅に追いやる関係を結ぶ。そしてその連れに追い詰められ、しまいにやむなく告白するはめにおちいるのだ——正直いうと、ぼくは婚約している、と。追い詰められた人間にとって、物言わぬ同伴者を

ふり払うために残されたのは、ズドンと一発やるほかになにがあっただろう。ついでながら無声映画では、それはひとすじの細い煙として表されている。時間が流れを止め、溶け消えたような一瞬、バルドウィンは妄想から解き放たれる。ふかぶかと息をつき、同時に銃弾が貫いたのはわが胸であったことに気づいて、いささか大仰にくずおれ、画面下で息絶える。細りゆく灯火のように明滅するそのシーンは、瀕死の主人公の声なきアリアだ。オペラにはとりわけよく出てくるこうしたいまわの際のわななき、ドクター・Kの言葉によれば〈声がメロディの中をとりとめもなくさまよう〉ことを、彼はすこしも滑稽とは感じなかった。いわば人間本来の不幸のあらわれと感じた。ほかの場所ではこう書いている、なぜなら、ぼくたちは一生、板間の上に横たわって、死んでいくのだから。

九月二十一日、ドクター・Kはガルダ湖南岸デセンツァーノにおもむく。当地の住民が多数、プラハ労働

者傷害保険協会の副書記を迎えにマルクト広場に集まっていた。ところがドクター・Kは、湖畔の草むらに寝そべり、葦を洗う波を眺めている。右方はシルミオーネの岬、左手の岸辺はマネルバに続く。草むらにただごろりと寝そべる、それが体調のよいときの彼の好みだった。プラハでかつて、仕事で係わった上流の紳士が二頭立ての馬車でかたわらを通り過ぎていったとき、彼は彼我の身分の落差を喜びと感じた（喜びのほかは感じなかった、と記している）。だがこの控えめな幸せも、デセンツァーノでは味わえない。ひたすらに病んでいる、どこをどう向いても、病んでいる。唯一のなぐさめは、自分の居場所をだれも知らないということだけだ。この日の午後、デセンツァーノの住人がプラハの副書記をいつまで待っていたのか、いつ肩を落として解散したのかは、さだかではない。なかのひとりがこう言ったという。おれたちが希望をつなぐ人間は、もう

必要じゃなくなったときにしか来ないんだよ。

デセンツァーノの住人におとらずめっぽう気の滅入っていたその日に続く三週間を、ドクター・Kはリーヴァのフォン・ハルトゥンゲン博士の温泉療養所で送る。暗くなる前に汽船で着く。長い緑の前掛けを真鍮の掛け金で背中で結んだボーイが、ドクター・Kを部屋に案内する。バルコニーから黄昏れてしんと静まっている湖が見はるかせる。いまあたりはすべて蒼に染まり、動くものの翳ひとつなく、はやくも湖上はるかになった汽船も動いているようには見えない。翌朝はやばやと、療養の日課がはじまる。ドクター・Kは各種の冷水浴と指示された電気治療のあいまはできるかぎり安静を心がけるが、自分にとってはフェリーツェという、フェリーツェにとっては自分という悩みの種がしじゅう意識に昇り、生き物のように膨れあがって落ちかかり、はじめは目覚めたときだけだったのが、食事どきにも追いか

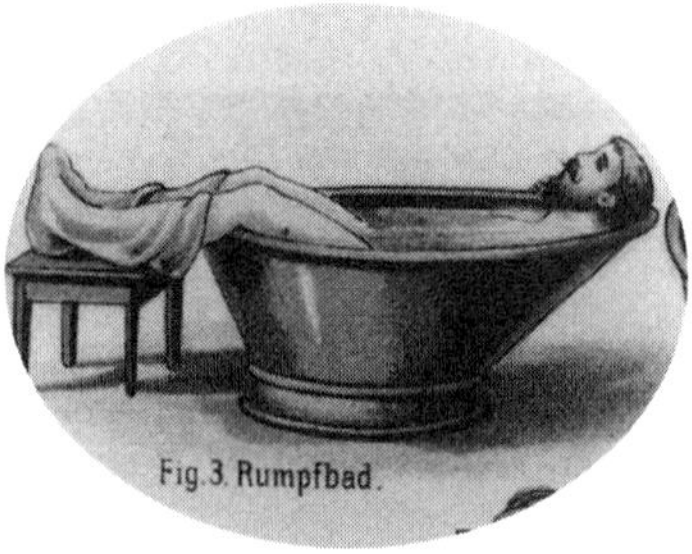

けてくるようになる。手足が痺れ、ナイフやフォークも持てない気がする。

ついでながら、ドクター・Kの右隣にはある老将軍が腰掛けている。めったに口をきかないが、ごくたまに虚をつくような鋭いことを言う。あるときもいつも開いたままかたわらに置いている本からふいに眼を上げると、こんなことを話した。机上の論理と実際の戦闘の論理と、どちらにも自分はこのうえなくよく通じているが、よく考えてみれば、両者のあいだは測り知れない出来事の広大な野辺によって隔てられているのだ、と。わたしたちの気にもつかないような些細なことが万事を決するのですよ！　世界史に残る大きな戦役もまさにおなじです。ほんの小さなことなのに、それがウォータールーの兵馬五万の死にも匹敵する重さを持つ。なぜといったら、つまるところすべては特殊な重さの問題だからです。スタンダールはどんな司令官よりもそれをわきまえていた。わたしはいまこの歳になってスタンダールに弟子入りしておりましてね、これで少しはものがわかって死んでいけるというものだ。そもそも浅はかな考えじゃありませんか、舵取りによって、意志によって、ことのなりゆきを変えられると思うなんてね、実際は、いろんなものごとが複雑に絡まり合って決まるものだというのに。

隣席の男の意見を拝聴しながら、それがけっして自分に向けられたものではないと承知しつつも、ドクター・Kは自信が湧くのを感じ、無言の連帯をおぼえる。おかしなことにこんどは、左側のうら若い娘が気になりだす。彼女は右隣の無口な男、つまり自分のせいで鬱《ふさ》いでいるのではあるまいか。小柄で、ジェノヴァから来ていて、イタリア人に見えるがじつはスイスの出身だ。いま気がついたのだが、はっとするほど暗い声をしている。ごくたまながら彼女がこの声で話しかけてくると、そのたびに信頼を寄せられているこのうえない証拠のように感じられる。病身のその娘がこよなく大切に思われ、ドクター・Kはやがて彼女をともなって、午後、湖水に舟を漕ぎ出すようになる。水際から立ち上がった巌が秋陽の美しい日差しに映え、緑の階調をかもしだす。風景はあたかも一冊の画帳のようで、山々はしろうと画家の繊細な絵筆が思い出のため、彼女という画帳の持ち主のために、白い紙に描きこんだもののように思われる。

湖上でふたりは――ふたり、ということになっている――つかのまの快復とおだやかな放心の波に揺られながら、それぞれの病歴を語り合う。ドクター・Kは、近さも遠さも区別がない肉体のない愛にいて、とぎれとぎれの意見を開陳する。眼をひらけばわかるはずだ、自然こそぼくたちの幸福であって、自然からとうに切り離されてしまったぼくたちの肉体ではないことが。だからにせものの恋人たちは――いや、ほとんどにせものの恋人ばかりだけれど――みんな愛し合うときに眼をつぶる。そうでなければ、これもおなじことだけれど、欲望に眼をカッと見開いている。このときくらい人間が腑甲斐なく、分別を失っているときはない。想像は抑えがきかなくなる。変奏と反復の強迫にたえまなく駆られ、そうするとなにもかもが、ぼく自身たびたび経験したことだけれど愛するひとの面影すらが、摑もうとしても四散してしまう。ちなみにこういう、まさに狂気の淵にいる状態のときにただひとつ役に立つのは、おかしなことだけど、想像のなかでナポレオンの黒い将軍帽を意識の上にひょいとかぶせてしまうことだ。でもいまはそんな将軍帽なんかまったくいらない、だってこの湖上でぼくたちはほんとうに肉体が消えてしまったも同然だもの、そしておのれの存在のちっぽけさを、おのずとわかっているのだもの。

ドクター・Kの願望から出たこのような説にしたがって、ふたりはたがいの名前をほかの誰にも打ち明けてはならない、写真一枚、メモ紙一枚、書きつけた言葉ひとつ交換するのもやめよう、残された数日が過ぎたら、黙って相手を行かせることにしよう、と取り決めた。だがむろん、そうやすやすといくはずはない。いよいよ別れのときが来ると、ドクター・Kは面白おかしいことをつぎつぎとやって、集まった人々の前でジェノヴァの娘がすすり泣きそうになるのを阻まなければならなかった。しまいに汽船が出る桟橋まで送っていき、おぼつかない足取りで小さな渡り板から船の甲板に渡っていく彼女を見たとき、数日前の晩に、彼女がほかの何人かといっしょにテーブルを囲んでいたときのことを思い出した。若くて大金持ちですこぶる雅びなロシアの令嬢が、無聊と絶望から――雅びな人は雅びでない人々のあいだにいると、その逆の場合よりもはるかに途方に暮れるものだから――カード占いをはじめた。こういうもののつねで、深刻な結果が出たわけではなく、たいていおふざけ半分の愚にもつかないことが告げられた。ジェノヴァの娘の番になってはじめて、見誤りようのない組み合わせが出た。ロシア令嬢の言うには、それは娘が一生涯、いわゆる結婚という立場に身を置くことはないということだった。その刹那、ドクター・Kは背筋に冷たいものを感じた。こともあろうに自分がしんから好意を寄せ、はじめて見たときからその水色がかった碧い眼ゆえにひそかに水の精と名づけていたその娘が、こともあろうに[illegible]いで一生ひとり身を予言されるなんて。老嬢になるようなけしきはどこにもない、しいて言うならいま思えば髪型がそうだったかもしれないが――右手をかるく手すりに置き、左手で宙にたどたどしくもうお仕舞いというサインを描いてみせる娘をこれを最後と見つめながら、ドクター・Kは思った。

汽船は岸辺を離れ、三度、四度、汽笛を鳴らして、湖をはすに横切っていった。水の精《ウンディーネ》はまだ手すりにたたずんでいる。もうほとんどそれとわからない。船影もほぼ見えなくなって、白い航跡が水に残るだけとなったが、やがてそれも消えていく。カード占いでは自分にもはっきりしたカードが出ていた、とサナトリウムへの帰途、ドクター・Kはあらためて考えた。数字だけでなく、人物の絵のついたカードというカードが、ことごとく自分から離れて端のほうへ行ってしまっていた。その人物のカードすらが、一度はたった二枚だけ、もう一度は一枚も出なかった。あのときはカードを配りながらロシアの令嬢が上目遣いに彼を見て、あなたはリーヴァはじまって以来の風変わりなお客様なのでしょうね、と言ったのだった。

水の精が旅立ったあくる日、昼下がりに決まりどおり横になって休んでいたドクター・Kは、部屋の前の廊下をせわしなく駆け去る足音を聞いた。それからいつもの静けさが戻ったと思うまもなく、こんどは反対側から走ってくる音がした。サナトリウムの習慣にまったくそぐわないこのバタバタの原因を確かめようと廊下をのぞくと、フォン・ハルトゥンゲン博士が白衣をひらめかせ、ふたりの看護婦をしたがえて角を曲がるところだった。それから夕方にかけて、人の集まる部屋はどこもかしこも異様に息をひそめたような空気が漂い、お茶の時間も職員たちはおかしいほど口数少なだった。療養客は、親に叱られて口をきくことを禁じられた子どものように、とまどいを浮かべながら眼と眼を見交わした。夕食時、ドクター・Kの右隣の、しだいに欠かせない人となってきていたルートヴィヒ・フォン・コッホ元騎兵隊将官の姿がなかった。ジェノヴァ娘のいなくなった寂しさをこの人なら紛らわせてくれると思っていた人だった。こうなると右隣にも左隣にも話し相手がいない。伝染性苦悩に冒された人間よろしく、ぽつねんとひとりテーブルに着いた。翌朝サナトリウムの管理部から、ハンガリー、ノイジードル出身のルートヴィヒ・フォン・コッホ少将が、昨日昼すぎ逝去したと知らせがある。フォン・ハルトゥンゲン博士を問い詰めて聞きただすと、フォン・コッホ氏は自殺、それも所持していた古い軍用ピストルで自殺したとのことだった。フォン・ハルトゥンゲン博士は落ちつかぬ様子でこうつけくわえた、摩訶不思議なことに、心臓と頭と、うまいこと両方を撃ち抜いているのですよ。ひじ掛け椅子にくずおれているところを発見されたのです、いつも読んでいた小説を、開いたまま、膝の上に載せて。

リーヴァで十月六日に行われた埋葬式はいかにも侘しかった。妻子のない少将のただひとりの親戚は知らせに間に合わなかった。参列したのはフォン・ハルトゥンゲン博士と看護婦のひとり、そしてドクタ

ー・Kのみだった。自殺者の葬儀には渋い顔をする司祭は、大雑把しごくに式を執り行った。弔辞はひと言、こう言っただけだった、大慈大悲の神よ、ねがわくはこの寡黙にして悲しき魂《クエストウオーモ・ビユ・タチトウルノ・エ・メスト》に――と司祭は咎めるようなまなざしを上に向けた――とこしえの平安を恵みたまえ。ドクター・Kはこの貧弱な願いに唱和し、そのあと司祭がもごもごと口のなかで二言三言つけくわえた式が終わると、いくらか離れて、フォン・ハルトゥンゲン博士の後ろからサナトリウムへの帰路をたどった。秋陽が照りつけてその日はひどく暑く、ドクター・Kはやむなく帽子を脱いで抱えて歩いた。

　ドクター・Kがおりにふれて述べているように、それからの数年間はリーヴァでの美しくも怖ろしい秋の日々の上に長い影がさし、そしてそれらの影からしだいに一艘の、異様に高いマストをつけ、暗い帆をおりたたんだ帆船《バーク》のシルエットが浮かび上がってきた。あたかも海上を運ばれてきたかのごとく、その船がリーヴァの小さな港にひっそりとただよい着くまでに、まる三年の歳月が流れていた。船は朝まだきに横づけされる。青い服の舟乗りが降りてきて、ロープを鉄の輪に結んでいる。あとにつづいて銀色のボタンのついた黒い上衣の男がふたり、棺台をかついで降り立つ。棺台には大きな花模様の布がかぶせてあり、その下にはあきらかに人間が横たわっていた。狩人グラフスだ。狩人グラフスが着くことは、真夜中、にわとりのように大きい鳩のお告げによってリーヴァ市長《ポデスタ》サルヴァトーレに知らされていた。鳩ははじめ寝室の窓のところに、ついで市長の耳もとに飛んできた。あした、と鳩は言った、死んだ狩人グラフスがやってくる、町の名代でお迎えしろ、と。サルヴァトーレはちょっと考えてから、起き上がって用意万端をととのえた。いま払暁に、市長はステッキをつき、黒い手袋をはめた右手に喪章のついたシルクハットを抱えて、市庁舎に入っていく。指示したとおりにことがはこんでいるのを確かめる。少年が五十人、長い廊下の両側にずらりと居並んでいる。入り口で市長を出迎えた舟乗りの言葉どおり、二階の奥の間にすでに狩人グラフスが棺台に横たえられている。見ると、髪も髭も伸びほうだいの男で、黄変とは言わぬまでも、肌色はすっかり茶色っぽい。

狩人グラフスとリーヴァ市長のあいだに交わされた会話の唯一の証人である私たち読者は、狩人グラフスの運命について、ほとんど知るところはない。グラフスは昔、恐ろしいほどはるかな昔、当時まだうろついていた狼を退治《たいじ》るために、シュヴァルツヴァルト《黒い森》で狩りをまかされていた。そしてカモシカを追っていて――かつて物語られた話という話のなかで、こんなにも人を食った嘘の話があるだろうか――ともかくカモシカを追っていて、岩から転げ落ちて死んだ。ところが三途《さんず》の川を渡りそこねた。渡し舟の舟乗りが舵をとりまちがえたのだ。狩人の郷《くに》は、暗い緑の森がこよなく美しい。景色に見とれていたのかもしれない。グラフスはそれ以来やすらげずに、この世の水辺をさまよっている。そしてあるときはここ、あるときはそこ、と陸《おか》にあがってみるのだ。この明らかに大きな不幸は誰に咎があるのか、その問いに答えは与えられない。いや、この不幸の原因であるにちがいない咎そのものが、いったいどこにあるのか。しかし、この一篇を考え出したのがドクター・Kであったことを思うなら、私には狩人グラフスの永劫の舟旅の意味は、愛にこがれるこころを贖《あがな》うことにあるのではないかという気がするのだ。その憬れは、フェリーツェに宛てて書かれた無数の手紙／蝙蝠のある一通に書かれているように、見ためにも法的にも面白くもなんともないところでこそ、ドクター・Kの心をとらえる。このいささかわかりにくい言葉を説明するために、ドクター・Kは、〈おとといの晩〉のエピソードを持ち出している。手紙によれば不当な感懐が向けられるのは、もう四十にもなろうかという、プラハのあるユダヤ書店の店主の息子だ。この男は嫌らしいとは言わぬまでもなんの面白みもない人間であって、人生でいまだかつていい目をみたためしがない。それが日ねもす父親のちっぽけな書店にいて、陳列した祈禱用のショールの埃を払ったり、大部分がいかがわしい本（とドクター・Kはわざわざ書いている）の隙間から表の通りを眺めたりしている。だがこの貧相な男が自分をドイツ人と感じていることを、ドクター・Kは知っている。男はしたがって毎晩、夕食をすますとドイツ・ハウスに出かけていき、ドイツ・カジノクラブの会員として、一日の残りの数時間をおのれの幻想に耽ってすごす。フェリーツェへの報告によればおとといい起こったというそのエピソードとはこういうものだ。自身でもまったくわけがわからないが、この男がドクター・Kをふいに惹きつけて、関心の対象になる。たまたま、とドクター・Kは書いている、ぼくはおとといの晩、彼が家を出て行くのを目にしました。ぼくの前を歩いていく姿は、いまもぼくの記憶にある若いときの彼のままでした。背中がやけに広く、異様にまっすぐな歩き方をするので、姿勢がよいのか、それとも不具なのか、わからないほどでした。いずれにしてもめっぽう骨張っていて、下顎などはひどく張っています。ところでわかりますか、最愛のひと、とドクター・Kは書く、理解できますか（ぼ、く、に、教、え、て、下さい！）、どうしてぼくがこの男を、それこそみだらなくらいにツェルトナー小路から尾《つ》けていって、あとを追ってグラーベンに曲がり、彼がドイツ・ハウスの門に姿を消すのを見て、無上の喜びを感じたかを。

ドクター・Kはこのとき、満たされぬ憬れを口にする寸前にあったと考えてよいのではないだろうか。だがそのかわりに、もう遅くなった、と書いて彼は手紙をそそくさと締めくくってしまう。ちなみに手紙の冒頭で彼はフェリーツェの姪の写真に言及しており、そこにこう記している。そうです、この子は愛してもらってしかるべきです。このおびえた眼差しはどうでしょう、写真スタジオでこの世のありとあらゆる恐怖を見せられたみたいではありませんか、と。だがどんな愛があれば、この子に愛の恐怖を味わわせずにすむというのだろう、愛こそ、ドクター・Kにとってなににも増してこの世の恐怖であったというのに。どうすれば避けられるというのだろう、死にもやらず、ベッドでしか癒されない病いで市長の前に横たわり、つかのまわれを忘れて微笑みながら、最後の救いであるはずの人の膝にそっと手を置くという、狩人グラフスの運命は。

帰郷

イル・リトルノ・イン・パトリア

郷

一九八七年の十一月だった。夏の終わりをヴェローナに過ごしてあれこれの仕事にいそしんだあと、十月になると冬を待ちきれなくなって、私はブルネックからさらに高地の、高木限界ぎりぎりの場所にあるホテルに逗留していたが、ある日の午後、鉛色をした雪雲からなにかひどく禍々しい気配で姿をあらわしたグロースヴェネーディガーの山容を眼にして、イギリスに戻ろうと、だがその前に幼年期を過ごしてこのかた足を踏み入れずにいたW村をしばらく訪れてみようと心を決めた。インスブルックからはバスが日に一本出ているきり、しかも調べたかぎりではシャットヴァルト方面への朝七時発のみだというので、私はほかに手だてもなく、よからぬ記憶と結びついているあの夜行特急に乗った。ブレナー峠を越えて、インスブルックに着くのは朝の四時半である。到着してみると、季節はいつであれ私が訪れるときの例にもれず、インスブルックはとびきり陰気な天気だった。気温はせいぜい五度か六度といったところ、雲は低く垂れこめて家々をのみこみ、いつまでたっても夜が明けやらない。おまけに小止みなく雨が降っていた。街に出るのも、イン川の岸辺を散策するのも、こうなってはあきらめるよりほかはない。私は駅舎の前の、ひと気のない表の駅前広場に眼をやった。黒く濡れそぼった道路をときおりゆっくりと自動車が過ぎていく。絶滅しかけた両生類の最後の生き残りが、いましも深い水底に引き上げていくところか。切符売り場のあるホールも閑散としていて、雨合羽に身を包んだ、甲状腺を腫らせた小男がひとりいるきりだった。

男はしずくをぽたぽた垂らせたまま、閉じた傘をカービン銃よろしく先端を上にして肩にかつぎ、規則正しい歩調でおなじ距離を行ったり来たりしている。端までくると正確にくるりときびすを返すさまが、さながら無名兵士の廟を衛《まも》っているかのようだった。それからしばらくすると、ひとり、ふたりと、どこからともなく浮浪者が姿をみせはじめた。しまいには男が十人あまり、女がひとり。魔法でもかけたようにまさしく忽然とゲッサー・ビールの木箱が取り出され、一団はがやがやとそのまわりを取り巻いた。チロル人の度はずれな酒好きは郷の外にまで名を馳せるが、その酒好きが座をひとつに結んで、インスブルックの浮浪者たちは侃々諤々とやりあいだした。市民の暮らしから落ちこぼれて間のない者、すっかり尾羽打ち枯らした者、いずれもが例外なしに哲学者か、どうかすると神学者めいた風貌をおびている。話題は日々のあれこれの出来事の話から、ものごとの根元を突き詰めるような話に及んでいたが、それが人一倍大声で話しだした者にかぎって、かならず話半ばでぷっつり押し黙ってしまう。なにを論じるにせよ、そのつどのもの言いは芝居がかった断定口調で、頭に浮かんだことを言葉にできずに仏頂面でぷいと横を向くしぐさひとつとっても、私にはそれらの身ぶりが、従来の劇場ではいまだ目にしたことのない一風変わった演技であるような気がしてならなかった。それは、浮浪者たちの右手がひとりのこらずビール瓶でふさがっていて、いわば左腕一本だけで演じているように見えたせいだったのだろう。演劇学校の生徒ははじめの一年間、みんなして右手を背中にくくりつけて練習したらいいのではないか、などと眼前の光景を眺めながら私は結論した。そんなこんなの観察にふけるうちに時間が経ち、ホールはしだいに中を突っ切っていく通勤客が多くなって、浮浪者は姿を消していった。六時きっかりに〈ティ《チ》ロ《ロ》ーラー・シュトゥ《ル》ーベ《房》ン〉

なる食堂が開いた。侘しさにかけては、私の知る他の構内食堂が足元にも及ばないような店である。席についで朝のコーヒーを頼み、チロル報知新聞をめくった。チロルの朝のコーヒーとチロル報知新聞、いずれをとっても私の気分にはかばかしい影響をおよぼさなかった。こうなると事態が悪い方に転んだのはいささかの不思議もない。チロルの代用コーヒー《チコリ》について、けっして悪意がこもっているわけではない（はずの）コメントを私がウェイトレスにむかって発すると、ウェイトレスはこれ以上ないほどの剣幕で、私に罵声を浴びせた。

芯までかじかみ、寝不足でふらふらだった私にとって、インスブルックのウェイトレスの切り口上は、皮膚に浸みる毒のように神経にこたえた。眼前の活字が震えだし、ぼやけていって、体の中が固まっていくような感覚が起こった。いくらか気分がよくなったのは、バスが町を後にしたときである。雨はあいかわらずしとどに降っていた。道路からそう遠くない家々が輪郭もおぼろになり、山影はなおのこと見えなかった。バスはおりおりに停車し、黒い傘をさして道端のところどころにたたずんでいる老女をひとりずつ乗せていった。そうやって乗りこんできたチロルの女たちは、かれこれすると結構な数になった。私が子ども時分に馴染んだ、喉の奥から出す鳥の鳴き声じみた方言でしゃべっている。話題はほぼ、いやもっぱら、切りなしに降りつづく雨のことだった。雨でいろんなところで地滑りが起こっている。干し草にする草が野原で立ち枯れ、ジャガイモが土の中で腐っていくという話や、実がつかないのはこれで三年目だという赤スグリの話、ニワトコが今年は八月の頭にやっと花が咲いて、花のうちに雨にやられてしまったという話、それからこの界隈じゃあ食べられる林檎はただの一個も生《な》りゃしなかったといった話。気候は年々悪くなっていくばかり、気温も上がらず、日照も減っていく、などなど雨のたたりを女たちがあれこれしゃべり続けているうちに、外の天気は逆にわずかに回復のきざしをみせ、やがてしだいに晴れ間が見えてきた。イン川が眺められ、広い石の河原を滔々と流れていく水流が見え、やがて美しい緑の草地すら眼を射るようになった。太陽が顔をのぞかせ、あたりの風景は燦然と輝いて、チロルの女たちはひとりまたひとりと口をつぐみ、車窓を過ぎていく奇跡のような光景にただ見とれるばかりになった。私もおなじ心地だった。雨に洗われたばかりのつややかな風景——私たちはいまイン渓谷を出て、フェルン峠の方面に走っていた——、霧の立ち昇る森、蒼い天蓋。南国からやってきて、チロル地方の暗さには数刻を辛抱すればよいだけの私のような人間にすら、それはひとつの啓示のように思われた。ふと、緑野のまんなかに鶏が数羽いるのが眼に入った。まだ雨があがってまもないというのに、あんな小さい白い鳥の身で、わが家からはてしなく遠いところまでやって来ている。はるかな広野に踏み出してきた鶏たちを眼にして、いまだになぜともしれぬが、にわかに感慨が胸に満ちた。事物や存在のなにがどうして自分の心をこのように衝くのか、私自身にもさだかではない。道は徐々に登りになっていた。炎のように赤い落葉松《からまつ》の林が山すそに赫《かがや》いている。かなり麓の方まで雪の降ったあとがあった。バスはフェルン峠を越えた。髪に突き立てた指といったふうに、山から下の森深くまでガレ場が食い入っていることに私は驚き、懸崖を落ちてくる滝の水が少なくとも私のものごころついた時分から少しも変わらぬ姿で、いまなお不思議なスローモーションのように見えることにふたたび眼を瞠った。ヘアピンカーブにさしかかると、ぐるりと車体を回転させるバスの窓から谷底をのぞきこみ、フェルンシュタイン湖とザマランガ湖の暗い碧緑色の湖水を眼にした。子ども時分にゲールの運転する百七十馬力のディーゼル車に乗ってはじめてチロル地方に遠足をしたとき、ふたつの湖は、私にとってありとあらゆる美の象徴になったのだった。

昼近くなって――チロルの女たちはひとり残らずロイテ、ヴァイセンバッハ、ハラー、タンハイム、シャットヴァルトといったところでとうに下車していた――バスは最後の乗客になった私ひとりを乗せて、オーバーヨッホの通行税徴収所に着いた。空模様はいつのまにかまた一転していた。暗い、黒雲に変わりつつある雲がタンハイムの森の空いちめんに厚く垂れこめ、谷は陰鬱で薄暗く、荒れ果てたたたずまいになっていた。動くものの翳はどこにもない。谷底ははるかに消えていく道路を見下ろしたが、一台の車の姿もなかった。片側にそびえる山並みは上方を霧がすっぽりと包み、もう片側には雨に濡れそぼった湿原がひろがって、その背後にフィールスグルントの谷底から生え上がった、もっぱら青黒い唐檜ばかりのプフロンテンの森影がまるく盛り上がっていた。マリア・ラインに家があるという日直の役人は、仕事帰りにW村を通るから、エンゲル亭に私の旅行鞄を置いていってやると請け合ってくれた。おかげで私は、税吏と二言三言この季節のやりきれなさについて言葉を交わしたあと、小さな革のリュックひとつを肩に掛けただけで、無人の地に境を接する湿原を抜け、アルプシュタイクの峡谷をクルメンバッハまで下り、そこからまたウンターヨッホ、プファイフファーミューレ、エンゲ・プレットを経て、W村を目指したのだった。峡谷は昼日なかとは思えないほど暗がりに沈んでいた。左手わずかに、道からは窺えない渓流の上空だけがぼんやりと明るんでいた。大枝のなくなった、樹齢ゆうに七十か八十年は数える唐檜の木立が斜面から生え上がっていた。地の底から生えている樹ですら、道がある高さよりもはるか上に暗緑の樹冠を届かせている。風が少しでも梢をそよがせると、そのたびに枝間のしずくが雨のように降りそそいだ。ところどころ森が空《す》き気味になったところでは、とうに裸になった山毛欅《ぶな》がぽつりぽつりと、降りつづく雨に枝や幹をすっかり黒ずませて立っていた。峡谷の底を流れる渓流の水音のほかは音ひとつ、鳥の声ひとつなかった。しだいに胸が締めつけられていくのを感じた。下れば下るほど、寒く暗くなっていくようでもあった。やや見晴らしのある数少ない場所に出て、いわば説教壇のような高みから眼下にひとすじの滝と谷あいの湖をのぞきこみ、ふり仰いで頭上はるかに空をのぞんで、どこを見れば不気味ではないかと迷うようなところで、天を衝きそうな勢いでどこまでも伸びている樹々のはざまから、鉛色の空のかなたに雪が降りはじめたのが見えた。雪雲はまだこちらまでは来ていなかった。それから山峡が尽きるまでさらに半時間歩き、クルメンバッハの緑野が開けてきたところで、最後の木立の根方に長い間たたずんで、得も言われぬ灰白色をして舞い降りてくる雪に暗がりからじっと眼を凝らした。濡れそぼったもの寂しい野に残されていたわずかのぼやけた色が、雪の静寂にすっかり消し去られていく。森のはずれからほど近いところに、クルメンバッハの小さな礼拝堂があった。十人も入ればミサも祈りもあげられなくなるちんまりした礼拝堂である。四方を壁に囲まれた建物に入り、しばらく腰を下ろしていた。小窓のむこうを雪が舞い、やがて、小舟に乗って船出し、広い海面を渡っているような感じが起こった。湿気った石灰の匂いが海の空気になった。風が額を撫で、足元が揺らぐのを感じ、洪水になった山峡から船出する想像に身をゆだねた。こうして四方の壁は木舟と化したのだが、それはともかく、クルメンバッハの礼拝堂でなにより私の記憶に刻まれたのは、十八世紀中葉あたりか、拙い手によって描かれ、すでに半ば黴に覆われ、朽ちかけた《十字架の道行き》の絵の数々だった。傷みがそれほどない画面でも、くっきりと見て取れる部分はわずかしかなかった――苦痛と怒りにゆがめられた顔、ねじ曲げられた体、叩こうとしてふり上げられた腕。暗い色づかいの衣服はおなじく見分けのつかなくなった背景に溶け消えていて、もはや識別できない。いま見て取れるかぎりでは、さながら崩れた世界の暗がりのなかで、亡霊たちが顔や手をふわふわと漂よわせて闘い合っている図と見まがいそうだった。祖父に連れられていろいろなところに行った私だったが、子ども時分に祖父とともにこの礼拝堂を訪れたことはあったのだろうか、そのときもいまも、記憶をたどることはできなかった。だがクルメンバッハのような礼拝堂はW村にはたくさんあったから、当時見たり感じたりしたものの多くは私の身内に残されたのだろう――そこに描かれていた残虐への恐怖と、こうした場所の内部《なか》にあったたまったき静寂をいつかまた取り戻せはしないかというはかない望みと。雪がやむのを待って、私はまた先をたどった。ブレンテを抜け、クルメンバッハを通って、ウンターヨッホの村にたどり着いた。ウンターヨッホではヒルシュ亭に入って、パンスープを食べ、チロル産のワインを半リットル飲んで体を温め、これまでの倍はある道のりに備えた。食べながら、クルメンバッハ礼拝堂の見窄らしい絵が呼び起こしたのだろうか、ティエポロのことがまた脳裡に浮かんだ。一七五〇年秋、息子ロレンツォとドメニコとともにヴェネツィアからブレナー峠を越えてやって来たティエポロは、ツィルルまで来たとき、チロルを出るのに薦められていたゼーフェルトからの北の道でなく、西進してテルフスから塩鉱行きの馬車道でフェルン峠、ガイヒト峠、タンハイマー渓谷、さらにオーバーヨッホからイラー谷を抜けて平地に出る道を取ったのではないだろうか――長年そう考えてきたことがまた脳裡をよぎった。するとティエポロの姿が浮かび上がった。当時齢六十に届こうとし、すでに痛風を病んでいた。冷えこむ冬の日々、ヴュルツブルクの王宮《レジデンツ》の階段の間に天井下五十センチの高さまで組み上げられた足場のいちばん上に寝そべり、石膏と顔料を顔に飛び散らせ、右手の痛みをこらえながらたしかな筆さばきで色を置いていく、その湿った塗り壁から、世界という奇跡を表す壮大な絵が徐々に姿をあらわしていく——そんな幻を描きつつ、また巨大な天井画に向かったティエポロに勝るとも劣らぬ労力をかけて、まさにおなじ年おなじ冬であったのかもしれない、十四枚の小さな十字架の道行きの絵に取り組んだクルメンバッハの画家をも胸に刻みつつ、かれこれ三時になろうというころに私はゾルクシュローフェンとゾルクアルペを下った草原を突っ切り、プファイファーミューレのすぐ手前の街道までたどりついたのだった。ここまで来ればW村まではあと一時間ほどだった。エンゲ・プレットに着いたころには、最後の日差しが翳りかけていた。左手は川、右手は水が滴り落ちている絶壁で、道路は十九世紀の終わりごろ発破によってここに切り開かれたものだった。頭上も、前方も、やがては背後も、どこもかしこも不動の黒い樅ばかりの樹林だった。むかしの記憶どおり、ここから最後の道のりは果てしなく長かった。エンゲ・プレットでは一九四五年四月、いわゆる〈最後の戦《いくさ》〉がおこなわれた。二十四歳だったローゼンハイム出身のアロイス・ティーメト、二十一歳だったシュトゥットガルト出身のエーリヒ・ダイムラー、十七歳で生まれは不明のルドルフ・ライテンシュトルファー、ベルネケの出で生年不詳のヴェルナー・ヘンペルが、祖国のために斃れた——とW村にいまも残る共同墓地にある鉄の十字架に刻まれている。W村での短い幼年時代にその最後の戦の話はいろいろと聞かされていて、私は頭の中で、顔に煤を塗った戦闘兵が銃をかまえて立木の陰に腰

を屈めていたり、奈落の上を岩から岩へ跳び移っていくようすをあれこれと思い描いたものだった。少なくとも私が息を止めているか眼をつぶっているあいだは、その姿は空中にぴたりと静止していた。

プレットを出るころにはとっぷり暮れていた。草原から白い霧が立ち昇り、下方の、もうかなり遠くなってしまった川のきわに黒い製材所が立っていた。この製材所は五〇年代、私が小学校に入ってまもなく谷じゅうを照らしたという火災で土場もろとも全焼したのだった。宵闇はいまや道にも降りてきていた。むかし、道が石灰岩の白い細かい瓦礫で固めてあったころにはもっと歩きやすかった、と脳裡をよぎった。光る帯のようだった、星のない闇夜にも眼の前に伸びていた、と思い、そのとたんに、もう一歩も先に進めないほど疲れていることに気づいた。それにウンターヨッホからここまで、一台の車にも追い越されず、一台の車にも出遇わなかったことがあらためて妙だった。W村に来て、取っつきの家々の少し手前にある石橋の上で長いことたたずみ、アッハ川の規則ただしい水音に耳を傾け、あたりをすっぽりと包んでしまった暗闇に眼を凝らした。橋のたもとの瓦礫の原に、山猫柳やベラドンナ、牛蒡《ごぼう》、毛蕊花《もうずいか》、熊葛《くまつづら》や蓬《よもぎ》が跋扈している。この瓦礫が原には、戦後しばらく、夏になるとかならずジプシーが集団でテントを張っていたものだった。私たちがプールに行くときは――そのプールは民族の健康増進を目的として一九三六年に村が造ったものだった――どうしてもジプシーたちのそばを通らぬわけにはいかず、ここに差しかかるたびに、母はきまって私を腕に抱き上げた。母の肩越しに、いつもなにかにいそしんでいるジプシーたちが一瞬こちらに眼を上げ、そしてぞっとしたふうにまた眼を伏せるのが見えた。土地の者が彼らに声をかけることはなかったし、私の記憶の限りでは、ジプシーのほうも行商だの占いだので村に足を踏み入れるこ

とはなかったように思う。どこから来たのか、あの戦争をどうやって生きのびたのか、よりによってアッハ橋のたもとの荒れ地を夏の滞在地に選んだのはなぜだったのか、そんな疑問が浮かんできたのはようやくいまになってであった。たとえばいま、はじめての〈戦時のクリスマス〉に父が母に贈り物として携えてきたアルバムをめくるときである。いわゆるポーランド戦の写真で、一枚一枚に白インクの几帳面な文字でキャプションがつけられている。そのいくつかに、捕らえられて収容されたジプシー《ツィゴイナー》たちの姿があった。鉄条網のむこうからにっこりとこちらを見ている。スロヴァキアのどこか片田舎で、いわゆる開戦の数週間前にはすでに、父は工作隊とともにこの地に配置されていたのだった。

W村を最後に訪れてからゆうに三十年が経っていた。その長いあいだに——私の人生で最も長い期間だ——W村と結びついているさまざまな場所、アルタッハの湿原や教区林、ハスラッハへの街道の並木道、取水場、ペスト死者を埋葬したペーターースタールの墓地、シュライに住んでいたせむしのドプファーの家などが、私の白昼夢に、夜の夢に、しじゅう舞い戻り、むしろ昔年よりも馴染みになったような気がしていたのだが、日暮れてたどり着いてみると、村はやはり、私にとってどんな場所よりもなお遠い他所他所《よそよそ》しいところに思われた。ぼんやりと照らされた村の通りをひと巡りしてみると、いたるところがすっかり面変わりしていて、そのことにかえって一抹の安堵をおぼえた。かつては板張りの瀟洒な館で、門框《がまち》に鹿の角が飾られ、〈1913〉と年号が刻まれていた林務官の家は、かたわらのささやかな林苑もろとも休暇用の保養施設に場所をあけ渡していた。ヴェネチアンブラインドの掛かった美しい小塔を持ち、消火用ホースが次の火災をしずかに待っていた消防ポンプ小屋もあとかたもなかった。農家は一軒のこらず改築され、階を建て増しされていた。主任司祭館、助任司祭館、学校、隻腕の書記フュアグートが入っていく時間と出てくる時間がいつも判で押したようにおなじなので祖父が時計を合わせたくらいだった村役場、チーズ工場、救貧院、ミヒャエル・マイヤー雑貨店、いずれをとってもものみごとに面変わりしているか、さもなくば無くなっていた。エンゲル亭の敷居をまたいだときすら、勝手知ったるという感覚は起こらなかった。私たちの一家が長年二階を間借りしていたこのエンゲル亭もまた、内装は言うにおよばず、家壁から屋根裏にいたるまで全面改築されていたのである。ドイツ全土に拡がり、あらたにお国のスタイルと化した似非アルペン様式によってすっきりと小綺麗になった〈居心地のよいおもてなし〉の場は、ありし日はいかがわしい居酒屋で、百姓たちが夜更けまでたむろし、わけても冬にはべろべろになるまで飲んだくれていた場所だった。それでもなおエンゲル亭が村で不動の位置を保っていられたのは、よそではついぞ見たことのないくねくね曲がったパイプが天井を這っている煙でよどんだ酒場だけでなく、村民の半分が結婚式や葬儀の会食に来ても座れるほどの長いテーブルを置ける巨大なホールがあったためだった。トーキーのニュースや、《卑怯者》、《魔法の楽弓》、《闘いの太鼓》、《坊さんと娘と歩兵》といった映画も、このエンゲル亭のホールで二週に一度のわりで上映された。私たちは歩兵がまばらな白樺林を駆け抜けるのを、インディアンがはてしない草原を駆けるのを観た。不具になったバイオリニストが監獄の壁の外でカデンツァをはげしくかき鳴らし、そのすきに仲間が独房の鉄格子を鋸でひき切るのを観た。アイゼンハワー元帥が朝鮮から帰国して、まだプロペラの止まりきっていない飛行機から降り立つのを観、修道院付きの狩人が熊の前肢の一撃をくらって胸をぱっくり割られ、よろめく足で谷底へ降りていくのを観た。議事堂を背景にフォルクスワーゲンの後部座席から降り立つ政治家たちを観、そしてほとんど毎回の週間ニュースで、ベルリンやハンブルクなどの都市の瓦礫の山を観た。私は先の戦争で起こった破壊のことをなにひとつ知らず、言うなれば大都市ならどこにでもある自然現象のようなものだと思っていて、瓦礫の山をそこに結びつけて考えることが長いことできずにいた。だが、エンゲル亭ホールの催し物のうちでなによりも強烈な印象を残したのは、シラー作の戯曲、《群盗》の上演だった。一九四八年か四九年だったはずで、冬のうちに幾度もくり返して上演された。近隣の村々からわざわざ足を運ぶ者もおり、私はその中に交じって、少なくとも六回はエンゲル亭ホールの薄暗がりに腰を下ろしていたと思う。のちに本物の劇場で観た芝居でも、あのときの《群盗》におよぶ衝撃をあたえたものはない。凍てつく荒れ地に座す老モールの姿、肩をいからせて歩き回る身の毛のよだつフランツ、

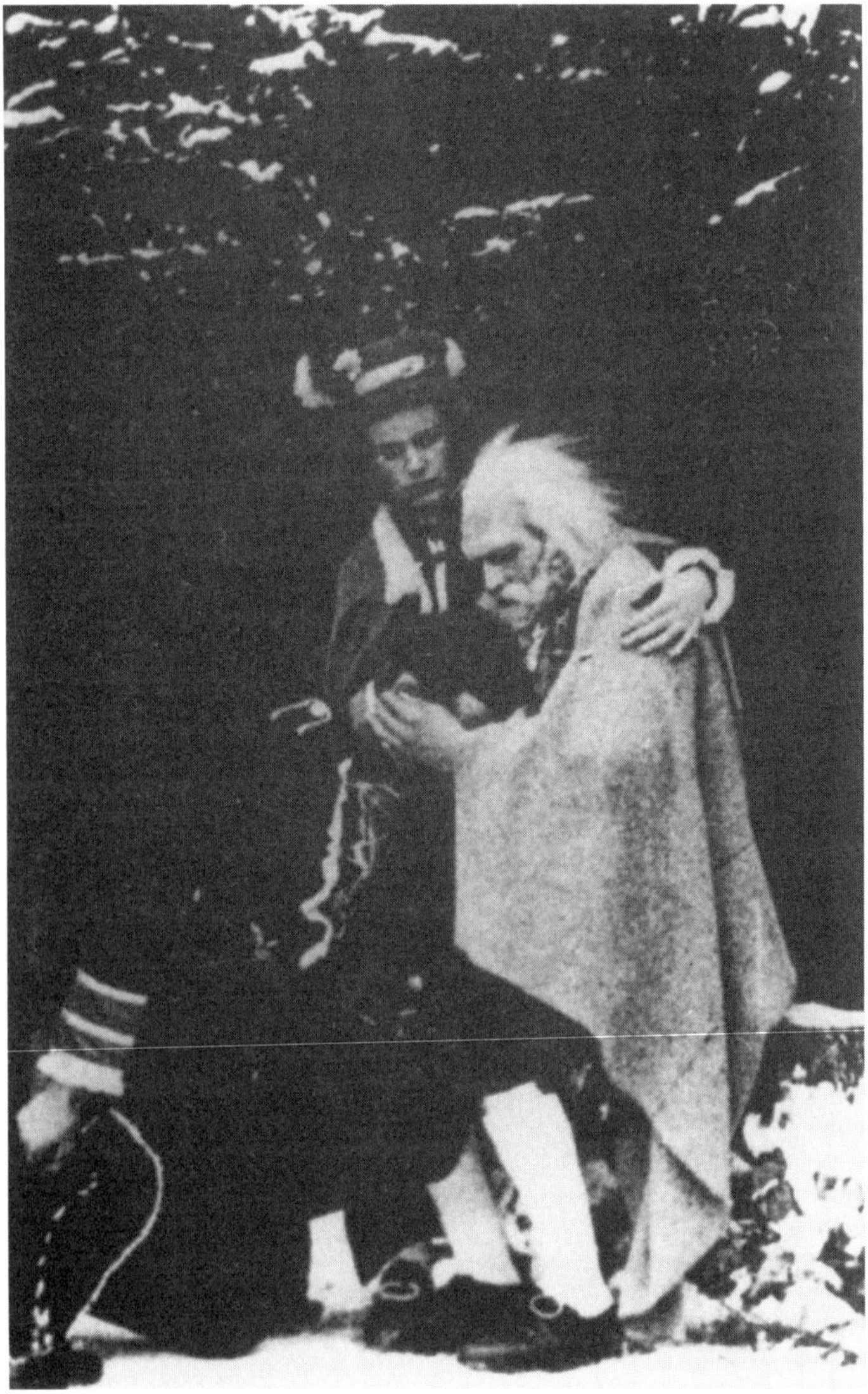

ボヘミアの森から帰郷した死んだはずの息子。あら！　戸の音がしたのじゃないかしら？　そう言って死人のように青ざめたアマーリアがほんのわずかに奇妙に体をねじるしぐさに、私は見るたびに戦《おのの》きをおぼえた。彼女の前にはすでに、群盗の首領となった若きモールが立っている。自分の愛は燃え立つ砂を緑に変え、荒野の叢《くさむら》に花を咲かせる、とアマーリアは語るのに、眼の前に立っている恋人がわからない。愛する男は海と山と地平線のかなたに隔てられていると思いこんでいる。私は話に割って入っていって、ひと言彼女に言ってやりたかった、その手を伸ばしさえすればいいんです、そうしたら願いかなって、埃まみれの牢獄を抜け出して愛の楽園に入ることができるのだと。だが私にそんなことをする勇気はなく、したがってもしかしたらありえた展開というものも、顕現されずじ

まいだった。上演期間も終わりに近づいて、二月のはじめごろ、おそらく写真撮影が主目的だったのだろう、《群盗》は郵便局舎のかたわらの野原で野外上演された。そうして相成った冬物語は、野外上演であるだけに室内のシーンも雪が床を覆っているという、そのために着目すべきものとなったが、それ以上に見所は、盗賊モールが馬に乗って登場したことにあった。エンゲル亭のホールではむろんやりようのないことである。私はたしかこのときはじめて、馬というものがときどき狂気を宿したような目つきをすることに気づいたのだったと思う。ついでながら郵便局舎わきの原っぱでの芝居上演は、《群盗》の千秋楽であるとともに、W村でおこなわれた芝居そのものの千秋楽でもあった。あれからのちただ一度、謝肉祭のおりに役者たちが衣装を纏ったことがあったが、それは謝肉祭の行進に加わるためであり、消防団や道化《ハンスヴルスト》といっしょに集合写真におさまるためだった。

エンゲル亭の呼び鈴を鳴らしてからも、扉のむこうはしばらく気配がしなかったが、やがて受付カウンターの背後にむっつりした女性が姿をあらわした。ドアの開く音も聞こえず、入ってくる姿も見えなかったのに、降って湧いたようにいたのである。徒歩の長旅でよれよれのなりをしていたからなのか、それとも得体の知れない私の放心ぶりのせいなのか、彼女は私をあからさまに不愉快な眼でじろじろと検分した。私は、二階の通りに面した側の部屋を一室、とりあえず当分のうち借りたい、と頼んだ。頼みを聞くのはたやすいはずだった。ホテル業にとっても十一月は死に月で、がらんとした宿に残った数少ない従業員が、去っていった客を永久《とわ》の送りでもしたかのように悲しむ月だからである。よって二階の道路側のひと間が空いていることに間違いはなかったが、受付の女性は宿帳を前に後ろにやたらとひっくり返すばかりで、なかなか鍵を渡そうとしなかった。しかもそのあいだ、寒いかのように左手を毛糸のカーディガンのポケットに突っこみ、右手だけでぎこちなくぜんぶを片づけている。どうやらそうやって、胡乱《うろん》な十一月の客をどうするか、考える時間をかせいでいるらしかった。私が職業を〈外国特派員〉とし、ややこしいイギリスの住所を書きこんで用紙を渡すと、眉毛をつり上げていつまでも眼をはりつけている。いったいこれまでいつ、なんのために外国特派員がイギリスくんだりからW村にやってきたためしがあっただろう、十一月に、徒歩で、無精髭を生やし（!）、当分のうちエンゲル亭に泊まりたい、などと。荷物はどうしたのだという問いに、今夜のうちにオーバーヨッホの料金徴収所の係が届けてくれるはずだと答えると、日ごろはてきぱきと帳場を仕切っているとおぼしい女性はすっかり混乱のていで、眼を白黒させた。

エンゲル亭に施された改造についてたしかに言えるかぎりで言うと、あてがわれた部屋は、私の両親が一九三六年に買い揃えた家具が置かれていた、かつてわが家の居間があったまさにその位置にあった。その二、三年前から国はみるみる昇り調子になり、ワイマール共和国の末期にいわゆる十万兵力の一員に加わっていた父は、ここにきて材料保管係の下士官への昇進をひかえ、新帝国に安泰の未来を見たばかりか、いわばひとかどの人物になったところだった。家具はそうした確信のたしかになった時期に揃えられたのだ。育ちつつある階級なき社会を代表する平均的夫婦の趣味という暗黙の定番イメージどおりに、身分にふさわしい調度を居間に揃えるというのは、けっして恵まれたのでない青春を送ってきた父母――母はW村、父はバイエルンの山あいといういずれも片田舎の出身だった――にとっては画期的な出来事だったにちがいない。やはり神さまは公正だった、と思いもしたのではないか。そうして整えられた居間に、ずっしりしたリビングボードがあった。テーブルクロス、ナプキン、銀のカトラリー、クリスマス飾りがしまわれ、上飾りのガラス戸棚には、私の記憶にあるかぎりでは一度も使ったことのない中国製の陶器のティーセットがおさめられていた。サイドボードがあった。独特の色合いの釉薬がかかった土物《つちもの》のボウルと、クリスタルというふれこみの花瓶がふたつ、レース編みのマットの上に左右対称に並べられていた。天板が引き出せる食卓と六脚の椅子があった。ソファがあり、手刺しの刺繡を施したクッションひと揃いが載っていた。壁にはアルプスの小さな風景画が二枚、黒い額縁におさめられ、高さをずらして掛けてあった。喫煙用テーブルがあり、葉巻や煙草の缶、極彩色の陶製ろうそく立て、鹿の角と真鍮製の灰皿、そして梟《ふくろう》のかたちをした電気の吸煙装置が揃えてあった。ほかの調度として厚地のカーテンやレースカーテン、天井灯とスタンド・ライトは言わずもがなだが、もうひとつ竹で編んだ植木鉢用のスタンドがあり、その互い違いの各段にスパルマニアや欧州樅、蝦蛄葉《しゃこば》サボテン、花麒麟《きりん》の鉢が、入念に手入れされて置かれていた。リビングボードの上には居間用の置き時計があって乾いた音で時を刻み、ガラス戸棚の中の中国製ティーセットの隣には、クロス装幀の戯曲集がずらりと座を占めていたことも言い添えておかなければならない。それはシェイクスピア、シラー、ヘッベル、ズーダーマンの戯曲だった。国民劇場協会《フォルクスビューネ》刊の廉価版で、芝居を観に行くなど、ましてや戯曲作品を本で読むことなどは思いもしない私の父が、ある日にわかに文化に目覚めたような気を起こし、訪問販売のセールスマンから買ったものである。窓辺からいま私が通りを見下ろしているこの客室は、それらすべてから想像もつかぬほど隔たっていた。だが私自身は息の届くほどすぐそばにいた。居間のあの時計が私の夢にしのび入《い》って時を打ったとしても、いささかも驚かなかったことだろう。

W村のおおかたの家とおなじく、エンゲル亭は一階も二階も、奥に伸びる広い通路を境に左右ふたつに分かれていた。一階は片側がホールで、もう片側に酒場と厨房、氷蔵室、便所があった。二階には戦後W村にやってきたザラバという片脚の男が、この村が嫌いでならぬらしい美しい女房と部屋を借りて、下の居酒屋をまかされていた。ザラバは洒落たスーツとタイピン付きのネクタイをどっさり持っていた。だが私の眼にザラバがいかにも世慣れた男と映ったのは、まさしく類を見ないその衣装のせいというよりも、ザラバが片脚であって、しかも松葉杖を使って驚くほど敏捷かつ颯爽と歩くからだった。「あいつはラインレンダー《ラインラント人》だ」とザラバについては言われていたが、私にはその意味が長いこと謎であって、ザラバの性質かなにかのことだと思っていた。ザラバの所帯と私の一家のほか、二階にはエンゲル亭の元女将、ロジーナ・ツォーベルが住んでいた。何年か前に経営から手を引いて、それからこっち薄暗い部屋に朝から晩まで籠もりきりになっていた。ウィング付きの安楽椅子に体を沈めているか、部屋を行ったり来たりしているか、そうでなければソファに横たわっていた。ロジーナが赤ワインのせいで鬱になったのか、鬱のせいで赤ワインに手を出さずにはいられないのかは誰も知らなかった。仕事をしている姿を見た人はいなかった。買い物も料理もしなかった。洗濯だとか部屋の掃除をしているのを見かけたこともなかった。たった一度、庭でナイフとひと束のチャイブを持って、新緑の梨の木を見上げているロジーナを見たことがある。元女将の部屋に通じる扉はたいがい細めに開いていて、私はときどき中に入りこんでは、大型のアルバム三巻におさめられた絵葉書のコレクションを何時間となく眺めていたものだった。女将はワイングラスを手にときたま私のかたわらに腰を下ろし、私が指さした都市に、ぼそりと名前だけを教えてくれた。クール、ブレーゲンツ、インスブルック、アルトアウスゼー、ハルシュタット、ザルツブルク、ウィーン、ピルゼン、マリーエンバート、バート・キッシンゲン、ヴュルツブルク、バート・ホンブルク、フランクフルト・アム・マイン……時が過ぎるとともに、そうやって地名だけが連禱のように並んでいった。イタリアの絵葉書もたくさんあった。メラノ、ボルツァーノ、リーヴァ、ヴェローナ、ミラノ、フェラーラ、ローマ、ナポリ。その一枚、煙を吐いているヴェスビオ火山の絵葉書がどういういきさつからか私の両親のアルバムに収められることになり、のちに私のものになった。三巻目は海のむこうの国々の写真で、極東やオランダ領インドシナ、中国や日本のだった。何百枚にのぼる絵葉書のコレクションはロジーナ・ツォーベルの老夫、エンゲル亭の元亭主の手になっていた。ロジーナとの結婚前に世界の史跡をあちこち

とめぐって、かなりあった遺産をあらかた食いつぶした人で、数年前から寝たきりになっていた。ロジーナの部屋の隣に寝ているらしい、尻にいっかな治らないひどい傷があるらしい、と噂が立っていた。なんでも若い時分に葉巻を隠れて吸っていて父親に見つかりそうになり、ズボンの尻ポケットに突っこんだのだという。そのときの火傷はほどなく治ったのだが、五十に手が届くころにしきりと傷口が開くようになり、しまいにはまったく塞がらなくなった、いやそれどころか年々歳々大きくなるばかり、そのうち壊疽《ブラント》で死ぬんじゃないの、というのがもっぱらの噂だった。理解できなかったこの言い回しを、私は火傷《ブラント》と結びつけて、一種の判決だと受け取った。そしてエンゲル亭の主人がありとあらゆる色の地獄の劫火に焼かれている図を脳裡に描いた。顔を見たことはなかった。もともと口数の多くない女将のほうも、記憶では夫のことは一度も口にしなかったと思う。けれども、隣室からうめき声

がもれるのを聞いた気がしたことは何度かあった。後年、時とともに私はこの主人が本当にいたとは、それが自分のたんなる想像ではなかったとはとても思えなくなっていた。だがあらためてW村で調べてみると、その人はまぎれもなく実在していたのである。エンゲル亭の夫婦に私とそう歳の違わないヨハネスとマグダレーナという子どもがいたこともわかった。エンゲル亭の女将がマグダレーナを産んだあと酒浸りになり、育児などとうてい覚束なくなったために、伯母のもとにやられてそこで育てられていた。私のほうはとりたてて世話を焼く必要がなかったからだろうか、女将はどこまでも寛大だった。ベッドの端に――女将は頭の側、私は足元の側だった――並んで腰を掛けて、私が憶えているものをなんでもかんでも彼女の前で暗誦したことも稀ではなかった。主の祈りだの天使祝詞だのほかの祈りだの、女将がひさしく口にしなくなった文言もあった。いまもあのひとが彷彿とする。眼を閉じ、ベッドの架台に頭をもたせていた。かたわらのナイトテーブルの大理石の天板にはグラスとカルテラーのワインの瓶が載っていて、私の声に耳を傾けながら、苦痛と安堵の表情をかわるがわる浮かべていた。蝶結びを教えてくれたのも彼女だった。私が部屋から出て行くときは、きまって私の頭に手を載せた。額にふれた親指の感触がいまもときどき甦ってくる。

エンゲル亭と道をはさんだ向かいが、アンブロース一家が住んでいるゼーロース館《やかた》だった。アンブロース家の子どもたちは私の母よりも十ばかり歳下で、小さい時分は母がしょっちゅう面倒をみてやっていたので、母は当時も一家と懇意にしていてよく出入りしていた。アンブロース家は十九世紀にチロル地方のイムストからW村に移ってきたのだが、村人がこの人たちの陰口を叩くときは、いつまでたっても〈あのチロル人〉であった。だがふだんの一家は、彼らが引き継いだ館の名をとって呼ばれていた。つまりアンブロースではなく、ゼーロースのマリア、ゼーロースのレーナ、ゼーロースのベネディクト、ゼーロースのルーカス、ゼーロースのレギーナといった具合である。ゼーロースのマリアは動きの鈍いのっそりした女性で、かなり前に夫のバプティストが亡くなって以来ずっと黒衣をまとい、夫を想ってだろうか、トルコ流のコーヒーをたてて日を送っていた。バプティストは生前は建築士で、第一次大戦前の十八ヶ月間コンスタンチノープルで働いていたので、そこでトルコ流コーヒーの淹れ方を学んだらしい。W村や近在の大きな建物、学校の校舎やハスラッハの駅舎、あたり全域に電気を供給していた水力発電所はことごとく建築士バプティストの製図板で設計され、彼の監督下で施工されたものだった。亡くなったのはあまりにも早すぎて（と言われるのがつねだった）、三二年のメイデーの日、卒中だった。仕事場の製図板の上にくずおれているのを発見されたが、耳に鉛筆をはさみ、片手にまだコンパスを握りしめていた。ゼーロースの一家はバプティストの遺産と、バプティストが生前購った畑地と二軒の家からあがる収入で暮らしていた。仕事場は貸し出されたが、借りたのは妙なことにエクレムという二十五歳ぐらいのトルコ人の男だった。世の中がひっくり返った《ウムシュトゥルツ》（大戦の終結はそう呼ばれていた）あと、いったいどこから来たものか、W村に流れ着いた男である。台所でトルコ風ヌガーを大量に作って、歳の市で売っていた。ゼーロースのマリアにモカの淹れ方を教えたのは、そして伝手《つて》をたよって黒い豆を手に入れ、マリアがひどい食糧難の時代にもコーヒーを淹れられるようにしていたのは、ことによったらエクレムだったのかもしれない。そしてある日、ゼーロースのレーナがエクレムの子を産んだのだった。しかし幸いにも（と村人が言い合っているのが私の耳に入ってきた）その子は一週間しか生きなかった。いまもありありと眼に浮かぶ。大きな黒い葬儀馬車に載せられた小さな白い子どもの棺が、百姓エルトの黒馬に曳かれて墓場へ揺られていった。そして埋葬のあいだ、かたわらの粘土質の土盛りから雨水が小さな墓穴にたえまなく流れこんでいた。その前というわけではなかったろうが、それから日を経ずしてエクレムはW村から姿を消した。ミュンへンに行って（という噂だった）南国果実の商いをはじめたという。レーナのほうはカリフォルニアへ移民し、電話技師と結婚したが、夫ともども車の事故で亡くなった。

ゼーロースにはほかにもバプティストの妹たち、バベットおば、ビーナおば、マティルトおばという三人の独身女性が、隣接する家に住んでいた。おなじく独身のペーターおじは車大工だった人で、ゼーロース館の奥に仕事場があった。戦後はもう六十に手が届いていただろうか、しょっちゅう下《しも》の村をぶらついては、人が仕事をするのをじっと眺めていた。道具を手にして畑や庭を抉《さく》ったりすることはめったになかった。私はそういうペーターしか知らない。というのも、ペーターが徐々に正気を失っていったのはかなり昔のことだったからである。はじまりは、車大工の仕事をだんだんなおざりにしていったことだった。仕事は請けるが、半端にしかやらないか、手を着けもしない。そして込み入った、あやしげな建物の設計をしはじめた。アッハ川の上に建てる水上楼閣だの、教区林でいちばん高い樅の樹のてっぺんに設置して螺旋階段で登る〈森の説教壇〉だの。教区の司祭は毎年ある決まった日にその説教壇に登って、壇上から教区の森にむかってお説教をするべきだというのだった。あいにくどれひとつ残っていないが、つぎつぎと描き散らしたこれらの設計図のほとんどは、まともに着手されなかった。ひとつだけ実現したのはゼーロース館の屋根に造った、ペーター言うところの〈四阿《ザレットル》〉であった。屋根の棟から一メートルほど下に木の床を張り、その上の屋根瓦をはずして屋根を突き破るかたちで四角い木枠を組み、全面ガラス張りの天文台を据えたのである。望楼からは村の家並みを越えて、湿原や草原や、さらにその先の谷底からそびえ上がる黒々とした森影が見はるかせた。〈四阿〉は完成までにかなりを費やし、ひとりっきり棟上げを祝ったペーターは、それから何週間も観測台から降りてこなかった。なんでも戦争が始まって何年かは、おおかたそこで過ごしていたという。昼は眠り、夜になると星を観察した。星座を濃紺の大きな厚紙に描きこみ、星の等級に合わせて大きさを変えた穴を開けておいた。その紺の厚紙をガラスの家の木枠にずらりと貼りつけると、プラネタリウムそこのけに頭上に星空を戴いているかのような幻想にひたることができた。終戦も近くなったころ、子ども時分から人一倍肝っ玉の小さかったゼーローロースのベネディクトがラシュタットの下士官学校へやられてから、ペーターの様子は目に見えて悪くなった。例の星図を切り抜いたものをケープのようにぶら下げて村をうろつき、井戸の底や高い山の頂上からなら星は昼間だって見えるんだ、と言い歩いた。そう

言うことでおそらく自分をなぐさめていたのだろう。というのも以前あれほど待ちこがれた宵闇が降りると、ペーターははげしい恐怖にかられ、両耳をふさぎ、狂ったように暴れずにはいられなくなったのである。そこでペーターのために二階に上がる階段の踊り場が衝立で仕切られ、外の灯りが差しこむ一角がつくられた。ベッドが据えられ、ペーターは午後も半ばを過ぎるとやがて自分からそこに籠もるようになった。〈四阿〉はそれきり使われなくなった。みながもう一度展望台を思い出したのは、製材所の火事のおりである。私たち、つまりゼーロースの一家ばかりか隣近所の半分がそろって〈四阿〉に上がり、巨大な炎が天をついて吹き上がり、もうもうと拡がっていく煙を下から照らし出しているのを眺めたのだった。だがそこにペーターの姿はなかった。ペーターは製材所が焼けたその年のうちに、プフロンテンの病院へ入院させられた。誰ひとり、いちばんのお気に入りだったゼーロース館きっての美人レギーナですら、もはや彼にものを食べさせることができなくなったからだった。しかしペーターは病院におとなしくしていなかった。最初の晩に出奔したのである。残された置き手紙にこうあった。「敬愛するドクトル殿！　小生はチロルへ参ります。敬具　アンブロース家ペーター」ただちに捜索がおこなわれたが、成果はなかった。その行方はいまも杳としてわかっていない。

W村に逗留して最初の数日は、私はエンゲル亭からまったく外出しなかった。夜っぴいて夢にうなされ、空が白みはじめてようやくまどろむぐあいだったから、私としてはまったくありえないことに、午前中ずっと寝て過ごしたのである。昼からは誰もいない酒場でものを書き、それに係わる物思いをした。晩になると農夫たちが入ってきた。ほとんどひとり残らず学校時代に見知った顔であって、私の眼にはいっぺんにみんな歳を取ったように見えた。新聞を読むふりをしながら彼らの話に耳を傾けていると飽きることがなく、南チロルのラークライナーを一杯また一杯と注文してしまうのだった。農夫のほとんどは昔どおり帽子をかぶったまま、巨大な樵の絵の下にうずくまっていた。かつてのエンゲル亭でもその位置に掛かっていた絵だったが、長年のうちにひどく黒ずみ、ちょっと見にはもうなにが描いてあるのか判らなくなっていた。じっと眼《まなこ》を凝らしてはじめて、画面から亡霊のように樵たちの姿が浮かんでくる。倒した樹の皮を剝ぎ、かすがいで留めているところだった。労働や戦争を賛美する絵の特徴で、足を大きく踏んばり、勢いよく腕をふり上げる姿勢で描かれている。こうした樵の絵をおびただしく描いた画家ヨーゼフ・ヘンゲの絵にちがいなかった。一九三〇年代に名声の頂点に達し、遠くミュンヘンまでその名は知れわたった。W村や近在の村々ではいたるところの家屋の壁に茶色を主調にしたヘンゲの壁画を見ることができた。モティーフは樵のほか、密猟者やブントシュー鉱山旗を掲げて反乱を起こした農夫たちであり、ほとんどこの主題は変わらなかったが、特定の題材で注文が来たときは別だった。たとえばゼーフェルダー館《やかた》には——祖父がここの屋根裏に部屋を借りていて、私はそこで生まれた——カーレースの模様が描かれていた。鍛冶屋が本職のウーレ・ゼーフェルダーが、開戦数年前に自分がはじめた機械販売にうってつけ、おまけにW村にもついにやってきた新時代にもうってつけだというので描かせたものである。また村はずれの変電所の小さな建物には、水力の寓意画すらあった。

こうしたヘンゲの画には、私の心をひどくざわつかせるなにかがあった。なかでも収穫期に畑の前にすっくと立つ草刈り女を描いたライフアイゼン銀行のフレスコ画は、どうしてもおぞましい戦場の光景のよ

うに思われてならず、そばを通るたびに怖ろしさにきまって眼をそらした。画家ヘンゲはこのように画域を拡げる才もあったわけだが、好きにしてよいとなると、描くのはもっぱら樵の絵だった。第二次大戦後、もろもろの理由から彼の大作が以前ほど評価されなく

なっても、樵を描くことはやめなかった。しまいには自宅が樵の絵だらけになり、座る場所すらなくなってしまったという。ある追悼文によれば、ヘンゲは制作中に急死したのだが、そのとき取り組んでいたのも、材木を積んだ橇に乗って命がけの谷下りをしている樵の絵であった。画家ヘンゲの絵のことを考えて

いるうちに思い至ったのだが、教区教会の絵を別とすれば、私は七つ八つになるまで、絵といえばほとんどヘンゲのものしか見たことがなかった。そしていまにして思う、こうした樵の絵、十字架の道行きの絵、あるいは白馬にまたがった領主司教ウルリヒが地面に倒れたフン族の男を蹴散らし、画面の馬がことごとく例の狂気を宿した目つきを

していたレヒフェルトの戦いの巨大な絵を見たとき、私の眼には破壊というものが刻まれたのではなかったか、と。そこで、書き物に切りがついたところでエンゲル亭の酒場の定位置を去って、私は残存するかぎりのそれらの絵をもういちど、自分の眼で確かめに出かけた。絵に再会してこんどは破壊の印象が減じたかとなると、どうもそうは言えそうにない。むしろ反対だろう。ともかくも、絵から絵をたどって私は足を伸ばした。草原を越え、小高い丘のあちこちに点在する集落を訪ねた。ビッヒルへ行き、アーデルハルツへ行き、エントハルプ・デア・アッハへ、ベーレンヴィンケルへ、ユングホルツへ、フォルデレ・ロイテとヒンテレ・ロイテへ、ハ

スラッハとオイへ、シュライへ、エレークへ歩いていった。どの道も幼い日祖父に連れられてたどった道であり、記憶のなかではきわめて大きな、しかしいまや現実にはなんの意味もないに等しいことがわかった道であった。私はそうした遠出からきまって悄然として、エンゲル亭に、とりとめのない自分の書きつけに戻っていった。そこにある意味で支えを見つけていたのだった。画家ヘンゲの例や、絵を描くことそのものの胡散臭さの問題は、むろんたえず警告として眼前にあったけれども。

聞き知ったところでは、ゼーロース館《やかた》の元住人でW村に存命なのはルーカスひとりだった。ゼーロース館は売りに出され、ルーカスは隣の小さい家のほうで起居していた。かつてバベット、ビーナ、マティルトが暮らした家である。私がついに腹をきめて道を隔てたルーカスを訪ねることにしたのは、W村の滞在も十日ほどになったころだった。ルーカスは会うなり私に、エンゲル亭を出入りしている姿はなんどか見かけた、だけどどこの誰かが思い出せなかった、と言った。よく考えてみると、あんたを見たときに思い出したのは、子どもの時のあんたではなくて、お祖父さんのほうだった、歩き方がそのまんまだし、表戸から出てくるとまず立ち止まって天気を見るしぐさがまるでおなじだったから、と。ルーカスは私の訪問を喜んでくれているようだった。五十になるまで板金屋で働いていたが、関節炎でしだいに体が不自由になり、早めの引退というやつになって、いまは家のソファーでごろごろしている毎日だ、妻の方はずっとシュペヒトじいさんの文具店をまかされているが、という。思ってもみなかったよ、とくしばしてルーカスは言った、人っていうのは、用済みにされちまったあとは、一日が、時間が、人生が、とてつもなく長くなってしまうものなんだな。北ドイツの工場主と結婚したレギーナを除けば、アンブロース家で残っているのはもう自分だけだ、そのことにも気が滅入る。ルーカスはペーターおじがチロルへ消えた話や、それから日を置かずに母親が死んだこと、死ぬ前は体重が激減して、誰も彼女とわからなかったという話をしてくれた。そして、子ども時分から何をするにもいっしょだったバベットおばとビーナおばがおなじ日に死んだという奇っ怪な事実をながながと語った。ひとりが心臓発作で、もうひとりがそのショックで亡くなったという。レーナと夫が死んだアメリカの交通事故については、詳しいことはわからずじまいだった、とルーカスは語った。オールズモビルの新車にふたりで乗っていて、写真で見たところでは白いタイヤホイールのついたやつだったが、ふいと道を外れて谷底に真っ逆さまだったらしい。マティルトは長生きだった、八十過ぎまで生きた、きっとうちでいちばん頭がしっかりしていたからだろう。真夜中に自分の寝床でやすらかにみまかった。いつものように横になって、そのまんまの姿で死んでるのを女房が見つけた。だけどベネディクトは不幸に蝕まれてしまってね、とルーカスは言って、それ以上は口をつぐみ、つぎはおれの番ってわけよ、と言った。そして少なからず満足げにアンブロース家の家族史を語り終えると、こんどは私にむかって、こんなに長年ぶりになんでまたW村を訪ねる気になった、しかも十一月なんかに、と水を向けた。驚いたことに私のもってまわった、ところどころ矛盾した説明をルーカスは苦もなく理解した。とりわけ私が、時とともにいろいろなことが頭の中で辻褄が合ってきたが、かといってそれで物事がはっきりしたわけではない、むしろ謎めいてくるばかりだ、と話したときには、大きく頷いてみせた。過去の光景を集めれば集めるほど、と私は話した、過去がそのように起こったのだとは信じられなくなってくる、なぜなら過去はどれひとつまともだと言えるものがない、たいがいが荒唐無稽で、荒唐無稽でないなら、身も凍りつくことばかりだからだ。するとルーカスがこう語った、おれみたいに日がな一日ソファーに寝そべっているか、せいぜい役にも立たぬちまちました家事をするぐらいで過ごしていると、かつて自分が名ゴールキーパーだったことが嘘みたいに思えてくる、ひどい気鬱に襲われる日がますます増えてきているこのおれが、その昔は村の道化《ハンスヴルスト》だったなんてな。そうだよ、憶えているか、おれにかなう跡継ぎが見つからなかったもんだから、謝肉祭の道化っていう名誉な役目は長年ずっとおれのものだった。晴れがましい時代をふり返るうちに痛風に冒された両手が動き、あれには特別の力と要領がいるんだ、と言いながら、ルーカスは大ばさみを繰り出すしぐさをやってみせ、さらに女たちがちょっと油断したすきに打ちべらで後ろからひょいとスカートをまくってやるんだと、それもやってみせた。女たちは表戸を閉めて二階に上がり、安心しきって窓から身を乗り出して謝肉祭の行列を眺めている、そこで裏の納屋からか、四つ目垣を越えるかして入りこんで、キャッと言わせてやるわけだ、ぜったい認めないがな、ほんとはやってほしがってるんだよ。台所へしのびこんで、できたての祭りの揚げパン《クラプフェン》を失敬してきて往来で配ったこともある。拍手喝采の大喜びで女どもが群がるんだが、皿がからっぽになってはじめて、配られたのが自分ちの揚げパンだと気づくってあんばいさ。

謝肉祭の流れから、私たちの話は印刷所のシュペヒトのことに及んだ。シュペヒトの文具屋は、いまはルーカスの妻が経営していた。シュペヒトってのは、とルーカスは語った、謝肉祭になってもショウウィンドウにクリスマスツリーを飾ってるようなやつだった。ほんとうさ、待降節の最後の週に飾ったまんま、すっかり葉の落ちた木が謝肉祭になっても置いてある、それどころか、どうかすると復活祭までそのまま

だった。あるときなんか、聖体行列（六月頃にある）が通るまでに店先から片づけろとどやさなきゃいけなかった。シュペヒトは二〇年代から隔週で誰の力も借りずに四ページの新聞を出していた。自分で記事を書いて、編集をして活字を組んで印刷した。印刷屋にはよくあるけど、とことん内向きの人間だった。おまけに鉛の活字をずっと拾っていたせいで、どんどん小さく、どんどん薄黒くなっていった。はじめて石筆を、のちに羽根ペンと学習帳を買いに行ったときの——学習帳はざら紙で、羽根ペンで書くと引っかかってしょうがなかった——シュペヒトをはっきり憶えているよ。床まで着きそうな平織り綿の灰色の上っ張りを年がら年中はおって、スチール枠の丸眼鏡をかけ、客が扉の鈴をチリンと鳴らして店に入っていくと、奥の印刷所からきまって油まみれのぼろ切れを手にしてあらわれた。だけど晩になると台所の椅子に腰を掛けて、ランプの灯りの下で《ラントボーテ》に載せる記事や報告を書いていた。毎週自分が書くその記事が、編集者としてみると新聞の水準に届かないと言っていた。かなりしてカルテラーのワインが尽きると、ルーカスは家の中を案内してくれ、バベットとビ

ーナがかつて〈カフェ・アルペンローゼ〉を開いていた部屋や、ランボウゼク医師が開業していた部屋、三人姉妹の寝室や居間だった部屋を見せてくれた。別れぎわ、通風の手で鳥がものを摑むような握り方で私の手をながいこと握り、おれの調子がよかったらまた何回か寄ってくれ、そしてはるかな過去のことを話そう、と言った。まったくだ、思い出すってのはほんとに妙なもんだ。ソファーに寝そべって昔を思い返していると、眼の前に霧がかかったような気がすることがよくあるよ。

〈カフェ・アルペンローゼ〉については、その晩エンゲル亭で、二本目のカルテラーを開けながらいくつかの断片をまた集めることができた。バベットとビーナがカフェを開くことを思いついたのか、あるいはバプティストが独り身の二姉妹の暮らしの足しにでもと考えついたのかは、もはや誰も思い出せない前史になっていた。いずれにせよ、カフェ・アルペンローゼはたしかにかつて存在し、バベットとビーナが死ぬまで続けられていたのだ。ただし、誰ひとり寄りつかない店だったが。庭先には夏になると枝を刈りこんだ菩提樹が涼やかな葉陰をひろげ、その下に緑の金属のテーブルと緑のガーデンチェアが三脚置かれていた。表戸はいつも開かれていて、数分おきにビーナが戸口に顔を出し、いつかきっと来るはずの客の姿を求めてあたりを見まわした。なぜ客がさっぱり寄りつかなかったのか、たしかなことはなにも言えない。当時はいわゆる他所《よそ》の者がW村に避暑に来ることなどなかったからとも言えるが、それだけが原因ではないだろう。あれほど敬遠されたのはむしろ、バベットとビーナのカフェ兼ワインバーが一種の〈オールドミスの店〉になってしまい、村の男をさっぱり惹きつけなかったからではあるまいか。営業をはじめたころのふたりが人の眼にどう映っていたのかは、私もルーカスも知らなかった。だがある程度たしかに言えるのは、ありし日のバベットとビーナが、あるいは彼女たちが未来に思い描いていた自己像が、幾年となく続く失望とくり返し奮い立てられる希望とによって、芯まで破壊されてしまった、ということである。打ち砕かれ、永久にふたりべったりの暮らしを続けるうちに姉妹は見る影もなく損なわれて、結果、誰からも頭のちょっといかれたふたりのばあさんとしか見られなくなってしまったのだ。たとえビーナがエプロンドレスのしわを両手で伸ばしながら家と表の庭をちょこまかしようが、たとえバベットが日がな一日台所でふきんを折り畳んではまた広げる作業をくり返そうが、当然のこと効果はあらわれなかった。姉妹は全精力をつかって、やっとのことでちっぽけな店を維持していた。もしも現実に客が来てしまったら、ふたりはいったいどうしたことか、想像だにできない。スープひとつこさえるにすら、助け合うというよりはたがいに足を引っぱり合っていた。ルーカスの話では、毎週くり返される日曜日のケーキを焼く仕事が、土曜日まる一日がかりの、国家行事そこのけの大騒動だった。にもかかわらず週末が近づくと、バベットがビーナに、ないしはビーナがバベットに、今週もケーキを焼かなくちゃときまってもちかけるのである。それもアップルケーキか、鉢形のパウンドケーキ《クグロフ》をかわるがわるだった。ケーキは完成後、毎回かならずふたりが〈カフェルーム〉と呼ぶ部屋にしずしずと運びこまれた。そして粉砂糖でお化粧し、誰の手も着いていない姿で釣り鐘形のガラスの覆いをかけられ、棚の上の、先週の土曜日に焼いたアップルケーキないしパウンドケーキの隣に据えられた。もしも土曜日の昼前に客がやって来たとすれば、客はふたつのケーキから――つまりは古いアップルケーキと新しいパウンドケーキ、ないし古いパウンドケーキと新しいアップルケーキから――一方を選ぶことができただろう。だが日曜日の午後にはもうこの選択の余地はなくなっていた。なぜなら日曜日の午後、バベットとビーナは古いアップルケーキないしは古いパウンドケーキを日曜午後のコーヒーに添えて食べてしまったのである。バベットはケーキをフォークで食べたが、ビーナのほうはケーキをコーヒーに浸して食べ、いくら言ってもビーナにこの習慣をやめさせることができないのが、バベットの癪の種だった。古いケーキを食べてしまうと、ふたりは食べ過ぎの腹をかかえて一、二時間、むっつりとカフェルームに腰を下ろしていた。ケーキの棚の上の壁には、ふたりの恋人の心中のシーンを描いた絵が掛かっていた。冬の夜で、厚い雲間からこの最期の一瞬にだけ顔をのぞかせた月が見えている。ふたりは小さな木の桟橋の端までやって来て、いましも最後の一歩を踏み出そうとしている。娘の片足と男の片足が同時に深い海の上に懸かり、見る者はふたりがすでに重力にとらえられていることに安堵の念をおぼえる。私にいま思い出せるのは、娘が頭にうすい淡緑色のヴェールを巻いていたこと、男の黒っぽい外套が風にぴんと張っていたことだけだ。絵の下には翌週のために焼かれたケーキがあり、大型の掛け時計がチクタクと鳴り、その時計はまたしても四半時が失われたと告げる勇気をふりしぼれないかのように、時を打つ前にきまってギイッーと長いうめき声をあげていた。夏はカーテンを透かして遅い午後の陽が差しこめ、冬はいちはやく夕闇が降り、まんなかに据えられたテーブルにはいつでも巨大なサンスベリアの鉢があって、そのまわりを年が一年また一年とあとも残さず過ぎていった。不思議にもアルペンローゼのすべてが、その鉢を中心に廻りつづけているかのようだった。

　このアルペンローゼを、祖父はマティルトに会うためにたいてい週に一度ずつ訪れていた。内容はふたりでトランプのゲームをいくつかやり、ながながとしゃべることだったが、話の材料には事欠かなかったと見える。マティルトが祖父はおろか、誰が来ても自分の部屋へ上げることは許さなかったために、ふたりは〈カフェルーム〉に腰を据えた。マティルトに一目置いているバベットとビーナは、この訪問のときは台所に引っこんでいるのがいわば習いになっていた。祖父に随いてどこへでも行った私は、アルペンローゼへもよくいっしょに出かけ、カードが混ぜられ、寄せられ、配られ、ゲームに使われ、わきに寄せられ、数えられ、ふたたびまた混ぜられるあいだ、ラズベリーのジュースを手にいっしょに席に着いていた。祖父は昔からの癖で、カードをしているあいだずっと帽子をかぶっていた。ゲームが終わり、マティルトがコーヒーを淹れに台所に姿を消したところで、祖父はようやく帽子をとって、ハンカチで額をぬぐった。コーヒーの時間に話されることがらはほとんどちんぷんかんぷんだったので、ふたりが話をしだすと私はたいてい表へ出て行って、緑の金属テーブルのそばのガーデンチェアに腰を掛け、マティルトがいつも私に用意してくれていた古びた世界地図に見入った。その世界地図には一枚の図がついていて、世界屈指の長い川と屈指の高い山が、それぞれ長さと高さの順に並べられていた。そして素晴らしい彩色の地図があって、はるかに遠い、発見まもない地域すらも載っていた。世界の一部しか描けなかった往古の地理学者とおなじようにごく一部しか読み取ることができなかった私には、そこに記された微小な文字は、およそ想像もつかない神秘を宿しているかに思われた。天候の芳しくない季節には、この世界地図を膝にひろげて、階段のいちばん上の段に腰を掛けた。階段室の窓から明かりが差しこみ、壁には一枚のオイル印画が掛かっていた。一頭の猪が森の暗がりから猛烈な勢いで跳び出し、森の空き地で朝食をとっていた狩人たちの場に乱入している図だった。猪と、緑の上衣をつけた仰天した狩人と、それればかりか宙に舞っている皿や食べものがこまごまと入念に描きこまれたそのシーンは、《アルデンヌの森で》と題されていた。私の心になにかしらひどく剣呑なもの、未知のもの、深甚なものという感情を呼び起こしたのは、絵画そのものよりも、まったくなんということもないこの題名だった。〈アルデンヌの森〉なる言葉から発せられるこの秘密の気配は、マティルトが私に、二階の扉をけっして開けてはならない、ときつく言い渡したことでなおのこと強まった。なかでも屋根裏に上がることはかたく禁じられていた。マティルトは独特の凄味で、屋根裏には灰色の狩人が住んでいると私に信じこませたのである。それ以上のことは教えてくれなかった。そんなぐあいで私はいわば許されるぎりぎりの限界であり、誘惑の引力がもっとも強く感じられる二階への階段のいちばん上段に腰を据えていたのだ。だから祖父がカフェルームから出てきて帽子をかぶり、マティルトに別れの手を差し出したときには、毎回ほっと救われたような心地になった。

それから何度かルーカスを訪れたおりに、私たちはその屋根裏に上がった。屋根裏に話をもっていったのはたしか私自身だったと思う。屋根裏はあれからそう変わっていないはずだというのがルーカスの意見だった。おばたちの死後に館を引き継いでからというもの、屋根裏部屋を片づけたことはない、というのも屋根裏にごちゃごちゃに積み上げられた家具や家財、いろんながらくたは、当時すでに自分ひとりではお手上げだったからだ、と。なるほど、屋根裏はまことに壮観を呈していた。箱や籠がいくえにも積まれ、袋や革製品や呼び鈴や縄や、鼠取りや養蜂の巣枠や、ありとあらゆる種類のケースが梁からぶら下がっていた。一隅ではバスチューバが厚い埃の下から鈍い輝きを放ち、その隣にはかつて紅色だった羽布団の上に、途方もなく大きな、はるか昔に空になった雀蜂の巣が置かれていた。真鍮のチューバ、そして何千片

APHIE.

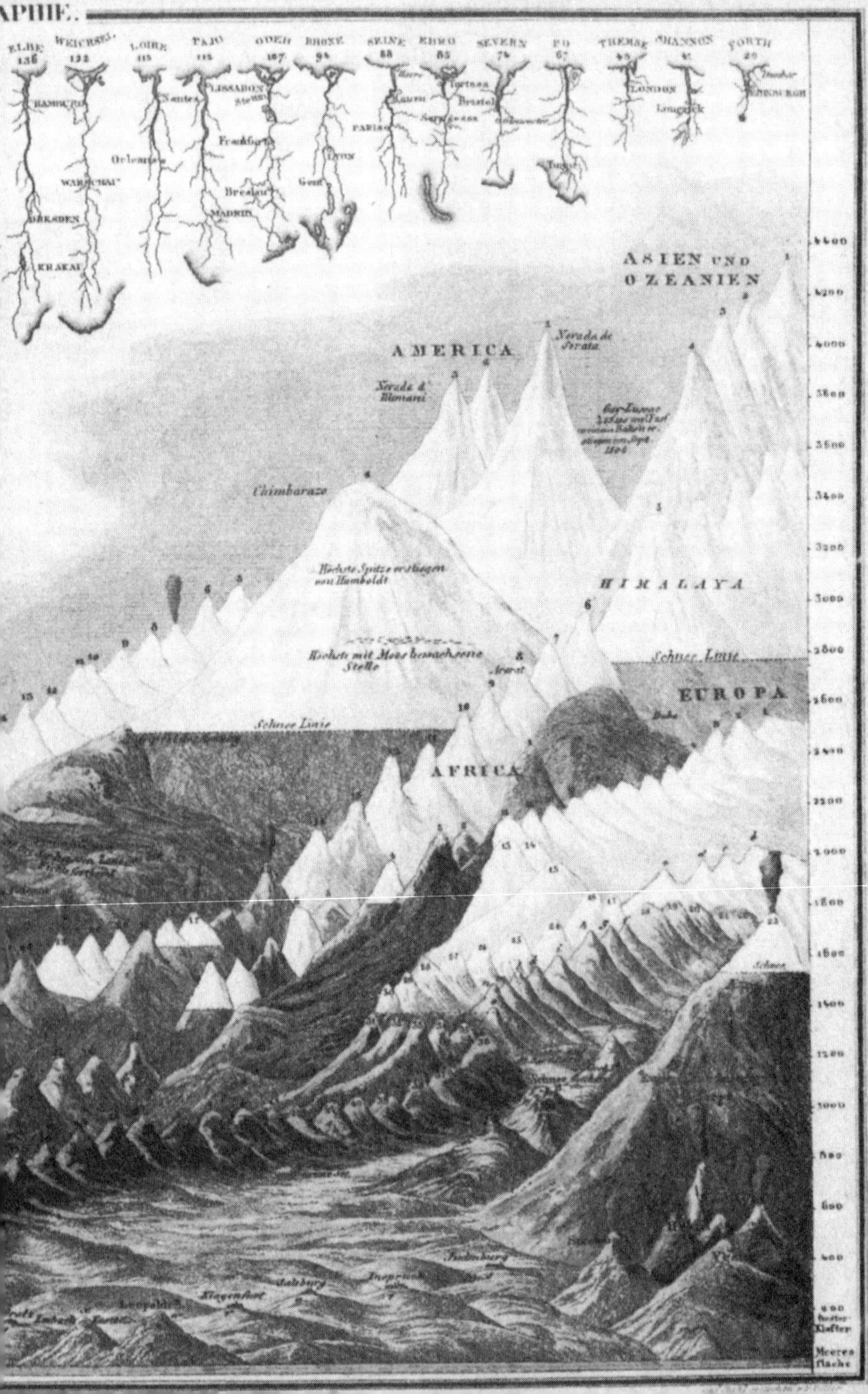

ELBE 136
WEICHSEL 132
LOIRE 115
TAJO 112
ODER 107
RHONE 98
SEINE 88
EBRO 85
SEVERN 74
PO 67
THEMSE 48
SHANNON
FORTH 20
HAMBURG
WARSCHAU
DRESDEN
KRAKAU
Nantes
Orleans
LISSABON
MADRID
Frankfurt
Breslau
LYON
Genf
PARIS
Tortosa
Saragossa
Bristol
LONDON
Limerick
ASIEN UND OZEANIEN
AMERICA
Chimbarazo
HIMALAYA
Schnee Linie
EUROPA
AFRICA
4400
4200
4000
3800
3600
3400
3200
3000
2800
2600
2400
2200
2000
1800
1600
1400
1200
1000
800
600
400
200
Meeresfläche

PHYS
MISSURI
AMAZONENSTROM
JENISEI
YANG-TSE
NIL
OB
WOLGA
QUORRA
S^t. LORENZ
LA PLATA
DONAU
INDUS
GANGES
NEW ORLEANS
Natchez
NANKING
TOBOLSK
Kasan
Montreal
WIEN
Presburg
IRKUTSK
Cap Horn
Meeres Fläche

もの灰色の薄葉の巣、いずれもが、屋根裏をひたす水を打ったような静けさのなかへとゆっくりとほぐれ消えゆくものの象徴だった。だがその静けさは信用ならなかった。長櫃の、箪笥の、木箱の、開いた蓋や口や扉から、考え得るかぎりのありとあらゆる日用品や着物があふれ出していたのである。ここに集まったありとあらゆる種類の物たちは、私たちが敷居をまたぐいまのいままで動いていたのではないか、ひそかな進化をとげていて、私たちのいる間だけは空っとぼけて音をひそめているのではないか、と錯覚すらしそうだった。私の眼がたちまち惹きつけられた書架には、一見ぼろの山と化した、だがじきに百冊はあるとわかったマティルトの蔵書――いまは私の所有となり、時が経つにつれてますます大切な品となっている――があった。十九世紀の文学作品、極北への旅行記、かつてバプティストのものだったと思われる地理や構造力学の教科書や、ささやかな手紙文例集の付いたトルコ語辞典、それらに並んで思弁的な内容のおびただしい宗教的著作や、十七世紀から十八世紀初期の祈禱書があり、なかの一冊には、私たちをひとしなみに待ち受ける業苦を描いた劇的な挿画がはさまれていた。

　驚かされたのは、宗教書にまじってバクーニン、フーリエ、ベーベル、アイスナー、ランダウアーの著作や、女性解放運動家リリー・フォン・ブラウンの自伝的小説が見つかったことだった。これらの蔵書はどこから来たのかとの私の問いに、ルーカスが答えられたのはただ、マティルトはとにかくいつもなにかしら勉強をしていた、だから憶えているかもしれないが、村では変人で通っていたのだ、ということだけだった。マティルトは第一次大戦の直前にレーゲンスブルクのイギリス女子修道院に入ったが、なにか特殊な、ルーカスの詳しく知らない事情で終戦前に修道院を去って、赤の時代に数ヶ月間ミュンヘンに留ま

OFFICIUM
Für die abgestorbene Seelen in dem Fegfeur.

っていた。そしてそこから見るも無惨な、ろくすっぽ口もきけない状態でW村の家に帰ってきた。おれはそのころはむろんまだ生まれていない、とルーカスは語った、だけどマティルトのことは母さんが詳しく話してくれたんではっきり憶えている、修道院から出てきたときも共産党下のミュンヘンを出てW村に戻ってきたときも、茫然自失のていだったと。機嫌の悪いときなんか、母さんはマティルトのことを赤かぶれと呼んだりした。だけれどマティルトのほうは、ある程度自分を取り戻してからはそんな言い草にてんで取りあわなかった。むしろ反対に、自分の内に引き籠もったことでどんどん楽になっていくらしかった、とルーカスは語った。毎年毎年、軽蔑する村の住民たちのあいだを、きまって黒のワンピースか黒のコート姿に帽子をかぶり、そしてどんな天気のいいときもかならず傘を持って歩いていたのが、子ども心にもなにかせいせいした感じだったのを憶えている。

屋根裏をなおごそごそと探し回り、髪の毛のない陶製の人形とか、五色鶸《ごしきひわ》の鳥籠とか、射撃用のライフル、古い子牛革のナップザックなどを手に取り、ルーカスとそれらの出所や来歴について話をしているうちに、私は屋根裏の窓からななめに差しこんでくる光の背後に、さながら亡霊のように、あるときはくっきりと、あるときはぼんやりと、軍服姿の人影が浮くのをみとめた。眼を凝らしてみると、それは服の仕立て用の古びた人体模型で、灰青色のズボンと灰青色の上衣を身にまとっていた。かつては襟と袖口と縁飾りが萌葱《もえぎ》色、ボタンはおそらく金黄色だっただろう。木製の頭は、雄鶏の尾羽でつくった緑色の羽根飾りをつけたやはり灰青色の帽子をかぶっていた。明かり窓から屋根裏の薄闇に差しこむ光の帳《とばり》のなか、ほぐれて重さのなくなった物質が粒子になってきらきらと漂い、その背後に隠されていたからだろうか、灰色の人影は私の胸にたちどころにひどく不気味な感じを呼び起こした。人体からかすかに漂ってくる樟脳のにおいがその印象をさらに強めた。ところがわれとわが眼を信じられぬ私が、近寄ってだらりと下がっている軍服の袖に手を触れたとたん、肝をつぶしたことに、その袖は粉々になってしまったのである。後日の調査でわかったのは、この灰青色と緑の服はかなりの確実性で、一八〇〇年前後に自由軍の一員としてフランス軍に抗して出征したオーストリアのある狙撃兵《イエーガー》（「狩人」という意味もある）のものであることだった。この推測の確かさは、ルーカスがマティルトから又聞きしたといってしてくれた話によっていっそう強まった。マティルトの話では、ゼーロース家の遠い先祖はチロルで挙兵した千人の軍勢の先頭に立ち、ブレナー峠を越え、アディジェ川を下り、ガルダ湖畔から上部イタリアの平原に行軍して、かのマレンゴの壮絶な戦いで全員が戦死したという。このチロルの男の話、マレンゴで斃れた狙撃兵の来歴が私にとってひとかたならぬ意味を持ったのは、子どものころ、あそこには狩人《イェーガー》がいるんだからといって上がるのを禁じられていたカフェ兼ワインバー〈アルペンローゼ〉の屋根裏に、ほんとうにそういう狩人がいたということであった。とはいえ、それは屋根裏に通じる階段に腰を下ろしながら私がその人について思い描いた外観とは似ても似つかなかったが。私がそのころ想像し、のちにたびたび夢裡にあらわれた姿は、上背のある見知らぬ男で、クリミア産の子羊の毛皮でつくった丸い帽子を目深くかぶり、裾の広い茶色い外套をはおって、馬具のような太い革紐でとめていた。膝に曲がった短いサーベルを載せており、鞘が鈍く光っていた。拍車つきの筒のような靴を履き、転がっているワインの瓶に片足を乗せ、もう一方の足は突き出して踵と拍車で木の床を踏みしめていた。何度も何度も夢に見たものだった。いや、いまなおときおり夢に見るのだが、この見知らぬ男が私のほうに腕を伸ばしていて、それで私は、怖ろしくてたまらないのに思い切って少しずつ近寄り、すぐそばまで行って、とうとう手を伸ばして男に触れる。そしてそのたびに、触れて埃のついた、いや黒くなった右手の指が、この世ではもはや取り返しのつかない不幸のしるしのように思えるのだった。

アルペンローゼ館では、四〇年代の終わりまで一階のカフェ兼ワインバーのむかいの一室で、ルドルフ・ランボウゼクという医師が診療室を開いていた。ドクター・ランボウゼクは戦後ほどなくモラヴィアのある町、たしかニコルスブルクだったと思うが、そこから顔色のわるい奥方と、フェリツィアとアマーリアという年端のいかないふたりの娘を連れてW村にやって来た。奥方や娘らにとっては言うにおよばず、彼にとっては世界の果てに流罪になった心地だったことだろう。短軀で太り肉《じし》の、都会風の装いを欠かさなかったこの男がW村に根を下ろせなかったのは、不思議なことではない。憂いに閉ざされた、他国者らしい、近東風という形容がいちばんぴったりしたその容貌や、大きな暗い眼《まなこ》の上にいつもなかば垂れている瞼や、なにか心ここにあらずといった物腰からするに、この人は生来慰められるということのないひとだった。私の知るかぎりでは、ランボウゼク医師はW村で暮らした長年のあいだ、ひとりの人間とも友誼を結べなかった。引っ込み思案だとの噂があった。アルペンローゼのある館でなく師範館のほうに住んでいたから、師範館とアルペンローゼ、ないしアルペンローゼと師範館のあいだをしょっちゅう行き来していたはずなのに、一度も小路で見かけた記憶がない。このかえって目立つ不在感をはじめとして、ランボウゼク医師は、やがて七十歳になろうというピアツォロ医師ときわだった対照をなしていた。ピアツォロ医師は昼と晩の往診時間に七百五十ccのツュンダップを駆って、村ばかりか山むこうの近在の部落を走り回るのがあちこちで目についたのである。いざとなれば獣医の仕事も快く引き受け、バイクにまたがったまま死ぬのもよしと腹をくくっているらしいピアツォロ医師は、冬も夏も耳当てのついた古い飛行帽をかぶり、巨大なバイク・ゴーグルをして、革ジャンに革のすね当てといういでたちだった。言い添えておくとこのピアツォロ医師にはもうひとり分身《ドッペルゲンガー》というか、影のライダーというような人物がいた。おなじくもはや若者の部類には入らないヴルムザー司祭で、信者に臨終の秘蹟を授けにいくのに、やはり長年バイクを使っていたのである。聖油、聖水、塩、小さな銀の十字架、聖体といった臨終の秘蹟一式を古いリュックサックに詰めて持ち回っているのだが、このリュックサックが、ピアツォロ医師のとまたうりふたつだった。事実、あるときエンゲル亭で席を並べたヴルムザー司祭とピアツォロ医師は、帰りにリュックサックを取り違えてしまい、ピアツォロ医師は臨終の秘蹟一式を持って次の患者宅へ、ヴルムザー司祭は治療用具を持って命の消えなんとしている次の教区民宅へおもむいたという。ヴルムザー司祭とピアツォロ医師の相似は、リュックサックばかりではなかった。全体の印象がそっくりで、村の内なり外なりで黒っぽいライダーを見かけても、それが医師なのか司祭なのか、とんと判別がつきかねたほどだった。ただ医師のほうにはひとつの癖があり、走行中は鋲付きの長靴を履いた両足をバイクの足置きに置かず、安全のために砂利道や雪道の上を引きずらせているので、少なくとも前か後ろから見れば司祭とはシルエットが異なっていたのではあるが。この地元のライバルと張り合うことがランボウゼク医師にとっていかに困難だったか、想像に難くない。そしてひとりは人の魂を看、もうひとりは人の体を診るふたりのいわばまねき存在の使節とは逆に、ランボウゼク医師がなるたけ家から出ないようになったことも頷けるのだ。ちなみに、ランボウゼク医師の診療を受けた者からの評判は、悪いどころか上々だった。母が医師の腕を口をきわめて褒めるのを、私は何度かじかに聞いている。ファレリー・シュヴァルツという、郵便局長館に部屋を借りている洋裁師とおしゃべりしているときには、とくにその話が出た。彼女はランボウゼク医師とおなじモラヴィアの出身ではなかったが、ボヘミアの出で、小柄なくせにもの凄い巨乳の持ち主だった。あんな胸はのちにたった一度、フェリーニの《アマルコルド》に出てきたタバコ屋の女でしかお目にかかったことがない。だがいかに母とファレリーがランボウゼク医師を褒めちぎろうが、ほかの村民はランボウゼク医師のもとへ診察を受けにいこうとは夢にも思わなかったのだ。どこか具合が悪くなればピアツォロ医師を呼びにやる、そんなふうだったから、ランボウゼク医師は来る日も来る日も、この月もあの月も、行く年も来る年も、ほとんどひとりっきりでアルペンローゼの診療室につくねんとしていた。いずれにせよ祖父とともにアルペンローゼに行ったときは、半開きの扉から、家具のろくにない部屋の回転椅子に医師が座って、書き物をしているか本を読んでいるか、ただ窓の外を眺めているかする姿が眼に入ったのである。敷居のところまで行って、こっちを見てくれないだろうか、あるいは入っていらっしゃいと言ってくれないかしらと期待したことも二度や三度はあったが、医師は私にてんで気づかないか、見知らぬ子どもに声をかけるなど考えもしないかだった。あれは四九年の、異様に暑い夏の日だった。祖父とマティルトがカフェルームで話に花を咲かせていて、私は長いあいだ屋根裏につうじる階段のいちばん上に腰を下ろし、屋根の木組みの木がたてるピシリという音や、強まったり弱まったりする丸鋸のキーンという音、雄鶏がさびしく作るときの声などが外からしてくるのに耳を傾けていた。祖父の訪問が終わるのを待たず、私は階下のフロアに降りていった。塞《ふさ》がらずにどんどん大きくなるエンゲル亭の老主人の火傷痕をランボウゼク医師なら治してくれるのではないか、訊ねてみる決心だったのだ。ところがおかしなことに、診療室の扉は閉まっていた。私はおそるおそるドアのノブを回した。中に入ると、窓ぎわの菩提樹の葉むらからこぼれる夏の光が降りそそいで、部屋はすっかり深緑色に染まっていた。底知れない静けさにひたされているようだった。ランボウゼク医師はいつものとおり回転椅子に腰掛けていたが、上半身が前に折れて、机の天板にかぶさっていた。シャツの左腕が半ばまでまくり上げられ、そのひじの窪みに、そのときの私の眼には不気味なほど大きく映った医師の頭が、みょうにねじれた具合に載っていた。いつものように美しく暗い眼が、ちょっと飛び出し加減に、じっと虚空に瞠られていた。私は息をつめ、足音をしのばせて診察室を出、二階の階段をふたたび上った。一番上の段に腰を下ろし、祖父がマティルトと連れだってカフェルームから出てくる音が聞こえるまでじっと待った。診察室で見たものについてはひと言も祖父に漏らさなかった。怖かったし、われとわが眼を信じられなかったからだろう。私たちは帰り道に祖父がエーベントイヤー時計店に修理に出していた懐中時計を受け取ってこなくてはならなかった。ドアベルが鳴ると、たちまち小さな時計屋の中にいた。大型の床置き時計や壁掛け時計、居間や台所用の時計、目覚まし時計や懐中時計や腕時計、無数の時計が、てんでにチクタクと、あたかも時を破壊するにはひとつの時計だけでは充分ではないかのように鳴っていた。いつものようにルーペを左眼に押し当てているエーベントイヤーと祖父が懐中時計の故障箇所について話しているあいだ、カウンター越しに奥の薄暗い居間をのぞきこむと、エーベントイヤーの末っ子のオイスタッハという水頭症の子どもが背の高い子ども用のロッキングチェアに腰を掛けて、前に後ろに、ゆらりゆらりと揺れていた。ランボウゼク医師については、その晩のうちにアルペンローゼの診察室で冷たくなっているところを妻に発見された。この妻は娘たちとそれから日を経ずしてW村を離れていった。後になってファレリー・シュヴァルツが、ランボウゼク先生はモルヒニスト《モルヒネ中毒》で、だからいつもあんなに肌が黄色かったんだよ、とひそひそ声で言っていたのを小耳にはさんだことがある。私はそれで、モラヴィア生まれの人はモルヒニストと呼ばれていて、その郷はモンゴルか中国のようなはるかな彼方にあるのだろうと長いこと信じていたものだった。

私たちがエンゲル亭の二階に住んでいた歳月、日暮れてくると私がきまって駆られる願望は、下の酒場へ降りていってロマーナを手伝い、テーブルやベンチを拭いたり、床を掃いたり、グラスをふきんで拭いたりしてみたいということだった。むろん私を惹きつけたのは仕事ではなくロマーナであって、とにかく彼女のそばに少しでもいたくてしかたがなかったのである。ロマーナは小百姓の一家の、ふたり娘の上のほうだった。ベーレンヴィンケルにあるその家はよその農家と較べるとまるでおもちゃの家で、低い丘の頂にあり、見るたびにきっとノアの方舟を思い出させた。なにしろなんでもふたつあるのだ。父と母のほか、ロマーナとリーザベートの姉妹ふたり、雌雄の牛二頭、山羊二頭、豚二頭、鵞鳥二羽てなぐあいに。猫と鶏だけはもっと数がいて、あたりの野原で駆け回っていた。白鳩もおびただしくおり、棟の線を上ったり下がったりしていなければ小さな家のまわりを飛び交っていて、こけら葺きでつぎはぎだらけの、あたりではとんと見かけない寄せ棟屋根は、丘のてっぺんに流れ着いた方舟そのものだった。そして私が通りかかるたびに、こすっからい男だったロマーナの父親が、方舟から顔をのぞかせるノアよろしく、ちっぽけな窓から顔を出して、煙管で両切りの煙草をふかしていた。毎日午後五時にベーレンヴィンケルからやってくるロマーナを、私はよく橋のたもとまで迎えに行った。歳はせいぜい二十五というところで、ロマーナのすべてが私にとって美しさのきわみだった。上背があり、大きな開放的な顔に、水灰色の眼と、ハーフリンガー種の子馬のような栗色のゆたかな髪をしていた。ひとりの例もれず小柄で色黒で髪が薄くて意地の悪い百姓娘や下女の集まりであるW村の女たちとは、あらゆる面で雲泥の差があった。そしてそのあまりにも異彩を放つたたずまいに、水際だった美しさにもかかわらず結婚の申し込み手がなかったのである。夜、私が父のために一箱のツーバン煙草を買いに階下に降りることが許されると、例によって九時にしてはや酩酊状態の農夫や樵の群れのなかを、ロマーナが別世界の住人でもあるかのようにかろやかに動き回っていた。夜の酒場は身の毛のよだつような怖ろしい印象を与え、ロマーナのことがなければ、私は男たちが目を据えてベンチに身をこごめているおぞましい敷居をけっしてまたぎはしなかっただろう。身じろぎもしない群れからたまにひとつの人影が立ち上がり、まるで筏の上に立っているかのようにおぼつかない足取りで、廊下に面した扉のほうへふらついていく。油ぶきの板間にはこぼれたビールや雪の溶けた水がところどころに溜まり、お粗末な換気扇から排出される酒場全体にもうもうと立ちこめた煙草の煙は、濡れた革や厚織りウールやこぼれた竜胆ブランデー《エンツィアン》が放つ酸っぱい臭いとまじり合っていた。茶塗りの壁板の上方には貂《てん》や大山猫や大雷鳥や禿鷲やほかの絶滅した動物たちの剝製が、いまだにしとげていない復讐をいつかするべく隙をうかがっていた。農夫と樵たちは、あらかたが部屋の奥か入り口付近に群れていた。中央には大きな鉄のストーブがあり、冬はそれがまっ赤になるほど火が焚かれた。そのなかにひとり、われ関せずと座っているのが狩人のハンス・シュラークだった。噂によれば他所者《よそ》で、ネッカー河畔コスガルテンの出であり、シュヴァルツヴァルト《黒い森》で何年か広い猟区を受け持っていたが、誰も知らないなにかの事情《わけ》でシュヴァルツヴァルトからこのW近辺に移ってきた、そしてバイエルンの営林署から仕事を任されるまで、ゆうに一年は職にありつけずにいたとのことだった。狩人シュラークは恰幅のいい男で、暗い巻き毛の髪におなじ色の髭をたくわえ、異様に落ちくぼんだ、翳のある眼をしていた。何時間も、ときには夜が更けるまで、誰とも口をきかずに黙々とひとり杯をかたむけていた。足元にはダックスフントのヴァルトマンが、椅子の背もたれに掛けたリュックサックに綱を結びつけられて眠っていた。父のツーバンを一箱買いに私が酒場へ下りていくと、狩人シュラークはいつもそうしてテーブルに着いていた。まなざしはたいがい伏せられていて、眼前に置いたおやと思うほど高価な金色の懐中時計を、あたかも大事な約束に遅れてはならぬというように見つめていた。それでもときおり半びらきの眼で、高いカウンターの後ろで火酒やビールのグラスに休む間もなく酒を注いでいるロマーナを見やった。いまもまざまざと記憶に灼きついているある晩、十二月の初旬で、はじめて谷まで雪が降ったまさにその日だったが、夕餉のあとに私が階下に行くと、狩人シュラークがいつになく定席におらず、ロマーナの姿も不思議にどこにも見あたらなかった。アードラー亭まで行ってツーバン五箱入りのカートンを買ってこようと決めて、私は裏口から裏庭に出た。そこで私を取り巻いたのは、いちめんの雪の結晶の燦めきだった。ふり仰げば頭上もまた星が無数に燦めいていた。頭のない巨人オリオンが、ちかちか光る短剣を帯に、蒼暗い山の翳からいましも昇ろうとしていた。壮麗な冬景色のただなかに私は長いあいだたたずみ、きんきんいう寒気の音と、ゆっくりと軌道を往く星辰の奏でる音に耳を澄ませた。そのとき、薪小屋の開いた扉に、なにかの影が動いた気がした。狩人シュラークだった。小屋の内側の桟戸に片手をついて体を支え、向かい風にさからって進む人のような姿勢で暗がりに立って、全身におかしな、何度もくり返される波打つような動きを走らせていた。彼と彼の左手がつかんでいる桟戸のあいだには、ロマーナが、泥炭腐植土の土盛りの上に体をひろげて、雪明かりで見えたかぎりでは、机に頭を載せていたランボウゼク医師とおなじような白眼を剝いていた。重苦しいうめき声と荒い息づかいが狩人の胸から漏れ、白い息が髭から立ち昇り、そして波が腰のところに来るたびにシュラークはロマーナをくり返しくり返し突いて、ロマーナはロマーナでしだいに彼の方に身を寄せ、ついに狩人とロマーナは区別のつかないひとつの姿になった。私がいることを、ロマーナもシュラークも気づかなかったと思う。私を見たのはヴァルトマンだけで、いつものごとく主人のリュックサックに繫がれ、ひっそりと背後にうずくまって、こちらに眼を向けていた。その深夜、一時か二時のことである、片脚のエンゲル亭の主人ザラバが酒場の調度を粉々に壊してしまったのは。翌朝、私が登校するときには酒場一面、くるぶしに届くくらいに割れたガラスが飛び散っていた。惨憺たる眺めだった。くるくる回るところが見るたびに教会の聖櫃を思い出させたヴァルトバウアー・チョコレートの新品の回転式ガラスケースまでが台から引き剝がされて、酒場の向こう側に投げつけられていた。外の廊下も惨状はおなじだった。地下室へ降りる階段に、ザラバの奥さんが眼を泣きはらして座りこんでいた。扉はどこもかしこも開け放しになっていた。銀行の金庫用に造られたかと見紛う氷蔵室の巨大な扉も開いていて、夏のために積んである氷塊が青い微光を放っていた。その開いた扉を見ていると、というよりは後になってこのときの光景を思い出すと、またひとつの記憶が甦ってきた——私はロマーナといっしょにこの氷蔵室に入るたびにいつも想像していたのだ、あやまって中に閉じこめられてしまった私と彼女が、かたく抱き合いながら、ゆっくり、音もなく、それこそ暑さに溶けゆく氷さながらに徐々に凍りついて死んでしまう光景を。

学校では、ラウホ先生という、私にとってロマーナにも劣らぬ意味を持っていた未婚の女性教師が、W村の災厄の歴史を整った字で黒板に書き、その下に色チョークで燃えている家の絵を描いた。クラスの子どもたちは郷土史の授業の帳面にふかく屈みこんで、かわるがわる顔を上げ、眼を細めながら、薄い、遠く離れた文字を読み取って、身の毛のよだつような出来事を羅列した長い表を一行一行、そうやって並べられていることになにかしら心をなだめられながら写し取っていった。一五一一年、ペストが百五人の人命を奪った。一五三〇年、大火により百軒の家が焼失した。一五六九年、大火事で中心街《マルクト》が焼けた。一六〇五年、大火のため百四十軒が灰燼に帰した。一六三三年、スウェーデン軍が村を焼き払った。一六三五年、ペストで住民七百人が死亡した。一八〇六〜一四年、解放戦争でW村出身の志願兵十九人が命を落とした。一八一六〜一七年、長雨のため飢饉。一八七〇〜七一年、村の男子五人が戦場に斃れた。一八九三年四月十六日、大火で中心街すべてが灰燼に帰した。一九一四〜一八年、故国のために六十八人の村の男子が死亡した。一九三九〜四五年、第二次大戦から百二十五人の村民が帰郷しなかった。ペン先がかすかにカリカリと紙に音をたてた。ラウホ先生はぴっちりした緑色のスカートを穿いて、列と列のあいだを歩いていた。先生が私の近くに来ると、心臓が喉元まで迫り上がるのを感じた。その日はいつまでも明るくならなかった。夜明けの薄明かりが十二時ごろまで続き、そのままゆっくりと日暮れていった。学校が終わる半時間前の一時にすら、教室は灯りを点していなければならなかった。丸い白い電灯が暗い窓ガラスに映り、並んで帳面に屈みこんでいる生徒たちがそこにいっしょに映りこんでいた。眼を凝らさないとわからないが、その影像のうしろに林檎の樹々のこずえが、深海の黒い珊瑚さながらに見えていた。一日じ

ゆう異様な静けさがあたりにただよい、私たちもその静けさに捉われていた。用務員がホールでベルを鳴らすことすらなく、学校が終わっても私たちはいつもの歓声をあげはしないで、音を立てずに立ち上がって黙々と用具を鞄にしまった。厚手の冬服を着て難儀しているひとりふたりに、ラウホ先生が手を貸して背中のランドセルをまっすぐに直してやっていた。

　校舎は村はずれの丘にあって、私にとって忘れがたいその日もまた、外に一歩踏み出すと、私の視線はいつものように開けた谷から左手の方角、村の屋根の連なりを越えて木深い丘陵へ、そしてその背後に高くそびえているゾルクシュローフェンの巌のぎざぎざの稜線へと導かれていった。靄の下に白く家々や農家がじっと静まり、牧草地がひろがり、道路や間道が車の姿もなく伸びていた。そのすべての上に、大雪の前にしかありえないような鉛色の空が、どこまでも遠く、重たくひろがっていた。首が折れるくらい仰向いて長いことじいっと、気が狂いそうになるほど閉ざされたその虚空に眼《まなこ》を凝らしていると、雪が舞いはじめるのを見たような気がした。私の通学路は師範館と助任司祭館のそばを通って墓地の高い壁ぞいを行くもので、その壁の尽きたところで聖ゲオルギウスが、足元に踏みしだいたグリフィンじみた有翼の獣のカッと開いた喉元に永遠に槍を突き刺しつづけていた。そこからは教会の丘を下り、上《かみ》の小路を抜けなければならなかった。鍛冶屋から焦げた角《つの》のにおいが漂っていた。炉の火はすっかり落ち、重たい槌《つち》や火ばさみややすりなどの工具が、使い手のないままあちこちに散らばっていた。動くものの気配はなかった。W村の昼どきは、物たちが打ち捨てられる時間だった。いつもなら鍛冶屋が熱い鉄を突っこむとジュッと音をあげる桶の水はしんと静まっていて、開け放した表扉から差しこめる弱い光が水面を照らし、どこまでも黒く深く、あたかもこれまで誰も触れたことがなく、このまま永久に手つかずで捨ておかれる定めにあるかだった。隣家で開業している床屋のケップも、ひげ剃り用の椅子はからっぽだった。剃刀が開いたまま、洗い台の大理石の板の上にころがっていた。父が復員してきてからというもの、毎月一度はケップの店で髪を切らなければならなくなった私は、なにが怖ろしいといって、研ぎ革で研いだばかりの剃刀で首筋を剃られるくらい怖ろしいことはなかった。その恐怖は胸底深くにしみついていて、ずいぶん後年、サロメが洗礼者ヨハネの首を銀の盆に載せて運んできたシーンをはじめて見たときに、たちまち記憶の底からケップが浮かんできたほどだった。いまもなお、よほどの決意を固めなければ理髪店の敷居をまたぐことはできない。数年前にヴェネツィアのサンタ・ルチア駅で自分から髭をあたってもらいに入ったのは、いまもって解せない、薄気味悪いことである。床屋の店をのぞきこむ恐怖が大きいだけに、消費組合の売店の小さなショウウィンドウに向かうときは胸がふくらんだ。そこにはしばらく前からウンジン夫人がクリスマス前の奇跡かなにかのようにザネラ・マーガリンの金色《こんじき》のキューブをうず高くピラミッド形に積み上げていて、私は毎日下校のたびに、W村にもやってきた新時代のしるしに眼を瞠ったものだった。ザネラ・マーガリンの金色の燦めきとくらべると、ウンジン夫人の店にあるほかの品々はどれもこれも侘しい黄昏のなかにあるように思われた。長櫃の中の小麦粉、大きなブリキ缶に入った油揚げニシン、瓶詰めの胡瓜のピクルス、氷山そっくりの巨大な人造蜜のブロック、青い格子模様の袋に入ったチコリコーヒー、湿った布に包んだエメンタールチーズ。ザネラ・マーガリンのピラミッドが未来にむかって伸びていくことを私は知っていた。頭の中でそのピラミッドをどんどん高く積み上げていき、それが天に届いたと思ったとき、私の歩いていたひと気のない長い小路のはずれに、一台の見たこともない乗り物が姿をあらわした。明るい緑色のルーフの、なにからなにまで巨大な藤色のリムジンだった。途方もない遅さで、音ひとつ立てずに私のほうに滑ってきた。象牙色のハンドルの後ろには黒人が座っていて、私のかたわらを通り過ぎながら、大きな街道からはるかに外れたこんな村を通り抜けるときにただひとつ眼に入った生き物が私だったからだろうか、やはり象牙色の歯を見せながら、にやりと笑ってみせた。わが家のクリスマスに飾る人形飾り《クリッペ》のうちで、東方の三博士のひとりは黒い顔をして、明るい緑のへり飾りのついた藤色のマントをはおっていたから、そうするとあの車を運転して陰気な真昼どきに私のかたわらを音もなく通り過ぎていったのはじつはメルヒオル王だったのだ、と私は確信した。そして流線型の藤色のリムジンの巨大なトランクルームの中には何オンスもの金、乳香のうつわ、没薬《もつやく》入りの黒檀の箱などの得難い贈り物が入っていたのだ、と。付け加えておくなら、私がかたくそう信じたのは、あとでその情景を微に入り細をうがって思い描いたためである。というのも午後になると雪がしだいに激しさを増し、私は窓ぎわに腰を下ろしてたえまなく高い空から雪が舞い降りてき、日暮れまでに薪の山も、薪割り台の木の株も、納屋の屋根も、赤スグリの藪も、水飲み場の桶も、隣家の看護婦さんの薬草畑もあまねく覆ってしまうのを眺めつづけていたのだった。

あくる朝、台所にはまだ灯りが点っていて、道の雪かきから戻ってきたばかりの祖父が、ユングホルツからの知らせだという話をしてくれた。狩人シュラークが、自分の猟区から徒歩一時間ばかりはずれたチロル側で、谺底《たにぞこ》に落ちて死んでいるのが見つかったと。祖父はいつもの習慣で、母が祖父のために竈《かまど》で温めておいてくれた、じつは大嫌いな牛乳入りのコーヒーを母の見ていないすきに少しずつ流しにこぼしながら、狩人シュラークは谺《はざま》を越えるときに、夏だって危ない、冬にはとうてい通れないすべり道から落ちたのにちがいない、と話した。自分の猟区の境界をすみずみまで知っているあのシュラークが間違えてむこう側に渡ってしまったなんてことはありえない、と祖父は断じた。それにしたって、たとえわざと道を外れたにしても、この季節のこんな天気にオーストリア側なんかで何をしようっていうんだ。どうひねくってみてもわけのわからぬ、奇妙な話だよ、と祖父は締めくくった。私は一日じゅう、このことが頭に取り憑いて離れなかった。学校で勉強しながらも、眼をはんぶん伏せさえすれば、谺の底に動かぬ眼をして横たわっている狩人が見えた。だからお昼の帰り道でほんとうに彼に出くわしたことも、私には少しの不思議もなかったのである。しばらく前からかすかにシャンシャンと鳴る馬具の音が聞こえ、やがて灰色の靄とゆっくり舞い降りる雪をついて、一台の木橇が製材所の灰色まだらの白馬に曳かれて姿をあらわした。深紅色の馬の毛布がかぶせてあり、その下にはあきらかに人間が横たわっていた。橇は、長い小路と道が交差する角でとまった。そこへ、まるで計ったかのように、膝まで積もった雪をツュンダップのバイクでかき分けながらピアッツォロ医師が橇に、製材所の主人が曳きユングホルツ村の警察官が護送する橇にむかって近づいてきた。医師は惨事をすでに承知しているらしく、バイクのエンジンを切って橇に近寄った。毛布を半分がためくると、その下になんと言うか、おかしに弛緩した恰好で、ネッカー河畔コスガルテン出の狩人ハンス・シュラークの体がほんとうに横たわっていた。灰緑色の服に乱れはなく、痛々しさを感じさせるところはどこにもなかった。ぎょっとするほど顔に血の気がなく、頭髪にも顎髭にもびっしりと霜がついていてかちかちに凍っていたが、それさえなければ眠りこんでいるだけと錯覚してしまいそうだった。ピアッツォロ医師はバイク用の黒革の手袋を脱ぎ、彼にしてはめずらしい丁寧な手つきで、寒さと、すでに起こってから久しい死後硬直によってこわばった体をあちこちとさぐった。どこにも怪我はないようだ、この様子だと、すべり道から落ちたときにはおそらく生きていただろう、と医師は推測を言った。すべり落ちた瞬間にショックで気を失い、硲から生えている若木の林で落下の衝撃が弱められたということは十分にありうる、と。死が訪れたのはしばらくのち、凍死によってだろう。ピアッツォロ医師の診断をうなずきながら聞いていた警官がこんどは口を開き、狩人の足元にかちかちになって転がっている犬のことを、かわいそうに、このヴァルトマンのやつは惨事が見つかったときにはまだ生きていたんだと話した。ダックスフントは狩人が硲を渡る前にリュックサックの中に入れてもらったのだろう、それが落ちるときにどうかしてリュックが脱げたのだ、というのが警官の意見だった。というのもリュックはかなり離れたところに転がっていて、そこから足跡が狩人のところまで続いていた、犬は狩人のそばに浅い雪穴を掘って、表面しか凍っていない森の土の中にもぐっていたのだ。それがどうしたことか、われわれが犬と狩人に近寄っていくと、息も絶え絶えだったのにいっぺんに気が狂ってしまった、それでその場で撃ち殺すしかなかったのだ、と。ピアツォロ医師はふたたび狩人の上に身を屈めた。舞い降りた雪片が溶けもせずに狩人の顔に載っていることに魅せられているかのようだった。それから動かぬ体にそろそろと馬毛布を掛けたが、どんなわずかな動きが起こしたのだろうか、そのとき狩人のチョッキかズボンのポケットに入っていた懐中時計が、ふいに〈つねに実《じつ》あれ貞節《まこと》あれ〉の歌の一節をみじかく奏でたのである。男たちは一様に当惑の眼をかわした。ピアツォロ医師は頭を横にふりふり、バイクにまたがった。橇はふたたび滑りだし、私は――誰ひとり私に気づいてはいなかった――残りの家路をたどった。ほどなく聞き知ったところによれば、どうやら親戚のひとりもいなかった狩人シュラークの死骸は地区の病院で検死を受けたが、死因についてはピアツォロ医師が診立てた以上のことはなにも判らなかった。ただ、検死書によれば、死者の左上腕に小さな帆船《バーク》が入れ墨されていたのが奇妙であった。

死んだ狩人シュラークとの出遇いから数日後、したがってクリスマスはもう目前だったが、私は重い病にかかった。ピアツォロ医師も、医師が寄こした町の医師も、ジフテリアとの診立てだった。喉が痛み、荒れて、ついには内がすっかりただれてしまい、数分おきに起こる全身にひびく激しい咳にベッドでのたうった。病気になってからというものどうしてか全身がやけに重く、頭も脚も腕も、いや手すらも上げられなくなっていた。腹腔が強烈な力で圧しつけられていて、五臓六腑をローラーで轢かれているようだった。炉から出したまっ赤に灼けて聖エルモの火のような青白い炎をちろちろと放つ私の心臓を、鍛冶屋が鉄の火ばさみでつかみ、氷水に突っこむ、という想像がなんどもなんども襲った。頭痛だけでも失神寸前だったが、病気が峠をむかえて熱が瀕死のきわまで上がり、意識が混濁するまでは、激痛から救われなかった。それからは高熱が続き、くちびるは灰色に割れてかさかさになり、喉の表面がただれて味がわからなくなって、砂漠に転がっている気がした。祖父がぬるま湯を一滴ずつ口に垂らしてくれ、それが喉の灼けただれた皮膚をゆっくり滑り落ちていくのを感じた。意識が遠のくなかで、くり返しくり返し夢を見た――泣いているザラバの奥さんの横をすり抜け、私は地下室への階段を降りていく、いちばん奥のいちばんの暗がりにある木箱を開ける、木箱の底に大きな土物の壺があって、なかに冬用の卵が漬けてある。石灰質の水面から、片手を前腕まで壺の底あたりまで突っこむと、背筋が凍りついたことに、壺に漬けてあったのはきれいに殻をむいた卵ではない、なにかぐにゃりとしたものだ、それが指のあいだからぬるりと滑り落ちて、そのせつな、眼球にほかならぬことがわかる――。ピアツォロ医師は私の発病と同時に部屋を隔離病室にして、入室できるのは祖父と母だけということにし、頭から足先まで私を生温かい湿布でぴったりくるむように指示していた。はじめはとても気持ちがよかったが、やがてそれはしだいに恐怖を引き起した。一日に二回、母は酢水で床を拭かなければならず、病室の窓は少なくとも昼間はいっぱいに開け放たれていた。それでときには部屋のまん中あたりまで雪が降りこんで、祖父は重たいオーバーを着込み、帽子をかぶって私の床に付き添ってくれた。二週間と少し、クリスマスのしばらく過ぎまで病気は続き、主の公現の祝日（一月六日）まではパンとミルクをスプーンで口に含むくらいで、なにひとつ食べられなかった。隔離病室の扉がわずかに開き、敷居にときおり館の住人や使用人が顔を見せるようになった。なかにはロマーナの姿も二、三度あったが、みんな九死に一生を得た子どもを奇跡でも見るように目を丸くしていった。ときたま外に出てもよいと言われるようになったころは、もう四旬節になっていた。学校はまだ当分だめだった。春になって、私はラウホ先生に――先生は代理教員で、この間に身の毛のよだつ正教員ケーニヒ先生と交代させられていた――毎日二時間ずつ勉強を見てもらうようになった。先生は林務官の娘だったので、私は毎日十時ごろ林務官館《やかた》まで足をはこんで、天気の悪い日にはやさしいラウホ学校教員試補と並んで暖炉のベンチに腰掛け、天気のいい日には養樹園の中にある回転式の四阿《あずまや》のなかで、一心不乱に練習帳を文字や数字で埋めていった。その蜘蛛の巣のような文字や数字の網の目の中にラウホ先生を閉じこめてしまいたかった。それに自分が猛烈な速さで成長していて、だから夏にはもう先生と結婚式を挙げられそうな気がしていた。

ほぼ一ヶ月間、十二月のはじめまで私はW村に滞在した。その間エンゲル亭の泊まり客はほぼ私ひとりだった。ほんのときたま昔ながらのひとり旅の行商人がとびこんできて、晩になると、酒場でその日の実入りと歩合を計算していた。私もしじゅう紙にむかって屈みこみ、彼らのようにときおり放心した眼を宙に漂わせていたから、はじめはおなじ行商人仲間だと思われたらしかったが、こちらをちらちらとうかがって品定めするうちに、私のそれらしくない格好からこれはどうも違う、怪しい仕事のやからだと（おそらく）見当をつけられたようだった。私が発つことにしたのは、その視線に心を乱されたというよりは、新しいシーズンの準備に宿屋がはやくも動きだしたためである。それに書き物の方も、このままずっと書きつづけるか、さもなければいま中断するかのどちらかに来ていた。あくる日、何度となく乗り換え、吹きさらしの田舎駅のプラットホームにいつまでも待ち時間を過ごしたあと――その記憶はほとんどなく、ただぬうっと背の高い、まさに巨人というしかない人間のグロテスクな姿しか瞼に残っていない。その男は醜悪なはやりの民族衣装の上下を着、幅広のネクタイを着けていて、そこに縫い付けられた極彩色の鳥の羽根が風にくるくると踊っていた――フーク・ヴァン・ホラント行きの特急に腰を下ろした。W村ははやくも無限のかなたに遠ざかっていて、私はかねてから不可解な、隅から隅まできっちりと整えられ均されたドイツの田舎を通り抜けていった。あらゆるものが不吉《いや》なしかたで宥《なだ》められ、感覚を喪っているかのようで、その麻痺の感覚は、じきに私にも襲いかかってきた。買っておいた新聞をひろげる気にも、眼の前のミネラルウォーターを飲む気にもなれなかった。かたわらを野原が過ぎていき、畑には淡緑の冬の小麦がカレンダーどおりに芽を出していた。こぢんまりと区画された森、砂利の採取場、サッカー場、工場の敷地、建設計画どおりに年々拡がっていく格子垣や水蠟樹《プリベット》の生け垣のある一軒家や棟続きの住宅群。それらの家のどの壁も、いつのまにかこの国民の好む色となったグレーがかった白塗りになっている。ふと気づいて落ちつかなくなったのは、濡れた街道は車が大きくしぶきをあげながら猛スピードで行き交っているのに、ほとんどどこにも人影が見あたらないことだった。街中に入ってすら、人よりも車をずっと多く見かけた。人類はすでにほかの種に取って代わられたか、さもなければどこかで虜われの身になっているのかと思えるほどだった。乗客たちは押し黙り、私自身もエアコンのきいた特急車の座席で身動きできず、ためにそうした想像はいっこうに追い払えなかった。とはいえ、これは正直に書いておかなければならないが、じつは当時は右のようなことが脳裡にのぼったわけではまったくなかったのである。整然と分かたれ、利用に附された土地を眺めやりながら、意識――そのとき私に意識なるものがあったとすれば

――のなかで際限なくくり返されていたのは、〈南西ドイツ地方〉、〈南西ドイツ地方〉、という一語ばかりだった。そしてこの拷問がしだいに激しさを増しながら二、三時間も続いたあと、どうやらついに私の頭の神経はいかれはじめたらしい、と結論したのだった。

私の置かれていた強迫がようやく終んだのは、列車がハイデルベルクの駅に入っていったときだった。ホームにはおびただしい人が立っていて、たちまち、これは滅びゆく町から、あるいはとうに滅び去った町から逃げる人々だと思った。半分空席になった車室に乗りこんできた乗客のうち、最後のひとりは茶色のビロードの平たい帽子をかぶった巻き毛の若い女性で、ひとめ見たとたん――いささかの疑いもない、と私は思った――ジェイムズ一世の娘、エリザベスであると判った。歴史家の記録によればプファルツ選帝侯の花嫁としてハイデルベルクに輿入れ、わずかな期間ながら輝かしい宮廷をいとなんで、やがて〈冬の王妃〉の異名で知られるようになったひとである。十七世紀イギリスのこの若い婦人は、席について隅に落ちつくやいなや、一冊の本に読みふけった。書名は『ボヘミアの海』、著者はミラ・シュテルンなる女性。列車がライン川沿いを走るようになってはじめて、彼女はときおり顔をあげ、車室の窓ガラスから河面や対岸の懸崖に眼を馳せた。北風がよほど強いのだろうか、灰色の波を割って川を遡る艀《はしけ》の艫《とも》の旗が、後ろ向きではなく、子どもの絵のように進行方向になびいていて、そのため光景のすべてがなにやらあべこべの感じとともに、一抹の哀切をも漂わせていた。車窓の光はみるまに薄れ、やがてどんよりとした光が流域にひろがるばかりになった。私は通路に出た。ドライポイントで描いたようなスレート色と紫色の葡萄畑がところどころ青緑色のネットで被われている。やがて雪が舞いはじめ、たえず移り変わりながらそのじつ少しも変化のない眺めに、雪が細い、水平に近い線を描いて吹き過ぎるようになると、唐突に、この列車がまるで北の涯てを目指し、あたかも北海道《ホッカイドウ》の最北端に近づいていっているような心地がした。冬の王妃は風景の変容に胸を打たれるものがあったのだろうか、おなじように通路に出てきて、美しい光景を眺めながらしばしば私の隣にたたずみ、そしてほとんどそれとわからないかすかな英語なまりのまじる声で、おそらくは誰に聞かせるともなく、こう誦した。

芝草は雪に白く刷け
面紗《ヴェール》は鴉よりなお黒く
手袋は薔薇の花のごとたおやかに
仮面は容《かんばせ》をあらわさず

そのときの私がなにひとつ応《いら》えることができず、この冬の詩句がどう続くのかも知らず、はげしく心打たれながらもひと言も発せずにぼうと黙って突っ立って、あらかた光の失せた薄闇の光景に眼をやっているばかりだったことは、のちのちまで後悔と無念のたねとなった。やがてラインは川幅をひろげ、平原にはきらめく高層住宅があらわれ、列車はボンに入った。駅に着くと、私がなお声をかけられずにいるうちに冬の王妃は降りてしまった。あれからことあるごとに『ボヘミアの海』なる本を捜したものだが、いまもって見つかっていない。私にとって疑いなく大きな意味を持つ本だというのに、どんな書誌にも、どんなカタログにも、どこにも記載されていないのである。

翌日の昼、ロンドンに戻るとその足でナショナル・ギャラリーに向かった。目当てのピサネロの絵はいつもの場所になく、改装のため地下の照明の悪い部屋に掛けかえられていて、いつもならちんぷんかんぷんという顔をして柱廊をうろついている観覧者たちも、ここまではほとんど降りてきていなかった。残念なことに十九世紀のひどく重々しい金縁の額に押しこめられた三〇×五〇センチほどの小さな絵は、上半分のほぼ全体が蒼天から輝き出している黄金《こがね》の輪で占められ、その輪を背景にして、幼ない救世主を腕に抱いた処女マリアが描かれている。その下には暗緑の森の樹冠が右端から左端へと縁をなす。左側にたたずむのは家畜と牧人とレプラ病者の守護聖人、聖アントニウスだ。頭巾のついた深紅の修道服を身にまとい、ゆったりした土色のマントをはおっている。片手には鈴を持つ。足元には一匹の猪が恭順のしるしにおとなしく地面に伏せっている。隠者がするどい一瞥をくれているのは、いましも隠者の前に進み出た、はっと胸を衝くほどに此岸的なものを放っている煌びやかな騎士ゲオルギウスだ。とぐろを巻き翼をつけた竜は、その足元ですでにこと切れている。夕陽に映える贅をつくした白金の甲冑。若々しいゲオルギウスの相貌には、罪の翳はかすかにも差していない。首筋と喉元は無防備に鑑賞者にさらされている。だがこの絵のなによりも特異な点は、騎士がかぶっている、大きな羽根を飾った、ことのほか精巧に描きこまれた鍔広の麦わら帽なのだ。こんな場面には本来ふさわしくないまさに奇抜な帽子を、ピサネロはこともあろうになぜ聖ゲオルギウスにかぶせようと思いついたのだろうか、知れるものなら知ってみたかった。麦藁帽をかぶった聖ゲオルギウス《サン・ジョルジョ・コン・カッペッロ・ディ・パーリア》――なんと妙なことだろう、騎士の肩越しにのぞきこんでいる二頭の忠実な馬たちも、そう思ってはいなかったろうか。

ナショナル・ギャラリーからリヴァプール・ストリート駅までの帰り道を、私は徒歩で行った。ストランドからフリート・ストリートを通って行く気がしなかったので、大通りから北の、迷路のように入り組んだ脇道をあちこちと抜けていった。チャンドス・プレイス、メイドン・レーン、タヴィストック・ストリートからリンカンズ・イン・フィールズまで行き、そこからホルボーン・サーカス、ホルボーン・ヴァイアダクトを通って、シティの西端に着いた。三マイルも歩かなかったはずなのに、この日の午後ほど生涯でたくさん歩いた気がしたことはない。けれども疲労に気がついたのは、とある地下鉄駅の入り口で、中から地下世界におなじみの甘ったるく埃っぽい生ぬるい風が吹き上がってき、そこにまじって、かすかな芳香を感じたときだった。その香りは、なにやらプロスペローといった感のある男が地下鉄の入り口のわきで売っている白や紫や桃色や臙脂《えんじ》色の菊の花束から漂ってきていて、はるかな外海で舟を漕ぐ人を襲う幻覚のように、私の鼻を衝いた。あらためて気がつくと、この駅は地下鉄で通り過ぎるとき、いまだかつて客が乗り降りする姿を見たことがない駅なのだった。電車が停まり、扉が開き、人影のひとつもないホームが見え、ふだんなら混雑にまぎれて聞こえないアナウンスがはっきりと、〈落差に注意《マインド・ザ・ギャップ》〉（ホームと電車の隙間に注意の意）と警告するのが聞こえ、扉がふたたび閉まり、電車ががくんと動きだす。この駅を通過するときはいつもそうだった。そしてほかの客は誰ひとり眉も動かさない。どうやら私ひとりがこの状況に気づいて、ひどく心をかき乱されているのだった。そしていま、私はくだんの駅の入り口の前の歩道にたたずみ、リヴァプール・ストリート駅までの残りの道をたどる労を惜しむために、暗い構内に入って行きさえすればよいのだ。そこには出札口の小さなボックスに身をこごめているまっ黒な黒人女性のほか、人っ子ひとりいない。言うまでもないだろうが、私はけっきょくこの駅の中に足を踏み入れなかった。ひとしきりいわば閾《しきい》にたたずみ、冥《くら》い女性と眼を見交わしさえしたが、決定的な一歩を踏み出す勇気は持たなかった。

電車はゆっくりとリヴァプール・ストリート駅を出、両側の煤けた煉瓦壁のあいだを通りすぎて行った。ところどころにある凹所のせいで、ここを通るときまって、地上にあらわれ出た広大な地下墓所の一部にいるような気がする。十九世紀に造られた壁の継ぎ目や亀裂からは、生育条件の悪いところを選んで生えるといわれる蝶の木《ブッドレア》が、時とともにおびただしく生え出していた。先だって夏にイタリアへ旅したおりにこの煤けた壁を通り過ぎたときには、痩せた茂みがわずかの花をつけたところだった。そしていま、列車が信号で停止しているあいだ、私はわれとわが眼を疑いつつ見たのである——藪からまた別の藪へ、あるときは上へ、あるときは下へ、あるときは左へ、のべつ動き回りながら舞っている一羽の山黄蝶を。だがあれからもう数ヶ月が経っている。いまにして思えば、この記憶はただ私の願望から生まれたにすぎなかったのかもしれない。だが反対に疑い得ないのは、おなじ電車に乗っている乗客たちの現実だった。朝早く身支度を整えてさわやかに家を出てきた人々が、いまはいずれも敗軍の兵のように座席に沈みこみ、持っていた新聞に眼を落とす前に、光の失せた凝《こご》った視線を大都会の前庭にぼんやりと放っていた。ビルの林立する荒野がいくらか空けると、遠くに高層マンションが三棟、足場を全面に組まれ、風にはためく緑布に蔽われてそびえていた。さらにその先はるか、西方の地平線の燃え立つ夕映えの手前で、市《まち》を覆い尽しつつある青黒い雲から、巨大な弔旗のように雨が降りだしていた。列車がポイントで進路を変え、後ろをふり返ると、図抜けて高い、西から横ざまに差してくる陽に最上部が金色《こんじき》に燦めいているシティの高層ビル群が一瞥された。郊外の町々が、アーデンやフォレスト・ゲイトやメリーランドが飛びすさっていき、やがて見晴らしが開けた。西の地平線は翳りかかっていた。生垣や野にははやくも夕闇が立ちこめていた。私は午後に買い求めたインディア紙版一九一三年のエヴリマンズ・ライブラリー叢書、サミュエル・ピープスの日記をぱらぱらとめくった。ゆうに千五百ページは続く、十年にわたる記録をどことということなくあちこち拾い読みしているうちに、うとうととまどろみ、おなじ数行をくり返し読んでも意味が取れなくなった。そして、山深い地を歩いている夢を見た。白い細かい瓦礫が敷き詰められたはてしなく伸びるつづら折りの道を奥へ奥へと登っていって、とうとう峠の高みに立っていた。道は深い谷間から山向こうへと通じていて、私は夢裡にも、それがアルプスだとわかった。望まれたのはただ一面の石灰色の、明るいまぶしい灰色で、そこから石英の無数の破片が燦き出していた。おかしなことに、その巌がいまにも光を放って砕け散るようだった。私が風景を見はるかしている場所から道は下りにかかり、はるか遠くにまた別の、少なくともおなじように高い山岳がそびえていて、それはもう私にはどうにも越せまいと思われた。左手はまさに目も眩む奈落だった。道の端まで歩み寄ってみて、これだけの深淵を見下ろしたことはいまだかつてなかったと気がついた。樹木は影も形もなかった。茂みもなければねじけた木一本、草むらひとつなく、ただ巌だけがあった。雲の影が懸崖と峡谷にかかっていた。動くものの気配はなかった。あたりは水を打ったように静かで、植物はあとかたもなく、葉ずれも樹皮のかさつきもとうに死に絶え、ただ岩だけがごろごろとしていた。言葉が、消えかかった谺《こだま》になって、息吹のない虚空から返ってきた。サミュエル・ピープスが記したロンドン大火の記録の断片だった。火の手がしだいに大きくなっていくのを私は見た。明るいのではなかった、身の毛のよだつ血色の不吉《いや》な炎が、風にあおられてシティ一帯に拡がっていった。何百という鳩の骸《むくろ》が、羽の衣を焦がして舗道に転がっていた。略奪者がリンカンズ・インに群れをなした。教会が、家々が、樹木が、石壁が、いちどきに燃えている。墓地ではとこしえの緑の樹々に火が取り付く。一本の松明になって、狂ったようにつかのま燃えさかる。ぱりぱりと音を上げ、火を噴き、燃え尽きる。ブレイブルック司教の墓が曝かれる。これは世の終わりなのか。なにかを打つような、鈍い、恐ろしい轟き。大気を波のように伝わる。火薬庫が吹き飛ぶ。私たちは河畔へと逃げる。四方が照り映え、まっ暗な天を背に、めらめらと炎を上げる火の壁が一マイルにわたって弓なりに伸びている。翌日は音もなく灰の雨が降る。——西方、はるかウィンザー公園のかなたまで。

——二〇一三年——

了

解説　言葉の織物

池内　紀

四篇を収めている。その三つ目、「ドクター・Kのリーヴァ湯治旅」の出だし。

「一九一三年九月六日土曜日、プラハ労働者傷害保険協会の副書記、ドクター・Kは、救護制度と衛生法のための国際会議に出席するべく、ウィーンに向かっていた」

ドクター・Kとはフランツ・カフカのこと。小説「変身」の作者はプラハ大学法学部でドクターの称号を取得しており、勤め先のプラハ労働者傷害保険協会では、つねづね「ドクター・カフカ」と呼ばれていた。その伝記的事実は、つぎのとおり。

一九一三年九月、ウィーンで「救護制度と衛生法のための国際会議」が開かれるにあたり、カフカは上司二人とともに会議に出席するべくプラハを発った。日付は九月六日、土曜日。国境の町グミュントで新聞を買うのは彼の習わしだった。ウィーン到着後、同市一区マチャカーホーフ・ホテルに投宿。

つけ加えると、着いてすぐに近くの本屋でH・ラウベ著『フランツ・グリルパルツァーの生涯』を購入。旅のあいだ持ち歩いた。

ゼーバルトの小説では、つづいてこうだった。

「……翌朝オットー・ピックに説きつけられて、いっしょにオッタクリングに行き、アルベルト・エーレンシュタインを訪れることになる」

伝記的事実のつづき。

翌七日、カフカはオットー・ピックとともにウィーンの作家エーレンシュタインを訪問。そのあと、さらに女性ひとりが加わり、計四名でプラーター公園へ出かけた。記念写真屋が店を開いていた。飛行機に乗ったぐあいに仕上げてくれる。「大観覧車よりも奉納教会よりも高いところを飛んでいる」、そんなつくり。写真では左端のカフカひとりが笑みを浮かべている。

ゼーバルトのつづき。

「九月十四日、ドクター・Kはトリエステに行く」

伝記的事実のつづき。

国際会議を終えたあと、副書記ドクター・カフカは上司より特別長期休暇を与えられ、イタリアへ向かった。九月十四日、朝八時四十五分、ウィーン発、夜九時すぎトリエステ着。翌朝、荒れ気味の天気のなか、船でヴェネツィアへ渡る。船が大きく揺れ、船酔いをした。翌朝、ホテル・ザントヴィルトに部屋をとった。ベルリン在の恋人フェリーツェに手紙を書いた。ゼーバルトの述べているとおり、「瀟洒な蒸気ヨットの絵のついたホテルの便箋」を用いた。

ヴェネツィアの四日間のあとはヴェローナ、ついでガルダ湖畔の町デセンツァーノ、そのあとリーヴァのドクター・ハルトゥンゲン温泉療養所で三週間を過ごした。すべてゼーバルトが書いているとおりである。療養所で若い娘と知り合った。「小柄で、ジェノヴァから来ていて、イタリア人に見えるがじつはスイスの出身」であることも、いっさい伝記的事実に即している。

これがはたして小説なのか? 作家フランツ・カフカのある年の三週間分を、忠実に復元しただけではないのか。小説のように読めるのは、伝記的事実に不案内な読者への「目眩まし」、あるいは手のこんだ騙《だま》くらかし。

むろん、そうではない。レッキとしたゼーバルトの小説である。とびきり精巧につくられ、四篇の連作として構成され、あざやかに虚構の世界を生み出した、まこと類のない小説である。

W・G・ゼーバルトが生まれ、幼年期を過ごしたのは、ドイツ・アルゴイ地方のヴェルタッハ村（Wertach）である。地図でいうとボーデン湖の東かた、ドイツとオーストリアとスイスとが、こんがらがるようにして国境を接した辺り。

アルゴイ・アルプスと呼ばれ、二千メートル級の山々がひしめき合っている。そこに点々と、ゼーバルトの生地のような村がある。アルゴイの人々に国を問えば、行政区によってドイツ、あるいはオーストリアと言うだろう。アルゴイ人だと思っているだろう。本心ではどちらでもよくて、要するに自分たちはアルゴイ人だと思っているだろう。それが社会の儀礼だからだ。

『目眩まし』では最後の一篇「帰郷」に、「幼年期を過ごしてこのかた足を踏み入れずにいたW村」として語られている。インスブルックからだと、バスが一日に一本きり。

「チロル人の度はずれな酒好きは……」

「チロルの朝のコーヒーとチロル報知新聞……」

「チロルの女たちはひとり残らず……」

「チロル産のワインを半リットル飲んで……」

しきりにチロルが出てくるのは、ひろく当地が「チロル地方」と称されているからだ。だからアルゴイの人に生まれを聞くと、多くがチロル人と答えるかもしれない。谷合いを少し南に下ると、ドイツ語にイタリア語がまじってくる。さらに下ると、右手にガルダ湖がひらけ、北の湖畔の町がリーヴァ。南端に近い町がヴェローナ。『目眩まし』の演じられたおおよその舞台である。

全四話にわたり、そっと人差し指で差すようにして示してある。スタンダールことアンリ・ベールをめぐる第一話が序章にあたる。ベールとゲラルディ夫人は旅の三日目に

ガルダ湖畔のデセンツァーノに到着。帆船で湖を渡って、夜明け方にリーヴァの港につ
いた。

「桟橋の上ではすでにふたりの少年がさいころ遊びをしていた」

これはゼーバルトである。

カフカの短篇「狩人グラフス」の書き出し。

「桟橋の上で二人の少年がさいころ遊びをしていた」

カフカでは小舟が音もなく、すべるように港へと入ってくる。ゼーバルトでは「少し
前に入港したもの」。つづくくだり。

「銀色のボタンのついた黒い上衣の男がふたり、棺台をかついで降り立つところだっ
た。棺台には房のついた大きな花模様の絹の布がかぶせてあり、その下にはあきらかに
人間が横たわっていた」（ゼーバルト）

「銀色のボタンのついた黒い上衣の男が二人、棺台をかついで降り立った。棺台には
房のついた大きな花模様の絹の布がかぶせてあった。死者を載せている次第はあきらか
だろう」（カフカ）

「愛の面妖」をめぐる旅は、ガルダ湖畔からチロルへと入り、ゲラルディ夫人が調子
に乗って「錫広のチロル帽」を買ったりした。そのあと、インスブルックからザルツブ
ルクまで足をのばし、岩塩鉱を訪れた結果、恋愛を枯れ枝につく塩の結晶にたとえたス

タンダールの名句が生まれたが、ここではそれはほんのつけたし。重要なのは旅程である。序章ではインスブルックから東への旅だった。終章の「帰郷」では、同じインスブルックから西に向かう。

ためしに、もう一つ見ておく。第二話の「異国へ」。出だしはウィーン近郊のささやかなハイキングだった。行先はドナウ河数キロ上流のアルテンベルク。世紀末の風狂作家ペーター・アルテンベルクがペンネームとして借りた村である。

「この日の朝、もしなにかささいなきっかけさえあれば、私たちはふたりとも空を飛ぶことを学んでいたろうと思う」

変わり者のアルテンベルクは、人間はその気になれば空を飛べると信じていた。同時代人のいうところによると、おりおりウィーンの往来で両手をひろげ、鳥が翼をハタハタさせるようにして歩いていたそうだ。記念写真の「飛行家」カフカとかさなってくるところだが、それはともかく、ハイキングの終わりに語り手はクロースターノイブルクに戻ってくる。「異国へ」のしめくくりのためにも、それは必要なコースだった。

「補遺としてこれだけ書いておくと――」

そんな断わりとともにゼーバルトはつけ加えている。「最後の居場所となるクロースターノイブルクの療養所」に移るまぎわの結核患者フランツ・カフカのこと。「異国へ」の真のはじまりは、クロースターノイブルクに戻ってのちである。

「ウィーンからヴェネツィアまでの鉄道の旅は、ほとんど記憶に跡をとどめていない」

「ドクター・Kの湯治旅」に見るとおり、カフカのヴェネツィア行はトリエステからの船旅だった。東から西に向かった。「異国へ」の語り手は列車で、西から東に向かった。

いずれにせよ、ともに行きつく旅ではなく、失踪する旅であったことは、すぐあとに暗示してある。列車が山あいを抜け、平地へと出かかった一瞬の報告。

「青黒い巌のするどい尖りが列車の間近に迫った。窓から身を乗り出して岩山の頂を見ようとしたが果たさなかった。暗く狭く切れ切れの谷間が開け、渓流や滝が夜目にも白く飛沫をあげて目と鼻の先に迫り、冷気が顔をなでてぞくりとさせられた」

これはゼーバルト。

「青黒い大きな岩が尾根に向かってつらなっていた。窓から身を乗り出して見上げても、頂上は目に届かない。暗くて狭い、裂けたような谷が現われた。幅のある渓流が流れ下り、盛り上がった川底で大波をつくっていた。水面近くをかすめたとたん、冷気が顔を撫でた」

これはカフカ。小説『失踪者』の数行である。何度も書き継ぎ、最終的に放棄した長篇の残されているノートの最後にあたる。冷気を顔に受けたようにしてカフカはペンを捨てたが、ゼーバルトでは、こともなくつづけられる。

なんともフシギな言葉の織物である。エッセイとも旅行記とも引用集とも回想ともつかない。いずれもがいくぶんかずつあって、ひそかな相関関係のなかにある。音楽でいう組曲を思わせるのではあるまいか。たえず独自の視点をもちながら四つの組曲が全体として発展していく。あいまに小さな休止符をつけるようにして、視覚の遊びがはさみこまれた。

カフカの短篇「狩人グラフス」を縦糸にして、それに無数の横糸が織り込まれている。上部イタリアからチロルを舞台に、旅と回想、予感と幻想と引用が、うす闇のなかを走る列車のように一本の筋を引いていく。たえず動いている乗り物のなかの想念に似て、消えては結び、やってきてもつれ合い、断続して定めがたい。つまりはもっとも現代的な散文表現というものだ。

シャレていて、皮肉で、デリケートで、機知にあふれている。ゼーバルト自身は自作を「いかなるジャンルにもあてはまらない」と述べていたようだが、もともと言葉のかなたにあるものを伝えようとすれば、おのずとジャンルに収まらず、とめどなくジャンルの区分を消していく。視覚のいたずらが、応々にして、いかなる語彙にも勝るとしたら、それを使わない手はないのである。

おりおり自作の注解のようなものがまじえてある。思考の糸をつむぎながら、「一見はるかにへだたった、しかし私にはおなじ秩序《つながり》のなかにあると思われる出来事と出来事」を結びつけていくというのだが、ことのほか楽しい作業にちがいない。

「筆はわれながら眼を瞠るほどすらすらと動いた」

人の問いに答えるかたちで述べている。何を書いているのか、さしあたりは自分にもはっきりわかっていないのだが、しだいに「推理小説」のように思えてくる。未解決の犯罪がつぎつぎ出てきて、「長いこと消息の絶えていた人たち」が姿をあらわしてくる――。


執筆の経過がつねにそうであるように、そのうち難渋しはじめ、ペンが往き迷う。やがて遂には書いたものがまるで意味のない、からっぽの、「欺瞞にみちた屑」にすぎない気がしてくる。

「哀れな旅人たち、ということばがふいに頭をかすめたが、そこには私自身も含まれていた」

これもまた執筆の過程にあって不可欠のことだが、「欺瞞にみちた屑」の思いに襲われることこそ、最良の作品の生まれる条件である。

いかにも皮肉で、デリケートで、機知にあふれている。同じ音楽用語を借りるなら、組曲というよりも「変奏形式の小説」と呼ぶほうが正確かもしれない。たえず部分がズラされ、重ねられ、変化を受け、シャレている以上に残酷で、デリケートという以上に機知でひきゆがみ、グロテスクな影がさす。たのしく時空をとびこし眩ますためには、しばしば意味のないことが有効であることを作者はよく知っている。意味のないことに対して人は論理的に身を守るすべがないからだ。

どこの誰が言い出したのか、ゼーバルトには「将来のノーベル文学賞候補」のレッテルがついていた。身も凍りつくようなことを、自在に伸縮しながら語ることのできるこの散文作家は、ノーベル文学賞といった社会的イベント性から、もっとも遠いところにいた。

これはとびきり孤独な読書を恐れない人のための作家である。

（いけうち　おさむ、ドイツ文学者・エッセイスト）

［カフカの引用は『カフカ小説全集』（池内紀訳・白水社）による。］

訳者あとがき

鈴木仁子

旅はくり返される。一八〇〇年、アンリ・ベール（ことスタンダール）はナポレオン戦争に従軍し、後年そのときの記憶を書きとどめた。第一次世界大戦が間近い、不穏の気配ただよう一九一三年には、ウィーンからヴェローナ、リーヴァに向かったドクター・K（ことカフカ）が日記をのこした。一九八〇年、カフカの足跡を追って同じ旅をした語り手〈私〉は、死と暴力の予感におののいてヴェローナから逃げ帰ったが、七年後、当時の記憶を書き記そうとかつての道をたどり直し、最後に自分が捨てた故郷に立ち寄った。

〈私〉の旅、カフカの旅、スタンダールの旅——時を超えて重なりあう旅のどこにも、永遠の漂泊者「狩人グラフス」が影を落とす。そのグラフスにひっそりと付き随《したが》う黒衣のふたり組。忽然として浮かび上がる過去の人物たち……。不可思議な偶然による感応が生じたかのように、さまざまなものや人が響きあい、時間と場所を越えて併存する——あるときは禍々しく、あるときはミステリアスに、あるときはとほうもなく滑稽に。

落差の感覚にくらくらと目眩に襲われるのは、作中人物たちばかりではない。この世界にいやおうなく引きずり込まれ、さまざまの目眩ましにあう読者もまたしかりだ。ゼーバルト初の散文作品として一九九〇年に刊行された本書"Schwindel. Gefühle."のタイトルは、素直に訳すなら「眩暈。感覚。」となろうか。二語を"Schwindelgefühle"とひと綴りにしても、「くらくらする感覚」(「眩暈」)。だが、前半の語Schwindelは、それだけで「眩暈」であるのと同時に、じつは「詐欺」「ぺてん」「いんちき」の意味も持っている。いわば「目眩まし」だ。邦訳のタイトルはこの意味の重なりを生かしたくて、「眩暈」ではなく「目眩」という表記を採り、「目眩」を二重写しにしたつもりで、「目眩まし」とした。

苦し紛れではある。だがたしかに本書は、「目眩」についてであるとともに、現実感の根拠をたえず揺さぶるような「目眩まし」について書かれた作品でもあるのだ。冒頭すでに、たしかに自分がじっさいに見たはずの鮮烈な心象が脳裡ですり替わった別の光景だったという、表象と現実の落差に愕然とするアンリ・ベールの体験が描かれている。そのベールは、突拍子もない変装をして恋する人の眼を眩まそうとするし、〈私〉は別人と取り違えられてパスポートを失う。そっくりのリュックを担いで走り回るふたりの老人ライダーが登場するかと思えば、カフカにうりふたつの双子の少年が〈私〉に目眩をひきおこす。いたるところに出没するドッペルゲンガー(分身)たち……そもそも「頭の下で腕を組んで」寝そべっているのは、旅する〈私〉なのだろうか、それともドクター・Kなのだろうか。「愛にこがれるこころ」を抱きつつ永劫の舟旅を続ける狩人グラフスのように、どこにも安住を見出すことのできない他所者《よそ》たちは、不穏な気配に満ちたこの世界をいつまでもさ迷いつづけるほかはない。

少年ゼーバルトの好みの遊びは、小包や箱からとってきた細紐や細縄などをいくつもいくつも結んで長く伸ばし、それを机の脚や椅子の脚に結びつけて蜘蛛の巣のように居間じゅうに張りめぐらしたうえで、机の下にもぐりこむことだったという。床ぎりぎりの低い目線で、少年はいったいなにを見つめていたのだろう。「一見はるかにへだたった、しかし私にはおなじ秩序《つながり》のなかにあると思われる出来事と出来事」――時空をこえて漂い、伸びていく見えない細い蜘蛛の糸は、変奏／変装をくり返しつつ、ひそかに、たくみに張りめぐらされている。それらを切らないように、まったく見過ごされもしないように日本語にできたかどうかは、はなはだ心もとない。

さまざまな「目眩まし」は、じつは引用にすら及んでいて、カフカだけでなく古今の作家によるいくつもの文章が、出所を明示されることのないまま、本文中に大胆不敵に滑りこませてある。気づいたもののうち邦訳のあるものについては参照し、一部はいくらか改変のうえで借用もさせていただいた。作品の性質上明記はしてないが、これらの引用をどうかお許しいただきたく、この場を借りておことわりと、お礼を申し上げたい。また年代や地名をはじめ史実等と異なる箇所も多々あったが、わずかの箇所をのぞき原作をそのまま踏襲して訳出した。こうした訳者の方々をはじめ、直接間接にお世話になったみなさまに、心より感謝申し上げます。

訳者略歴
一九五六年生まれ
名古屋大学大学院博士課程前期中退
椙山女学園大学教員
翻訳家
主要訳書
ベーレンス「ハサウェイ・ジョウンズの恋」
ゲナツィーノ「そんな日の雨傘に」
ゼーバルト「アウステルリッツ」「移民たち」「土星の環」「空襲と文学」「カンポ・サント」「鄙の宿」（以上、白水社）

目眩まし（新装版）

二〇二〇年 六 月 五 日 印刷
二〇二〇年 六 月二五日 発行
著　者　W・G・ゼーバルト
訳　者　©鈴《すず》木《き》仁《ひと》子《こ》
装幀者　緒方修一
発行者　及川直志
印刷所　株式会社　理想社
発行所　株式会社　白水社
東京都千代田区神田小川町三の二四
電話　営業部〇三（三二九一）七八一一
　　　編集部〇三（三二九一）七八二一
振替　〇〇一九〇-五-三三二二八
郵便番号　一〇一-〇〇五二
www.hakusuisha.co.jp
乱丁・落丁本は、送料小社負担にてお取り替えいたします。

株式会社松岳社

ISBN978-4-560-09763-2
Printed in Japan